致青春

沒有人像你

(下)

歲見 著

夏青 繪

高寶書版集團

目錄
CONTENTS

第一章 新的開始 005
第二章 與妳的碎片 058
第三章 命運的安排 092
第四章 比任何人都幸運 126
第五章 阻礙 158
第六章 坦白 190
第七章 親一下就不痛了 221
第八章 無數個下一次 257
第九章 對不起，我愛妳 288
第十章 沒有人像你 327
番外 350

第一章　新的開始

阮眠站在人群中屏息著，生怕錯過任何一絲可能存在的動靜。

一分一秒過去了，廢墟裡隱約傳出石塊敲擊的動靜。

沈渝還趴在洞口處，手上和臉上全是髒亂不堪的血跡，汗水順著額角和鬢角滑落到裡面。角落裡，陳屹費力地從斷裂的水泥板縫隙中挪出來，坐在地上靠著石塊應了聲：「聽見了……」

聽見他聲音的那瞬間，阮眠的心像是被人用手掐了一把，又酸又痛，眼淚立刻湧出，她飛快地抬手抹了下。

沈渝還趴在洞口，聲音已經有些沙啞：「你他媽到底行不行啊？有沒有受傷？報個方位給我。」

陳屹輕咳著笑了聲：「沒受傷，我在你東南角四十五度的方向。」

「待著別動。」沈渝站起來，眼角也紅著：「一隊留下四個人跟我一起救陳隊長，其他人繼續去別的地方搜救。」

「是！」

一行人又散開，阮眠從廢墟上走下來，手腳發軟，後背出了一層汗，她低頭深呼吸了幾次，又提起醫藥箱跟著救援隊往前走。

再見到已經是晚上。

陳屹當時把隊友推出去後，及時往旁邊一滾，躲進了兩塊板子之間重疊壓出的空隙裡。那裡已經是承重死角，是很穩固的結構，雖然躲得及時沒受到什麼重傷，但長官那邊知道他差點遇險，下了命令讓他留在本部好好休息一晚。

阮眠回來時，他正在大廳吊點滴，還是昨晚坐的那個位置，只不過旁邊多了個人。是宋揚靈。

昨天幫他換藥吊點滴的就是她，今天也是，這會兒兩人一站一坐，都是樣貌出眾的人，看著還挺賞心悅目的。

阮眠回來放了東西，又步伐匆匆地走出中心，林嘉卉跟著追了出去。坐在一旁的陳屹扭頭往門邊看了一眼，又收回視線看著眼前說話的人，語氣淺淡：「宋醫師，不好意思，我想休息一下。」

宋揚靈到嘴邊的話一咯噔，她才剛站過來不到兩分鐘，重點還沒說到，但看人神情確實疲憊，也沒好再多留，只細聲道：「那你有事叫我。」

「嗯，謝謝。」陳屹等人走掉後，又扭頭看了中心門口一口，那裡人來人往，夜色茫茫。

他抬手揉了揉太陽穴，靠著椅背闔上了眼眸，偶爾聽見腳步聲，又抬眸看一眼。

中心外，阮眠用涼水洗了把臉，剛要走，就被追出來的林嘉卉一把拉住手臂：「妳要去哪裡啊？」

「去趟小乎那裡。」洛林當地政府已經在隔壁市找到適合的社福機構。明天一早，這批孩子就要被撤離災區，阮眠這兩天忙得暈頭轉向，每次過去小乎都睡著了，今天難得提早回來，她打算過去看一眼。

林嘉卉收回手，下巴往後一撇：「妳就這麼不管了？」

阮眠抹掉臉上的水珠問：「什麼？」

「妳是真傻還是裝傻啊？」林嘉卉兩手插進口袋：「宋揚靈的目的這麼明顯，妳看不出來嗎？」

阮眠撓撓眉，應得漫不經心：「看出來了。」

「妳就這個反應啊？」林嘉卉沉默了好一會兒才說：「學姐以過來人的身分再勸妳一句，有些人光是遇見就已經是很大的幸運了，更別提還能有重逢的機會，妳不把握，總有人會取而代之。」

阮眠垂眸沒說話。

林嘉卉嘆了口氣，恨鐵不成鋼地說：「算了，我先幫妳看著吧，等妳想好了再說。」

「……」

林嘉卉不給阮眠反駁的機會，轉身朝裡面走去，阮眠抬手揉了揉臉。

今天加上過去的很多事情，讓她心裡像是有團解不開的亂麻，一口氣堵在那裡，上不來也下不去，整個人都有些頭昏腦脹的。

她站在那裡想了很久，最終還是朝著和中心相反的方向走去。

看望完小乎，阮眠從帳篷區出來，還沒走幾步就突然彎腰吐了起來，白天沒怎麼吃東西，吐出來的也只有一灘清水。

跟著阮眠一起出來的羅醫師，急忙跑過來扶著她：「怎麼了，哪裡不舒服？」

「沒事，就是有點頭暈噁心。」阮眠去一旁的水龍頭接了涼水漱口，仍覺得頭重腳輕得難受。

「我看妳這幾天都沒怎麼休息吧？臉色不太好。」羅醫師說：「我先扶妳去中心休息一下。」

阮眠揉了揉太陽穴，笑容有些蒼白：「不用麻煩了，你忙你的吧，我自己過去就好。」

「妳自己可以嗎？」

阮眠「嗯」了聲，看著人走遠，又低頭捧了把涼水到臉上，緩了好一會兒才繼續往前走。

那時已經是晚上十一點，中心門口沒什麼人，陳屹剛吊完點滴，和沈渝邊說邊從裡面走出來。

三人打了個照面，沈渝才剛開口說個「阮」字，卻見眼前的人身形一晃，直接向後倒下來。

去，他還沒反應過來，身旁的陳屹已經快步衝上前。

沈渝愣了兩拍才回過神，看著陳屹把人抱起來，他連忙轉身去裡面通知醫師。

阮眠很快被推進臨時急救室，護理師把簾子一拉，站在外面的人看不見，只能聽見裡面在說這說那。

沈渝坐在一旁的塑膠椅上，看了站在窗前的人影一眼，又往裡面看了看，心裡逐漸冒出了大膽的念頭。

過了好一會兒，林嘉卉掀開簾子從裡面出來，沈渝站起來問了句：「阮眠怎麼樣了？沒事吧？」

「不是什麼大事，只是過勞。」林嘉卉剛才看到被陳屹抱進來的人是阮眠，也嚇了一大跳。這會兒緩過神，像是突然想起什麼似的，看了站在一旁默不作聲的陳屹一眼。

兩人的目光對上，她頷首輕笑，收回視線說：「阮眠現在已經沒什麼問題了，你們不用在這裡等。」

沈渝說：「好，辛苦你們了。」

「應該的。」林嘉卉在最後又看了陳屹一眼，轉身走了進去，簾子一掀一落間，陳屹只能看見垂落在床邊的醫師袍一角。

沈渝搭著他的肩膀往外走，心中有話但沒問，只是偶爾若有所思地看陳屹幾眼，笑得意味深長。

陳屹心裡也亂著，被他笑得煩，肩膀往後一掀，把他手臂甩開，說了句「你有毛病啊」後，快步走到水池邊洗了把臉。

沈渝慢悠悠地跟過來：「我沒毛病啊，我有什麼毛病？我只是突然知道了一件不得了的事情，有點不敢相信。」

陳屹直起身，溼漉漉的一張臉有稜有角，眉眼深邃，神情有些漫不經心：「你知道什麼了？」

沈渝笑咪咪的，看起來很討打：「不能說，我還沒確定呢。」

陳屹盯著他看了兩眼，出其不意地往他腳底下一掃，他反應不及，人晃了下，手碰到別人放在水池臺上的水盆，一盆水澆在腳上。

他甩了甩腳，抬頭朝著陳屹遠去的背影吼了聲：「你他媽才有毛病吧！」

陳屹聽著這聲音，笑得懶散，頭也不回地繼續往走，他先去了趟長官那裡，幾分鐘後沈渝也過來了。

他坐在桌邊，看了他的腳一眼，還是溼的。

沈渝黑著臉走過來，看著某人半遮著臉笑，氣不打一處來，抬腳就想偷襲，結果長官一抬頭，他著急地停下動作，人還踉蹌了下。

長官還以為沈渝累了，關心了兩句才開始這次會議，救援到這個階段，他們這一批先遣部隊要開始著手準備撤離，剩下的事情就全交給後方隊伍處理。

開會開了一個多小時，結束後，陳屹從帳篷裡出來，沒跟著大部隊的隊伍，而是朝著醫療中心走了過去。

走在後面的三隊隊長武牧撞了下沈渝的肩膀問：「這麼晚了，陳隊長要去哪裡啊？不休息嗎？」

沈渝撓眉，笑道：「休息哪比得上人重要啊。」

他說得沒頭沒腦，武牧什麼也沒聽懂，卻也沒再多問，打了幾個哈欠後感慨了句：「終於要結束了。」

陳屹到了醫療中心後，在門口站了一會兒才進去，早就眼尖看見他的林嘉卉中斷和同事的交談迎了過去。

「來看阮眠？」她問。

陳屹「嗯」了聲：「她醒了嗎？」

「還沒，這一覺有得睡。」林嘉卉抬手往後一指：「她在處理室靠門邊的第一張床，你自己去吧。」

「好，謝謝。」

「不客氣。」

林嘉卉看著他走了幾步，又喊：「陳隊長。」

陳屹停住腳步回過頭。

「處理室還有別的病人在休息，麻煩動靜不要太大。」林嘉卉笑道：「您多擔待。」

他點頭應聲，收回視線往前走。

處理室晚上有醫師值班，今天恰好宋揚靈也在，看見陳屹進來，她剛要起身，卻見男人抬手在唇邊比了一下，而後掀開旁邊的簾子走了進去。

那裡面是阮眠，人送進來的時候還是她安排的床鋪。

宋揚靈拿起水杯佯裝往外走，在門口站了一兩分鐘，除了最開始挪動椅子的聲音，之後什麼也沒聽見。

門外有醫師過來，她沒好在那裡多站，走出去裝了杯水。

屋裡，阮眠睡得一無所知，陳屹坐在床邊，手肘抵著椅子扶手，托住臉頰歪著頭，視線落在她臉上，看了很長一段時間。

他想起高中那會兒，她第一次月考因為偏科嚴重，被教國文的趙老師叫去辦公室，後來他從那裡路過，被趙祺叫進去。

女生大概是覺得尷尬，低著頭不出聲，只有在趙老師說讓他看看她寫的作文時，才有了點反應，餘光一直盯著他的動作。

那篇作文寫了什麼，陳屹已經沒有印象了，只記得那會兒他答應教她寫作文時，她那詫異的表情。

後來陳屹從辦公室出來，回想起那一幕，還覺得有些莫名，他有那麼不樂於助人嗎？

之後慢慢相處下來，陳屹發覺阮眠好像真的有點怕他，不過當時的他心不在此，也沒在意這種細節，現在回想起來卻覺得奇怪。

他那時候又沒做什麼十惡不赦的事情，在班上也算平易近人，她到底為什麼那麼怕自己？

而且，陳屹想起之前她和于舟說的那句「不熟」，指腹刮了下眉尾，驀地哼笑了聲。

還真是沒良心啊。

阮眠做了一個夢。

她夢到自己回到了八中，和陳屹重新成了鄰座同學，往事的一幕幕在夢裡一一重播，曾經的心酸和難過也如同複製一般，讓夢裡的阮眠久久不能釋懷。

那個夢很長也很亂，有很多走馬看花似的片段，她以一個旁人的身分看見在運動會上一往無前的阮眠；因為喜歡的人的一句話，而難過好久的阮眠；在無數個深夜碾轉反側、偷偷哭泣的阮眠。

夢裡的她總是在追逐一個永遠都追不上的影子。

忽然間，那道影子消失不見，那些在八中的景象也開始翻轉變化，高樓成了廢墟，四周茫茫一片，整片天空暗沉。

阮眠遠遠聽見有人在哭泣，尋著聲音找過去，她看見很多人站在一堆廢墟旁邊。

她慢慢靠近，那些人像是看見了她，眼神欲言又止。

阮眠在這時候看到了半跪在地上的沈渝，以及躺在他面前、渾身是血且毫無聲息的男人。

沈渝站起來走到她面前。

阮眠聽見自己在問他，這是誰。

沈渝的神情有些於心不忍，阮眠上前一步揪住他的衣服，幾乎要站不住，哭喊著問他這是誰。

「陳屹。」夢裡的沈渝說：「阮眠，這是陳屹，他死了。」

他死了。

那三個字像是魔咒般不停在阮眠耳邊重播，她整個人崩潰，忍不住嚎啕大哭，視線逐漸模糊。

四周的天空突然暗了下來，阮眠看見一旁站著兩個人，從陳屹的身體裡帶走了另一個「陳屹」。

她拽著沈渝的衣服，說有人帶走了陳屹，可沈渝說他沒看見其他人，陳屹還躺在那裡。

周圍沉默著的人看她的眼神，就像是在看怪物一般，沒有人相信阮眠的話，她崩潰地大哭著，驚慌失措地朝著那三個影子追過去，用盡全身的力氣喊了聲：「陳屹！」

「陳屹！」天光大亮，阮眠陡然從夢中驚醒，整個人被這場惡夢嚇出一身冷汗。

在夢裡的那種絕望和無助，讓她在現實世界仍然心有餘悸，甚至不敢再閉上雙眼。

「妳醒了？」

旁邊突如其來的聲音讓阮眠回過神，她扭頭朝左邊看，神情又驚又喜：「你怎麼來了？」

「出差，剛好路過這裡就順便過來了。」何澤川端起桌上的水杯遞過去：「喝點水吧。」

阮眠揉了揉臉，從病床上坐起來，接過水喝了大半杯，緩了一下才問：「你什麼時候到的啊？」

「今天早上五點多。」

阮眠靠在床頭，外面帶著暖意的陽光曬了進來，這才讓她有了在人世間存活著的踏實感。

何澤川盯著她有些蒼白的臉色看了幾秒，想起剛剛那句滿是絕望的「陳屹」，垂眸撇開了視線。

四周依舊是熙熙攘攘的動靜，阮眠放下水杯，掀開被子低頭穿鞋：「那你什麼時候回去？」

「今天。」何澤川問：「你們呢，什麼時候回B市？」

「大概這兩天吧。」這裡的救援任務已經進入後續階段，前來接替的一批醫護人員也在昨天抵達洛林，陸陸續續地開始接手這裡的工作。

何澤川看著她穿好鞋子站起來，才跟著站起來，高大的身影藉著光映在白色病床上：「走吧，我帶了一些吃的給妳。要去車上吃還是拿過來吃？」

「去你車上吧，我先去漱洗。」這裡人來人往也不太方便，阮眠這一覺睡得長，渾身都有些痠痛。

她邊揉著肩膀邊往外走，何澤川見狀，抬手幫她捶了兩下，還不忘吐槽：「妳怎麼瘦成這樣了啊？」

阮眠回頭覷他一眼，無語失笑：「你來這裡待一個星期看看，我看你瘦不瘦。」

何澤川不反駁，只是捶下去的手出了點力。

「哇，你豬啊，何澤川。」阮眠叫嚷了句，揉著肩膀往旁邊站，卻不想這一幕恰好被前來找她的陳屹看見。

三個人在那裡站成了三角形，何澤川最先反應過來，他其實對陳屹並不陌生，早前和阮眠熟悉後，兩人有敞開心聊過一次感情上的事情，他也是在那時候見過阮眠和陳屹的合照。

少年站在萬里無雲的藍天下，模樣英俊非凡，笑起來的時候，眼角和眉梢都藏著驚豔。

也難怪阮眠會喜歡上他，這樣的男孩子真的很難不被人記住。

雖然何澤川沒有真的見過陳屹，但這會兒他卻好像福至心靈，一眼就認出眼前這個人是誰。

他歪著頭靠近阮眠，小聲說：「這不是妳的暗戀對象嗎？」

「閉嘴。」阮眠放下手，想起不久前的那場夢，往前走了幾步：「你們今天沒去現場嗎？」

「沒，下午過去。」陳屹抬手撓眉：「妳好一點了嗎？」

「好多了。」阮眠對於昨天昏倒前的場景還有些印象，笑了聲：「昨天嚇到你和沈渝了吧？」

陳屹「嗯」了聲，抬眸看了站在後面的何澤川一眼，沒什麼語氣地說：「那妳先忙，我還有事先走了。」

「好。」阮眠想了下，還是說：「你們多注意安全。」

他點點頭，大步離開了。

何澤川慢慢靠近阮眠：「妳之前不是說妳暗戀的對象出國讀書了嗎？怎麼現在又來當兵了？」

阮眠搖頭：「不知道。」

「妳沒問過啊？」

「沒有。」重逢至今，阮眠其實有很多問題想問，卻都無從問起，更不知道該怎麼問。

何澤川也沒再繼續問下去：「算了算了，不聊這個了。走吧，去吃飯。」

兩人並肩往外走，阮眠去休息區漱洗，何澤川站在一旁和她說著這段時間外面發生的事情。

四周人來人往，不遠處的平地上，好幾個軍人坐在那裡休息，沈渝正在那裡和武牧說話，眼神隨意往旁邊一瞥。

這一瞥，眼睛都亮了。

沈渝收回視線，扭頭看向站在一旁的陳屹，笑得幸災樂禍。

難怪這個人從中心回來後就不太對勁，原來是碰上這件事了啊。

他從地上站起來，拍掉褲子上的枯草，朝著陳屹走過去：「喂，你看，那是不是阮眠啊？」

陳屹扭過頭看了一眼，沒接他的話。

沈渝摸著下巴，繼續說：「旁邊那個男的是誰啊，不會是她男朋友吧？看起來挺般配的。」

陳屹覷著他：「你很閒嗎？」

沈渝樂得不行，手臂搭上他的肩膀：「我閒，我當然閒，我閒到現在還要幫老同學做月老呢。」

「……」

沈渝卻不跟他多說，抬手戴上帽子大步往前走，武牧問他要去哪裡，他回了句：「去幫我們陳隊長偵查敵情。」

武牧聽得皺眉，又去問陳屹。

陳屹垂頭抓著帽子，不鹹不淡地丟來一句：「你也很閒嗎？」

「……」武牧抿著唇，慢慢轉了過去。

另一邊，沈渝還沒走過去，眼看著阮眠就要跟人走了，箭步一跨跑了過去。

「咦，這麼巧？」他緩了口氣說：「妳有沒有好一點？昨天妳可把我嚇壞了，陳屹也是，直接衝出去抱著妳就跑。」

雖然阮眠對於昏倒前的事情有印象，但對於昏倒後發生的事情一無所知，這會兒聽了沈渝的話，她明顯愣了下，才想起來說：「好多了，已經沒事了，昨天謝謝你們。」

「謝陳屹就好了，是他抱妳進去的。」他手插著腰，看向旁邊的何澤川：「這是妳朋友啊？」

「對。」阮眠被他重複提起的幾個字眼弄得心亂，卻還是故作平靜地幫他們兩個介紹：「這是我高中隔壁班的同學，沈渝。這位是我大學的朋友，何澤川。」

兩個男人簡單地握了下手，兩聲「你好」說得客套又疏離。

其實何澤川一眼就認出了沈渝，因為他也在當初的那張合照上，而何澤川對於和阮眠有關的一切總是記憶深刻。

他有時候也會驚嘆自己的這項技能。

三個人沒聊幾句，軍區那邊發出緊急集合的訊號，沈渝又急匆匆地往回跑。何澤川順著他的身影，看到同樣在往一個方向奔跑的陳屹。

他心裡忽然有點不太舒服，就跟很久之前，他得知阮眠和自己的學長在一起時一樣。

心裡有事的阮眠並沒有察覺到他的異樣，甩了甩手上的水說：「走吧。」

「好。」

一頓早餐兩個人都吃得心不在焉，阮眠捧著一小碗雞湯，坐在敞開的後車箱裡，卻有很長時間不見動作。

何澤川抬手在她眼前晃了下：「想什麼呢？」

她回過神，輕笑：「沒什麼。」

「在想妳那個暗戀對象？」何澤川也跟著坐過來，長腿踩著地：「妳就差沒把『陳屹』兩個字寫在臉上了。」

「有那麼明顯嗎？」阮眠喝完最後一點湯，放下碗沉默了一會兒才說：「我之前一直以為自己已經沒那麼喜歡他了，可我好像高估了自己，也低估了這份喜歡存在的分量，但我真的不想再做回以前那個阮眠了。」

那麼卑微盲目，卻又深陷其中無法自拔，任憑別人一句話恍惚了心神。

「那妳有後悔喜歡他嗎？」

阮眠幾乎沒有思考，搖搖頭說：「沒有。」

喜歡陳屹這件事，阮眠從來都不後悔，但如果有重來一次的機會，她希望十六七歲的阮眠能夠再勇敢一些，把心底的那份喜歡在最合適的年紀說出來，哪怕是失望也好過現在的欲蓋彌彰。

何澤川看著她，也許是想到了自己，也許是出於私心，沉默了一會兒才說：「那就繼續向前看吧，反正這幾年妳已經做得很好了。雖然說主動才有故事，但誰又能保證這個故事的結局是好是壞？既然這樣不如不主動，就讓它停在最好的地方，也許老了之後再回想起來，也還是件幸事。」

「也許吧。」阮眠笑嘆，不再繼續這個話題：「好了，我得去忙了，你接下來怎麼安排？」

「再看看吧，差不多等事情結束就會走了。」何澤川這趟過來不僅僅是為了看阮眠，他還帶了批物資過來，等一下大概還要去見洛林當地的長官。

「那你回去路上注意安全。」阮眠拿起一旁的醫師袍往身上套：「回去再聚。」

「好，妳在這裡也注意安全。」

阮眠「嗯」了聲，轉身往回走，何澤川站在那裡盯著她的背影看了很長一段時間，末了，他低頭嘆了口氣。

接下來的一天，阮眠都沒再碰見陳屹，晚一點的時候，孟甫平和江津海召集醫療團隊開會，安排接下來的撤離工作。

他們後天一早就要返程了，需要在這兩天把手上的工作全部交接完畢，散會後，阮眠和林嘉卉一起往回走。

兩人又不可避免地聊起陳屹，林嘉卉問：「妳打算怎麼做？」

「什麼？」

「裝傻啊？」

阮眠低下頭：「還能怎麼做，走一步算一步吧。」

何澤川說得對，不是每個主動的故事都會有一個好結局，她已經不再是當初那個十六七歲的阮眠，對於陳屹的那份喜歡也早就被時間蹉跎。也許內心深處還留有當初的那份悸動，可那又能怎麼樣？現在的阮眠早就過了不顧一切的年紀，順其自然對她來說也許才是最好的。

感情的事情林嘉卉可以勸、可以幫，卻不能替她做決定，到這裡也就不好再說些什麼，只能作罷。

而軍區那邊，陳屹也在準備撤離的事情，他們屬於第一批抵達這裡的救援隊，也是後天返程。

交代完該交代的事情，一聲「解散」後，大家都小跑著回到各自的帳篷，陳屹在原地站了一會兒，沈渝走過來問他：「不去和阮眠說一聲？」

陳屹看了他一眼：「等等吧。」

重逢至今，陳屹一直沉浸在阮眠這些年的變化當中，卻忽略了導致這些變化的原因，以及一些很重要的事情。

以致於今天早上他在中心看見阮眠和何澤川說笑的時候，有那麼一瞬間的不知所措。

阮眠跟何澤川的相處模式，跟沈渝和他有所不同。陳屹可以感覺到她在何澤川面前的時候，整個人都很放鬆，就像高中那會兒她在李執面前和在他面前也是不一樣的。

他覺得自己好像忽略了什麼，可仔細一想又毫無頭緒。

夜裡又下了雨，洛林接連幾日的燥熱被這場雨澆得一乾二淨，到了半夜還有幾分冷意。

阮眠忙完手頭上的工作時，已經過了十一點。今晚是她最後一次值夜班，明天一過，這裡的一切都將成為過去。

她夾著病歷從臨時病房出來，走到就診臺，宋揚靈在那裡寫單子，抬頭看見人，喊了聲：「阮醫師。」

阮眠腳步一停，下一秒腳尖換了方向，朝著就診臺走過去，隨口問了句：「妳怎麼還沒交班？」

「把這些整理完就走了。」宋揚靈停筆看她：「我上次加妳好友，妳怎麼沒通過申請啊？」

阮眠眼皮一跳，這段時間太忙，她幾乎沒空碰手機，頂多每天早上傳訊息跟父母報個平安。也因為這樣，手機裡積攢了一大堆未讀訊息。

她抿了抿唇，覺得有些抱歉：「不好意思，我這幾天太忙了，沒顧得上看訊息。」

「沒關係，沒關係。」宋揚靈拿起放在旁邊的手機：「那我重新加妳，妳這次回去記得接受我的好友申請喔。」

「好，我等下就去拿手機。」阮眠其實猜出了宋揚靈加自己好友的原因，只不過兩人都沒點破罷了。

「沒事，不著急。」宋揚靈笑道：「你們是後天一早就要回去了吧？」

宋揚靈所在的醫療團隊是附院那邊派來的第二批增援，大概要到月底才能從這裡撤離。

「對，後天一早的飛機。」

「真羨慕你們啊，不過我也挺佩服你們的，當時那麼危險的情況都扛了下來。」

阮眠笑了笑：「時勢造人，換成你們也會是一樣的。」

「也許吧。」宋揚靈的視線正好落在中心大門，陳屹收傘進來的時候，她一眼就看見了。

當時阮眠心裡正想著怎麼結束這段沒意思的客套，抬眸看見她正盯著自己後面，便下意識地看了過去。

陳屹收了傘還沒進來，在門口碰見出來透氣的于舟和周自恒，停下來講了幾句話。

周自恒在早前的救援中受了傷，左腿落下了永久殘疾，等這趟回去就得從前線退下來了。

雖然說受傷之後，他的狀態看起來還行，偶爾也會跟隊裡的人開開玩笑，可陳屹知道他心裡正苦著。

做他們這一行的，是寧願馬革裹屍，也不想遺憾地度過一生，陳屹安慰不了太多，只希望他不要就此放棄自己。

「我知道了，謝謝陳隊長。」周自恒坐在輪椅上，一張臉剛毅穩重，但其實在他來這裡之前，才剛過完二十一歲生日。

陳屹握了握他的肩膀，說：「外面冷，讓于舟推你進去吧。」

周自恒笑了笑：「沒事，我想再多待一會兒。」

他點點頭，也不再多說，跟于舟使了個眼色，便抬腳朝裡面走，看到站在就診臺前的人後眸光頓了下，腳步未停。

陳屹是走到前面，才發現阮眠後面還坐了個人，對方先跟他打了聲招呼，輕聲細語的：

「陳隊長，晚安。」

他點頭應了聲，撓了下眉看著阮眠：「妳現在很忙嗎？我需要換一下藥。」

「不忙，走吧。」阮眠拿起放在檯子上的病歷，回頭和宋揚靈說：「我先過去了。」

「好。」宋揚靈盯著兩人的背影，神情若有所思。

這會兒已經是深夜，處理室裡沒什麼人，窗外是滴滴答答的雨聲，陳屹坐在桌旁，護理師在整理等會兒要用到的器具。

阮眠拉了張椅子坐下來，解開他手臂上的繃帶，聲音隔著一層口罩蒙上兩分模糊：「恢復得挺好的，大概再換一兩次藥就行了。」

陳屹看著她的側臉，輕「嗯」了聲，問：「你們什麼時候回去？」

「後天一早。」阮眠順口問道：「你們呢？」

「也是後天一早。」陳屹別開頭，視線落到一旁，看到地上靠在一起的兩道影子，隨著動作一抬一落，兩道影子無聲無息地接了個吻。

陳屹輕咳了聲，摸著脖頸不太自在地挪開了視線。

而阮眠卻沒注意到這些，她只是在想，等到從這裡回去，她和陳屹各自回到自己的生活裡，或許又將成為兩條沒什麼交集的平行線。

就像之前一樣，只有短暫的相交匯合，然後在將來的日子裡背道而馳，越走越遠。

沉默來得悄無聲息。

兩個人都沒再開口說話，唯有偶爾的器具碰撞聲，一旁的護理師有些納悶，不明白氣氛怎麼突然冷了下來，一雙眼不停在他們身上看來看去。

等處理完傷口，阮眠也收起那些胡思亂想，摘下手套和口罩，溫聲交代道：「好了，這幾天還是要多注意，盡量少碰水。」

「好，知道了。」陳屹穿上外套，慢慢把扣子扣好，身形修長挺拔，「那我先走了。」

阮眠抬頭看他，眼眸漆黑明亮：「好。」

陳屹也沒再多說，點點頭往前走。阮眠沒了動作，只是盯著他的背影發愣，卻不想他突然停下腳步，扭回頭看過來。

她被逮了個正著，忍著慌亂和心跳，眨了下眼睛，故作平靜地問了句：「怎麼了？」

陳屹卻什麼也沒說，輕笑了下：「沒事，等回B市再說吧。」

他說完這句就走了，阮眠卻愣了好久，直到護理師收拾完，叫了聲「阮醫師」才回過神。

她低頭輕嘆了口氣，沒把他這句話太放在心上。

隔日一早，阮眠在短暫的休息過後，開始和前來交接的同事交接工作，忙起來就是大半天。

下午雨過天晴，洛林當地的電視臺派人過來採訪他們這一批將要撤離的人員，尤其是當初地震發生時，在災區內自發組建起的第一批非官方醫療團隊。

採訪結束後，攝影師幫他們拍了張合照，醫療團隊這邊有人加了攝影師的聯絡方式，把那張照片要過來，之後又轉傳到醫療團隊的群組裡。

那張照片裡，阮眠和陳屹站在同一片藍天白雲下，中間相距甚遠，可不管怎麼說，這也是兩人迄今為止為數不多的幾張合照。

阮眠把那張照片存了下來，後來她回去之後，和其他照片混在一起發了篇貼文。

撤離的那天早上，軍區那邊派車送醫護人員到各大機場和車站，阮眠是上了車才知道送她們去機場的那一批人是由陳屹帶隊的。

不過兩個人一個在後車廂，一個在駕駛車廂，除了上車時陳屹扶了她一把，說了句「小心」之外，再無其他交流。

洛林屬於山區，往外走要經過一段崎嶇陡峭的山路，車子一路顛簸，有人受不了想吐，扒著車尾直接朝外吐了起來。

坐在前面的陳屹察覺到車廂內的動靜，叫司機靠邊停車，讓隊友注意四周情況，自己去後面看了下。

他站在車外，陽光正好的天氣，微瞇著眼朝裡面看，聲音溫和：「怎麼了？」

「沒事，就是有點暈車。」女醫師吐得臉色蒼白，說話也有氣無力的。

陳屹抬手撓了下脖子，說：「這裡離機場還有一段路，我讓司機停車，你們先下來休息一下吧。」

「好。」

陳屹放下車尾擋板，站在一旁，誰下來就搭把手。輪到阮眠，他往前走了一小步，握著她的手臂從頭扶到尾，等她站穩了才鬆手。

鬆手的時候，阮眠低頭說了聲：「謝謝。」

「沒事。」他又站回去，腳步碾過碎石發出細微的動靜，在後面跟車的沈渝看到前面的情況，也讓司機靠邊停車。

他從副駕駛座跳下來，雙手插著腰往這裡走，皺著眉問：「怎麼了？」

陳屹手勾著腰間的皮帶，慢步迎了上去，「沒事，有人暈車，坐在這裡休息一下再走。」

「那我們也休息一下吧。」沈渝回頭讓小杜叫大家下來透透氣，又轉過頭問陳屹：「你昨晚去找阮眠說了什麼？」

陳屹覷著他：「月老沒管這麼寬吧？」

「滾！」沈渝沒好氣地往他肩上一捶，「我提前跟你說啊，我只是好心想幫你，別狗咬呂洞賓，不識好人心！」

陳屹笑著沒說話。

兩人都是樣貌出眾的人，站在那裡聊會天的功夫，已經有好幾個女醫師拿著手機走過去。

坐在一旁的林嘉卉碰了下阮眠的肩膀，「看，妳不爭取，總會有人去主動爭取的，這麼好的一塊肉，妳忍心讓這些圖謀不軌的人叼走？」

「那塊肉上又沒寫我的名字。」阮眠看向懸崖底下鬱鬱蔥蔥的蒼翠松柏，一副與世無爭的樣子。

「妳就等著後悔吧。」

另一邊，陳屹拒絕完第五個來要聯絡方式的人，拍了下沈渝的肩膀，抬手扣上帽子，「不歇了，走吧。」

沈渝瞧出他的不耐煩，哼笑了聲，又想起什麼：「對了，你有加阮眠通訊軟體的好友嗎？」

陳屹一愣：「沒有。」

「那電話號碼呢？這兩個好歹留一個吧？」沈渝笑出聲：「總不能搞了半天還在原地踏步吧？」

「……」

離機場還剩下半個小時的車程，陳屹也沒找到合適的機會和阮眠說話，等到了地方，機場的工作人員已經提前拉好了歡送橫幅。

醫護人員陸陸續續從車裡下來，陳屹和其他跟車的隊友在車前列隊，阮眠提著自己的包包站在人群之中。

周圍全是掌聲和歡呼聲，陳屹整理好衣冠站在隊伍前面，身形挺拔頎長，聲音沉著有力：「敬禮！」

他們的動作整齊劃一，舉手投足間都帶著莊重和嚴峻，氣質沉著而內斂，配上那身衣服，顯得格外乾淨利索。

整個場面安靜下來，有些人忍不住紅了眼眶，阮眠隔著人影看見那道站得筆直的身影，胸腔底下那顆看似平靜的心卻有了起伏。

她默默收回視線，低頭深呼吸，壓下心裡的那些失控，讓一切回歸原點。

一行人提著行李走進機場大廳，回頭看，他們仍舊站在原地，如松柏般筆挺。

阮眠走得很快，迎面不小心撞上一個男人，兩個人都停下來道歉，然後又擦肩而過。

這本來只是個小插曲，可等到阮眠登機聽到空姐提醒大家把手機關機，卻怎麼都找不到手機時，她突然反應過來，「剛才那個撞我的男人，該不會是機場扒手吧？」

林嘉卉放下擋板看她：「妳把手機弄丟了？」

「不知道，妳打我電話試試。」因為工作習慣，她們的手機基本上都會開著聲音。

林嘉卉一連打了幾通，全都是關機狀態。

她關上手機說：「不一定是丟了啊，說不定是妳放在包包裡還是塞在哪裡沒注意，等下飛機再找吧，現在也不能下去了。」

阮眠嘆氣：「也只能這樣了。」

從洛林飛到B市要好幾個小時，她們這一趟航班全都是抗震救災的醫護人員，才剛上飛機沒多久，所有人就都睡著了。

阮眠原本還有些睏意，卻因為在想手機的事情，半天沒睡著，想來想去又不可避免地想到了別的。

就這麼乾耗了幾個小時，等到快下飛機前才睡著，還沒怎麼睡熟就被林嘉卉叫起來準備下飛機了。

等從機場出來，在回醫院的巴士上，阮眠把自己不多的行李翻來覆去找了五六遍，也沒找到手機。

林嘉卉還翻了下自己的包包，還是沒有。

「算了，別找了，應該是丟了。」阮眠在腦海裡回想著之前撞到自己的那個人，濃眉小眼，戴著口罩也看不清樣貌，就算要找也來不及了，更何況她也沒證據證明手機是他偷走的，只能自認倒楣。

從機場到醫院還有一個多小時的車程，阮眠像是突然想起什麼，找林嘉卉借了手機搗鼓了一會兒。

林嘉卉問：「妳幹嘛呢？」

「傳個東西。」她在群組裡找到那張大合照，用林嘉卉的通訊軟體傳給自己，然後刪掉記錄才把手機還回去。

林嘉卉接過手機，有些好笑地說：「妳最近怎麼一直神神祕祕的。」

「有嗎？」她笑笑，沒多說。

等到了醫院，上級長官大手一揮，直接放了他們三天假，阮眠和林嘉卉住在一起，到家後林嘉卉先去洗澡，阮眠從抽屜裡翻出自己另一部舊手機，充上電開機之後，又嘗試打了一次自己的號碼。

這次不是關機，而是長時間無人接聽的自動掛斷。

阮眠心裡莫名冒出點希望，接著又打了幾通，但都是無人接聽的狀態，打到最後一遍的時候，林嘉卉剛洗完澡從浴室裡走出來，看她坐在那裡不動，問了句：「妳幹嘛呢？」

阮眠握著手機轉過頭：「打電話到我那部手機——」

話音未落，話筒裡重複了很多次的嘟聲卻突然停下，換成了一道低沉悅耳的男聲：『您好？』

聽見那聲音的瞬間，阮眠隱約覺得有些熟悉，但細想又覺得不可能，愣神的幾秒，對面又問了句：『能聽見嗎？』

阮眠忙不迭地應道：「能、能聽見，請問這個手機——」

一句話還沒說完，那頭卻倏地笑了聲，懶懶的，帶著點漫不經心，和她記憶裡的那道聲音慢慢重疊。

阮眠猝不及防被打斷，心跳卻怦然，抓著手機的手在無意識間收緊，心頭冒出來的那個想法在下一秒被證實。

『是阮眠嗎？』他說：『我是陳屹，這是妳的手機？』

她有片刻的愣神，還是林嘉卉看她狀態不對勁走過來坐下，她才回過神說：「是我，手機怎麼會在你那裡？」

『妳掉在車上了。』

陳屹他們把人送到機場後，又折返回災區，重新整裝準備返程，手機當時卡在車廂座位邊緣的縫隙裡，被陳屹隊上的人撿到後交到他那裡。

他們出任務時，手機是不在自己身上的，那輛車除了那批醫護人員，沒有其他人坐過。陳屹拿到手機的時候已經是關機狀態，也沒辦法開機，那會兒他們已經在路上，也聯絡不上人。

直到現在，陳屹把從服務站借來的行動電源還回去，拿著手機往外走：『我們今晚才會到B市，妳要是不著急的話，我明天下午把手機送過去給妳。』

「我不著急。」阮眠撓了下額頭：「那你們路上注意安全。」

『好。』他笑了聲：『那妳記一下我的手機號碼，然後傳個訊息給我，明天我再聯絡妳。』

「好，你等我一下。」阮眠彎腰從茶几的抽屜裡翻出紙筆，「好了，你說吧。」

話筒裡，陳屹報了自己的手機號碼，阮眠依序寫下，又重複了遍，問：「對嗎？」

他「嗯」了聲，大概是在外面，話筒裡有風聲灌耳。

阮眠壓著筆帽，彼此沉默了一會兒，陳屹說：『妳手機快沒電了，我先掛了，回去再聯絡。』

她屏息了瞬，說：「好。」

掛斷電話，坐在一旁憋了半天的林嘉卉忍不住出聲：「手機找到了？在哪裡啊？」

「掉在送我們來的車上了。」阮眠放下手裡的舊手機，手心裡握了點汗，「現在在陳屹那裡。」

「哇，我該說這就是緣分嗎？」林嘉卉擦了幾下頭髮：「那他打算怎麼把手機拿給妳啊？」

「他說明天會送過來。」阮眠原本是想讓他直接寄過來，也省得他來回跑，但轉念又想到，畢竟是人家撿到了手機，於情於理都得感謝一下，不能因為其他事情而忽略掉這些人情往來，這不合適也不禮貌。

林嘉卉看她那滿腹心事的模樣，也不多說，「好了，別想那麼多了，早點洗洗睡吧，別明天頂著個黑眼圈去見人。」

「……」

她起身回到臥室，阮眠在客廳坐了一會兒。

想到明天的見面，總有些說不上來的緊張，就像高中那年寒假，她得知第二天要和陳屹一起去爬山那會兒的心情。

緊張卻又帶著點莫名的期待。

陽臺的推拉門沒關，風捲著曬在外面的衣服哐噹響，阮眠起身走出去收衣服，進來後拿著寫有陳屹電話號碼的本子回到房間。

主臥室有廁所，她洗完澡出來，坐在桌前傳了一則訊息給那個號碼，手指按著鍵盤在輸入框刪刪改改。

好半天才將訊息傳出去，傳完等了一下，才想起他現在看不到。她鬆了口氣，放下手機，起身關燈睡覺。

陳屹他們半夜才抵達B市，到了之後又開了半小時的會議，等回到宿舍收拾好躺床時，已經是凌晨三點。

他和沈渝住一間，幾分鐘的功夫，對面的床鋪已經傳來鼾聲，B市這幾天皆是大晴天，晚上月亮又圓又亮，光從窗外透進來，陳屹靠在床頭卻格外清醒。

他從桌上拿起那部手機，手機殼是一個綠色恐龍，不太像阮眠的風格。

鎖定螢幕是網路上很紅的一張財神圖，陳屹盯著看了會兒，笑了聲後關掉螢幕，把手機放回去，撩開被子躺下。

這一覺睡到隔日天亮，部隊裡的起床哨永遠不會遲到，他們今天沒什麼事，上午在軍區針對這次救援任務做了總結和彙報，長官還讓他們放了兩天假。

中午吃過飯，陳屹去找宋淮要手機，還報備說下午要出去。

宋淮看著自己這個外甥，慢悠悠地端起杯子喝了口熱茶，笑道：「怎麼，有事啊？」

「有點事。」陳屹站得筆直，眉眼裡有兩分像宋淮，「您就別問了，不是什麼壞事。」

宋淮側身從抽屜裡找出陳屹的手機放在桌上，「忙完晚上有空來家裡吃飯，外公和外婆都很想你。」

陳屹先拿了手機才說：「晚上不一定有空，等明天吧。」

宋淮一臉嫌棄，「走走走，快滾吧。」

「是！」陳屹走到門口，又回頭字正腔圓地喊了聲：「舅舅再見。」

宋淮被他嚇了一跳，等人走了才撇著茶沫，搖頭笑嘆道：「這小子。」

軍區對陳屹他們這些人的手機控管，其實沒有剛入伍那時候嚴格，但宋淮還是怕手機會影響到他們，每次休假回來的第一件事就是收手機。

陳屹他們當兵多年，有手機跟沒手機其實都是一回事，有時候拿到手機，半天都還是關機狀態。

但這次，陳屹一從辦公室出來就把手機開機，將近大半個月沒開機，一開機全是各種廣告推銷訊息。

他怕誤刪到其他訊息，只能一則一則刪除，刪到最後，欄裡只剩下一則昨天傳來的簡訊。號碼沒有備註，資訊內容看起來特別正式——

『陳屹你好，我是阮眠，這是我的手機號碼。』

陳屹站在原地笑了聲，一旁路過的隊友看見他這副樣子，問了句：「陳隊長，笑什麼呢，這麼開心？」

「有嗎？」他收起手機後跟著往前走，有一搭沒一搭地聊著，等走到一樓，一行人又分開。之前搭話的那人又問：「下午休息時間來球場打球啊，好久沒跟你切磋了。」

「今天不行，我晚點得出去一趟。」陳屹拍拍那人的肩膀，「下次吧，我讓你三顆球。」

「老子還要你讓？」梁野作勢要往他臉上揮拳，陳屹往後退了些，手也順勢收了回來。

他笑說：「還有事，先走了。」

「好，你去吧。」

陳屹走遠後，梁野和其他人說：「你們有沒有覺得，陳屹今天看起來好像有點不太一樣？」

「哪裡不一樣啊？」

梁野「嘖」了聲，一時也說不上來哪裡不一樣，直到他從沈渝那裡得知陳屹今天出去幹嘛了，才想起哪裡不一樣。

要說之前的陳屹是隻孔雀，那今天的陳屹就像隻開屏的孔雀，心花怒放的，看起來可惹眼了。

陳屹回到宿舍換了身衣服，並拿起阮眠的手機。往外走的時候，他回電給那個號碼，等嘟聲的間隙，他站在宿舍底下的林蔭道上。

遠處是人頭攢動的訓練場，暮春的風溫柔解意。

片刻後嘟聲停下，話筒裡傳來的說話聲隱約比這春風甚上幾分，『陳屹？』

「嗯，是我。」他下了臺階往前走，陽光的影子落在地面上，「妳今天在醫院嗎？」

『不在，我今天休息，你到B市了？』

「對，現在準備過去。」陳屹走到門口，站崗的哨兵例行檢查，他對電話那頭說：「等我一下。」

『好。』

大概也就幾十秒的時間，檢查完敬禮放行，陳屹重新拿起手機說：「妳把現在的地址傳給我，我去醫院換完藥再過去找妳。」

『不用麻煩了。』阮眠說：『我們直接約在醫院吧，我在外科門診的換藥室那邊等你。』

陳屹輕笑，「好，等等見。」

『嗯。』

那會兒陽光正好，城市的南邊車停車走，北邊一棟社區裡，有人翻箱倒櫃卻找不到一身合適的衣服。

林嘉卉出來客廳倒水，見阮眠敞著門，端著水杯走過去，看到散了一床的衣服，笑道：「妳在幹嘛呢？」

「收拾東西。」阮眠把頭髮別到耳後，把找出來的幾件衣服重新掛回衣櫃裡，「妳今天不出去找妳男朋友嗎？」

「他要上班呢，晚上才有空。」林嘉卉在門口站了一會兒，要走的時候才說：「別糾結了，就穿妳剛才掛回去的第二套吧。」

「……」

阮眠坐在床邊揉了揉略微發燙的臉，好半天才起身進浴室洗臉，收拾完出門時已經是下午兩點。

B市的三月末還沒有那麼熱，滿大街都是車，午後錯過高峰期，到醫院也才不到兩點半。

阮眠在一樓大廳坐了會兒，中途收到陳屹傳來的一則訊息，說還有十分鐘的車程。

她回了個「好的」。

下午門診大樓沒什麼人，陳屹一進來的時候，阮眠就看見了，他今天沒穿軍裝，一身黑衣黑褲，身形頎長挺拔，衣領開了兩顆扣子，露出一半的鎖骨線條清晰流暢，往上是鋒利的喉結。再往上一點，唇瓣飽滿唇珠稍顯，鼻梁高挺，眼眸深邃，眼尾那道褶子深刻明顯。

比起在災區的灰頭土臉，今天格外的乾淨利索。

阮眠從一旁站起來，陳屹也在下一秒看見了她，收起手機快步迎了過來，「等很久了嗎？」

「沒有，也就一下下而已。」阮眠抓著包包的背帶，抬頭看他。

陳屹拿出手機遞過去，「已經自動關機了，昨天沒充到什麼電。」

「沒事，我拿回去充也可以。」阮眠說：「走吧，先去換藥。」

他點點頭，「好。」

換藥室在三樓，電梯停在五樓，兩人並肩站在電梯口前，光潔乾淨的電梯鏡面映著兩人的身影。

阮眠今天穿了條灰藍色的綢緞裙，外面配了件墨藍色的開衫，腳上是雙淺色平底鞋。站在那裡，隱約只到陳屹下巴的位置。

她微抿了抿唇，往旁邊挪了一丁點的距離，好像這樣才不覺得自己比他矮很多。

電梯裡還有其他人，兩人一前一後走進去，陳屹站到阮眠的斜後方，手臂靠著電梯的壁面。

阮眠按下三樓的按鈕，電梯門快要關閉的時候，聽見外面有人喊：「等一下！等一下！」

她下意識去按開門鍵，站在身後的陳屹反應比她快些，手臂從一旁穿過來按住開門鍵，下巴蹭過她的頭頂，距離一下子被拉近。

阮眠反應不及，手和他的手碰在一起，溫熱貼上冰涼，像是通了電似的，兩個人都猛地收回手。

那個觸碰極為短暫，卻因為兩人過於反常的表現顯得格外不對勁，氣氛莫名微妙。

阮眠今天穿的衣服沒有口袋，收回手之後有一瞬間不知道手該往哪裡放，最後只能緊抓著背帶。

那個喊著要上電梯的男人，最後還是擠了進來，本就狹窄的空間因為他和他懷裡抱著的輪椅，顯得更加擁擠。

男人回頭和阮眠道謝，阮眠點頭笑著說不客氣。他抬手按下五樓的按鈕，電梯在二樓停下，又上來三個人，男人抱著輪椅往後退，眼看著就要刮到阮眠，她下意識往後退了一小步。

像是「自投羅網」的行為。

她腦袋撞到陳屹的下巴，腳下也沒踩穩，陳屹抬手扶住她的手臂，胸膛貼著後背，那個動作從後面看過去，就像是他把她摟在懷裡。

阮眠渾身一僵，幾乎不敢回頭。

她不免有些慶幸，陳屹是站在後面的位置，看不到她微紅的臉和緊張到不行的神情。

陳屹將人扶穩，收回手站在那裡，視線自然而然地落到她身上，過近的距離，他甚至能看見她有一個耳洞。

瑩白的耳垂小巧精緻，此刻卻泛著微紅，他只看了幾秒，低頭摸了下自己的耳朵，別開了視線。

電梯很快到了三樓，有好幾個人都在這層樓出電梯，阮眠跟著人群從電梯裡出來，像是欲蓋彌彰，「今天好像有點熱。」

陳屹看她臉頰紅潤，點頭附和道：「確實。」

兩人誰也不提剛才那件事，就好像什麼都沒發生過。

換藥室在走廊盡頭，阮眠因為林嘉卉在普通外科的緣故，和這裡的醫護人員都很熟。

陳屹進去換藥，她和另一個值班護理師虞霧在外面聊天，不可避免地被人八卦道：「阮醫師，這是妳男朋友嗎？」
阮眠恨不得把頭搖成波浪鼓：「不是，只是朋友。」
虞霧笑道：「朋友就朋友，妳幹嘛這麼緊張？」
「……」阮眠笑不出來，從桌上抽了張紙巾擦手，「不和妳說了，我去下洗手間。」
「去吧。」
她從換藥室出來，站在走廊平復了下呼吸，末了，也沒再進去，直到陳屹從裡面出來。
大概是在換藥的時候把上衣脫了，他走出來的時候，黑色襯衫的衣襬散在外面，扣子也扣得凌亂，脖子連著鎖骨那一片都白得晃眼。
阮眠剛才做好的心理建設差點崩塌，只看了一眼就立刻錯開視線，裝作鎮定地問：「我們現在要去哪裡？」
「洗手間。」
「嗯？」她一愣。
陳屹垂眸笑了聲，「我先去整理下衣服。」
他單手整理著扣子，黑色襯衫顯得手指格外修長白皙，也莫名幫他平添了幾分性感。
阮眠不太自在地眨了下眼睛，幫他指出洗手間的位置，又說：「我到電梯那邊等你。」
「好。」
陳屹只去了不到三分鐘的時間，下樓的電梯沒什麼人，阮眠和他站得比剛才還要遠。

從醫院出來已經過了三點半，陳屹在來的路上讓車行的朋友把自己的車開過來，等拿到車之後，兩個人才發現這個時間點不上不下的。

車停在路邊的停車格內，道路一旁是成排的楊樹，這個點的陽光沒那麼強烈，阮眠坐在副駕駛座，風從窗戶吹進來。

陳屹繫上安全帶，手在方向盤上敲了兩下，「這個時間吃飯有點早，妳有什麼安排嗎？」

阮眠嘴唇動了動，還沒想好要說什麼，又聽到他說：「要是沒有的話，我們去看場電影吧，這樣結束時間也差不多。」說完，陳屹又扭頭看她，「如何？」

阮眠眼皮一跳，點點頭，「……可以。」

周邊最近的電影院在銀泰城，去的路上阮眠在購票軟體上看了下最近上映的電影。

近一點有昨天剛上映的，遠一點也有半個月前上映的，只不過場次比較少，時間也不太合適。

她隨便往下翻，銀泰那家影城的片量很多，一時也沒找到什麼合適的，打算等到了電影院再選。

從醫院過去要花二十幾分鐘，阮眠本想說些什麼，但想了半天也沒找到可以說的，坐在那裡發了十幾分鐘的愣，倒也沒覺得有以前那麼尷尬和緊張了。

窗外的樹影和高樓一閃而過。

到達目的地，陳屹把車停進地下二樓，下車後，他鎖了車和阮眠朝電梯口走去，順口問了句，「妳平常是開車上班嗎？」

「很少開。」阮眠看著前面，「我跟同事在醫院附近合租，搭車比開車方便一點。」

「也是，B市的交通情況一向很差。」

影廳在五樓，兩個人從電梯出來，正好碰上上一場散場，大廳裡全是人，陳屹和阮眠去了自動購票機那邊。

他點開最近上映的電影，問：「想看什麼？」

「都可以，你挑吧。」本來就是為了打發時間的，看什麼阮眠其實都無所謂。

「好。」

陳屹站在那裡選片子，阮眠有點口渴，問他：「我去買水，你想喝什麼？」

「礦泉水就好。」陳屹選了個最近場次的片子，還有十九分鐘開場，付款完拿到票，那邊就已經開始驗票了。

他回頭看了一眼，阮眠在販賣機那邊排隊，隊伍裡全是個子高腿又長的男生，她站在那裡很小一隻，顯得有些突兀。

陳屹莫名笑了下，快步走過去，「我來買吧，妳先去那邊排隊驗票。」

阮眠前幾年課業重，過得忙碌也很緊繃，偶爾的休息時間全用來放空腦袋，這也導致她現在養成一個特別不好的習慣，總喜歡在空閒的時候發愣出神，想一些有的沒的。

陳屹過來的時候，她正在想晚上要吃什麼，耳邊猝不及防響起的聲音讓她的心跳都抖了下。

她緩過神，接過陳屹遞過來的電影票，視線往票上一掃卻是一頓，陳屹選的這部電影對阮眠來說並不陌生。

甚至可以說是記憶深刻。

高二那年暑假，她在電影院看過這部電影的另一個版本，那時候她羨慕劇中人無論好壞至少還有結局，不像她和陳屹連結局都沒有。

年少時的獨角戲，她一個人從頭演到尾，難過和酸澀無人知曉，他是占據她世界的主角，而她不過是他生活裡可有可無的路人甲。

她以為兩人的故事在很久之前就已經謝幕了，可如今的種種，卻又好像不是這樣。

陳屹察覺出阮眠的不對勁，微抿了下唇問：「怎麼了，是不喜歡這部電影嗎？」

阮眠被他的話打斷了思緒，回過神，微不可察地笑了下，「沒有，我只是沒想到你會挑這部電影。」

「我只是挑最近的場次，妳要是不喜歡還來得及換。」陳屹垂眼看她，心裡卻是想到了別的，「妳以前看過這部電影？」

「嗯，看過韓國版的，結局不太好——」說完這句，阮眠頓了下，心想著自己這算不算是直接劇透了。

陳屹沒多在意這些細節，「那還要看嗎？」

「看吧，票都買了，又不能退。」阮眠捏著票，「我先過去排隊驗票，你幫我買瓶水吧。」

「好。」陳屹看著她走遠，神情若有所思。

電影總時長不到兩個小時，內容和結局都跟韓國版大同小異，再重看一次，阮眠已經沒了當初那種悲傷。

也許是已經知道結局，又或是其他，整部電影結束，她也只是為劇中人的無可奈何嘆了幾口氣。

而陳屹更是一點都不知道電影放了什麼，從開始到結束，他想的都是別的事情。

兩個人心思各異，從電影院出來已經接近六點，週末商場的人比較多，阮眠選了家中規中矩的餐廳。

到店裡點完餐，她在去洗手間回來的路上，去店裡的吧檯借了個行動電源，幫手機充電。

座位是陳屹選的，靠窗，從裡面能看見外面的人來人往。

阮眠喝完半杯檸檬水，手機已經充了百分之三的電，有電源連接著，開機不是問題。

陳屹收回落在窗外的視線放到她這裡，像是想起什麼，拿起手機點了幾下，又遞到她面前，「加一下通訊軟體的好友吧。」

他的手機和阮眠的手機是同一個牌子，是去年冬天推出的。

阮眠點開自己的通訊軟體，掃了下他螢幕上的 QR Code，頁面跳轉到他的個人檔案，他的頭貼和高中時用的通訊軟體的頭貼很像，也是一隻橘貓。

暱稱是他名字首字字母縮寫，CY。

兩人很快成為好友，各自拿回手機在那搗鼓，阮眠點進陳屹的個人頁面，他是完全開放的，但內容不多。

最近一則是三個月前上傳的，是頭貼的那張照片，她準備點讚，想一想又覺得不太合適，退出軟體後把手機放在一旁充電。

見狀，陳屹也放下了手機。

阮眠端著茶杯，主動打破沉默，「你們這次休幾天？」

「兩天，你們呢？」

「比你們多一天。」阮眠說著說著還是想去摸手機，手指摩挲著手機邊緣，「你們平常有休息時間嗎？」

「有。」陳屹想了下：「不出任務的時候，一個月休一次，出任務另算，其他的看情況，有事也可以請假。」

阮眠點點頭，沒聊幾句，菜品陸陸續續上來，兩人也就停下了話頭，專心吃東西。

吃完差不多八點半，阮眠去結帳時，才被告知陳屹已經提前結過帳了，她把信用卡收回包裡，「你什麼時候買單的？」

「妳去洗手間的時候。」陳屹走在她的左手邊，前面有小孩跑過來，他不動聲色地挪到了右邊。

阮眠沒注意到這些，猶豫地說：「你撿了我的手機，應該是我要請你吃飯才對。」

聽到這話，陳屹輕笑了聲：「下次吧，下次有機會的話再讓妳請。」

阮眠抬眸對上他看過來的視線，心跳怦然，莫名對他說的這個「下次」有了新的期待，點點頭說了聲「好」。

從商場出來，陳屹開車送阮眠回去，以往四十幾分鐘的車程因為塞車花了將近一個多小時。十點多，車子在社區門口停下，阮眠沒有和陳屹多說，依舊是客套的告別，回到家裡，林嘉卉和男朋友去約會還沒回來。

她稍微收拾了下，坐在客廳裡回電給父母，各自聊了大半個小時，後來又接到何澤川的電話。

兩個人聊了幾句，掛斷電話，阮眠回到房間準備休息，在躺上床的時候，收到了宋揚靈傳來的訊息。

附院宋揚靈：『阮醫師，在嗎？』

她有些意外宋揚靈會在這時候傳訊息給自己，但既然看到了又不能不回，敲了幾個字。

阮眠：『在，有事嗎？』

附院宋揚靈：『我想問問妳，能不能給我陳屹的聯絡方式啊？妳和他是同學，應該有他通訊軟體的好友吧（拜託.jpg）。』

阮眠看著這則訊息，莫名覺得好笑，她也是今天才剛加到他好友，怎麼這麼巧被她趕上了。

她認真斟酌後，敲了幾個字回覆。

阮眠：『不好意思，我得先問過本人才可以。』

附院宋揚靈：『好吧……麻煩妳了（飛吻.jpg）。』

阮眠沒有再回她訊息。她點開和陳屹的聊天室，猶豫了半天才傳了個「在嗎？」。

陳屹隔了十幾分鐘才回。

CY：『怎麼了？剛才在開車。』

阮眠：『我有一個同事，她剛剛找我要你的聯絡方式，我可以給她嗎？』

CY：『？』

阮眠：『這個人你也認識，是宋揚靈宋醫師。』

這則訊息傳過去後如同石沉大海，時間長得宋揚靈都傳了好幾則訊息給阮眠，阮眠都只好跟她說陳屹還沒回覆。

她拿著手機坐在桌邊，一個頭兩個大。

過了一陣子，孟甫平打電話找阮眠要這次科室課題的論文資料，她只好放下這件事，去忙課題的事。

接近十二點，她結束跟孟甫平的通話，拿起手機時才發現陳屹十分鐘前回覆了訊息。

CY：『通訊軟體比較私人，我不想隨便給其他人。』

阮眠盯著這則訊息看了十幾秒，才回了個「好的」，之後又把陳屹的意思轉達給宋揚靈。

忙完這些，她放下手機去浴室刷牙，偶然間抬頭從鏡子裡看見自己的模樣，愣了一下。臉上的笑容隨著這個動作僵在唇邊。

阮眠低頭吐掉泡沫，洗乾淨臉再起抬頭，浴室裡光線明亮，照得任何東西都清清楚楚的。

甚至是她眼裡散不掉的笑意。

二〇〇九年，一月四日，阮眠從盛歡那裡得知陳屹通過了她的好友申請。

二〇〇九年，七月十六日，阮眠在電影院看了《比悲傷更悲傷的故事》。

二〇一九年，三月二十三日，阮眠和陳屹一起看了《比悲傷更悲傷的故事》，陳屹主動加了她的聯絡方式，拒絕了別人的好友申請。

那些她曾經的難過和遺憾，都在今日被一一彌補。

陳屹快十一點半才到家，他在B市的城東有間房子，是他十八歲那年外公和外婆合資買給他的，現在也就平時休假才會回來住兩天。

下了車拿到手機，他才看見阮眠傳來的訊息，他以為有什麼要緊事，走路還在回訊息，結果沒想到是別人想來挖牆角，她在這裡當月老。

陳屹覺得好笑，但一想又覺得正常，畢竟他們兩個現在還只是普通朋友的關係，她能來問一句已經算得上好了。

他正要回，又接到外婆的電話，陪老人家聊了會兒天，說明天會過去，這才把電話掛了。那時已經快十二點，陳屹站在被月色鋪滿的客廳，認真敲下幾個字，既是回絕也是暗示。阮眠回了個客套的「好的」。

他不清楚她有沒有看懂那則訊息的話外之意，等了一下，發現沒再收到回覆，才放下手機進了浴室。

出來已經是第二天，凌晨的B市依舊燈火通明，徹夜不息，路上豪車的引擎聲轟鳴。陳屹關起陽臺的門，屋裡一下子安靜下來，突然乍響的手機鈴聲在深夜裡顯得格外突兀。是沈渝的來電。

他父母這半年在B市短住，今天把人叫回家，猝不及防幫他安排了一次相親，沈渝為了給父母留面子，硬是忍到晚上回去才爆發，吵吵鬧鬧到現在，他直接摔門而出。這個點回部隊也不方便，他想到陳屹，這才有了這通電話。

『幫我留個門，半小時就到。』沈渝說：『要喝酒嗎？喝吧，你幫我去買幾罐啤酒，最好再配點燒烤，我晚上氣得都沒怎麼吃。』

「要求真多。」陳屹笑了句，「還是以前我們常去的那家燒烤店，我在那裡等你。」

『也行，不說了，我先叫車。』

「嗯。」掛了電話，陳屹回房間套了件黑色短袖，他偏好深色衣服，日常衣服大多都以黑色為主。

從社區出來，外面街道熱鬧非凡，馬路兩側五花八門的商店接壤，那家燒烤店就在馬路對面，幾百公尺的距離。

陳屹在B市這兩年，常常和沈渝一起去，偶爾隊裡聚餐也在這邊，老闆認識他，見他一個人來，笑著問了句，「今天還是老樣子嗎？」

陳屹點頭應聲，「老樣子，兩人份。」

「好！」

陳屹在外面架起的棚子裡找了個空位，坐在那裡看手機，老闆娘開了兩瓶啤酒送上來，他抬頭說了聲謝謝，然後放下手機。

他剛才在社群上看到李執最新上傳的一張照片，定位在撒哈拉，順著這則動態，陳屹又點進李執的個人檔案。

李執每個月都會更新一次動態，每次定位都不一樣，他往下滑著，很快滑到前年冬天的一篇貼文。

他和阮眠在火鍋店的一張合照，陳屹和他沒有共同好友，底下只有一則李執的回覆，大概是有人問照片上的人是不是他女朋友。

他統一回覆：『別問了，不是女朋友，只是很好的朋友，再問就封鎖（微笑.jpg）。』

那張照片裡的阮眠隨意綁著頭髮，露出光潔的額頭，微抿著唇笑得有些含蓄，眼睛卻是亮堂堂的。

那是在還沒重逢之前，陳屹對於阮眠最近的印象，比起這段時間的阮眠，好像還是有點不一樣。

沈渝來得比想像中得還要快，陳屹看著他從計程車上下來，拿起酒瓶幫他倒了一杯酒。他步伐匆匆，神情看起來不怎麼暢快，坐下來一口氣喝完，嘆道：「我完了，我長這麼大，都沒見我爸媽那麼生氣過。」

陳屹也不接話，由著他把苦水倒完，沈渝嘰哩咕嚕說了一大堆，有些煩躁地抓了把短寸，「我怎麼沒見你爸媽催婚啊？他們不著急嗎？」

「也催。」陳屹說：「但離得遠，沒你爸媽那麼著急。」

沈渝了然地長嘆了口氣。聊了幾句，他像是突然想起什麼，又八卦道：「你今天不是去找阮眠了嗎，怎麼樣啊？」

陳屹倒酒的動作一頓，瓶口和玻璃杯碰在一起，發出叮噹的動靜，他垂眸，神色自然，「沒怎麼樣。」

沈渝嘁了聲，坐姿懶散，喝了口酒說：「不過我還挺納悶的，你怎麼突然就對阮眠起了心思啊？」

這話讓陳屹沒了動作也沉默起來，那會兒桌上忽然靜了下來，只剩下沈渝喝酒吃燒烤的動靜。

沈渝吃完最後的羊肉串，手指搭著桌沿敲了兩下，就在他以為等不到陳屹的回答時，坐在對面的人又突然有了動作。

「我也說不清楚，如果非要問是什麼原因——」陳屹扭頭看向別處，輕笑了下，「可能就是命中註定吧。」

命中註定地震發生那天，他沒有在外出任務，那麼多需要救援的地方，他正好就去了洛林。又恰好餘震發生時，他就在那裡，看見阮眠不顧一切的行為，聽到了她那番大義為先的話。

後來陳屹想了很久，如果那個人不是阮眠，他其實並不會對那個素未謀面的醫師有太多關注。

可有時候命運就是如此奇妙。

那個他以為不會有太多交集的人，卻是意想不到的故人，猝不及防的重逢讓陳屹驚喜，也讓陳屹意外。

他驚訝於阮眠這些年的變化，甚至沉浸其中，在還未意識到的時候，就已經把過多的目光放在她那裡。

而往往對一個人心動，就是起源於最初過多的關注和在意，等到他回過神的時候，一切都已經來不及了。

但新的故事才剛開始。

那天晚上，陳屹和沈渝聊到了後半夜，兩個人酒量都不差，卻也架不住那麼喝，到家門口還差點因為鑰匙對不上孔打起來。

推推拉拉進了門，陳屹先去浴室洗了把臉，清醒了幾分，出來見沈渝大剌剌地睡在客廳沙發上，也沒把人叫醒，去客房抱了床被子蓋在他身上。

等到重新洗完澡躺下來，已經是凌晨四點，陳屹懶得再折騰，溼著頭髮倒床就睡。

一覺到天亮，他是被沈渝在外面發出的動靜給吵醒的，伸手拿過旁邊的手機，才八點。

陳屹揉著宿醉後漲痛的太陽穴坐起來，撈過旁邊的長褲和短袖穿好，走過去開了門，沈渝正好揉著手臂從地上站起來。

「靠，你家的茶几也太硬了吧。」他剛才翻身不小心摔下來，半個身體砸到了茶几上。

陳屹懶得和他說，轉身回到房間的浴室漱洗，收拾好拿上車鑰匙準備出門，「我今天要去趟軍宅那邊，你晚點自己回去吧。」

沈渝還躺在客廳那裡，聞聲也不見起來，聲音懶洋洋的，「我手機沒電了，你幫我點個早餐吧。」

回應他的是陳屹毫不留情的關門聲。

「……」

陳屹的外公和外婆住在城西的軍宅，他出門那會兒正好趕上高峰，塞在路上的時候幫沈渝點了份外送。

到達時已經過了十點，外婆柳文清正拿著水管在院子裡澆花，瞧見他進來，把水管遞給阿姨，笑著迎了過去，「這個時間路上很塞吧？」

「還好。」他任由老太太拉著，「外公呢？」

「在客廳坐著呢，一大早就起來等你了，誰知道你這麼晚才來。」柳文清在門口幫他拿了拖鞋，又朝裡面說：「老頭子，小屹來了。」

陳屹走進去，老爺子正坐在棋盤旁研究，他順勢坐到對面，就著那殘局下了起來。

祖孫倆一來一往，柳文清站在一旁問東問西，最後又繞到陳屹的終身大事上，「你媽前兩天還打電話給你舅舅，讓他幫你找個對象。你和外婆說說喜歡什麼樣的啊？我也好幫你把把關。」

陳屹手裡撿著黑子，答得漫不經心，「好看的。」

老爺子吃了他一子，抬眸看過來，「做人可不能這麼膚淺。」

他摸著鼻尖，下了兩個子才開口：「跟舅舅說一聲吧，我這事就不勞他費心了，我自己心裡有數。」

柳文清和老伴互看了一眼，心裡有了數，搬了椅子在旁邊坐下，「你這是有對象啦？哪家的女孩啊，之前怎麼沒聽你提過，不然你哪天有空，把人帶到家裡吃頓飯？」

陳屹被老太太這種恨不得今天知道、明天就結婚的架勢整得哭笑不得，推託道：「八字都還沒一撇的事情，等定下來再說吧。」

兩個老人見狀也不再多問，等晚上宋淮回來聽說這件事，在飯桌上問了句：「哪家的女孩啊？你這小子，該不會是為了躲避相親，隨便胡謅一個出來吧？」

陳屹差點被嗆到，放下筷子喝了口湯，「舅舅，我還沒你想得那麼胡來吧？」

「那可不一定。」

「……」

吃過飯，陳屹坐上宋淮的車回軍區，在路上他有些無聊地滑著手機，等到回過神的時候，卻已經點進了阮眠的個人檔案。

阮眠在兩個小時前分享了一則新動態，一張美食照片。

陳屹點開那張照片看了一眼，是一桌日式料理，擺得滿滿當當，桌上只放了兩套餐具。

除此之外，照片的右上角還有一隻手入鏡了。

一隻戴著男士腕錶的手。

第二章　與妳的碎片

阮眠昨天晚睡，加上又還在休假期間，就放任自己一覺睡到了下午。

主臥室的窗簾拉得嚴實，遮光度又高，以致於她醒來拿到手機，看到上面的時間，還以為是凌晨兩點。

緩了幾分鐘，阮眠掀開被子從床上爬起來，拉開窗簾，外面晴天烈日、陽光正好。

她簡單漱洗了下，去到客廳才發現林嘉卉在家，隨口問道：「妳昨晚什麼時候回來的？」

「我早上才回來的。」林嘉卉捧著一碗草莓，「我回來還幫妳買了一份早餐，中午又幫妳點了份外送，結果妳一直都沒起來。說吧，妳昨晚去幹嘛了？是不是……」

她笑得意味深長，雖然阮眠什麼都沒做，卻也被她這笑容鬧得不太自在，面不改色地喝完一杯水，邊往廚房走邊強調道：「我十點多就回來了。」

林嘉卉放下手裡的東西，跟著她進了廚房，「那妳昨天和陳屹出去，有沒有怎麼樣啊？」

「能怎麼樣啊，就是朋友吃頓飯而已。」廚房的流理臺上還放著林嘉卉早上買的餛飩和中午點的外送，阮眠把外送直接放進微波爐裡加熱，又拿了即溶湯包沖開來配飯吃。

「就吃個飯，沒做別的啊？」

阮眠把料包拆開倒進碗裡，接了壺水等水開的時候，把昨天的行程一五一十地重複了一遍。只不過略過了晚上回來之後的那一段。

林嘉卉聽完倒是沒太大的反應，只是好奇兩個人看了什麼電影，又是誰選的片子，位置選在哪裡。

阮眠都照實說了，「《比悲傷更悲傷的故事》，陳屹選的，位置好像是第四排的五號和六號。」

「所以你們兩個是坐在最佳觀影區看了個悲劇？」

「……」阮眠手搭著流理臺敲了兩下，「就隨便挑個最近的場次，有什麼問題嗎？」

「哦，如果是隨便挑的，那就沒什麼問題。」林嘉卉經驗老到，「不過妳下次要記住，正常情況下最好選一部纏綿悱惻的愛情片，或者是驚悚懸疑的恐怖片，然後位置一定要選好。」

阮眠有些詫異，「最佳觀影區還不好？」

「笨蛋，誰約會坐最佳觀影區的？都去VIP廳選情侶座位，再不行也要選黑漆漆的後排。」林嘉卉笑道：「妳有見過哪對情侶光明正大地坐在人群裡搞小動作嗎？」

「……」阮眠差點被她說服，恰好這時候水也開了，她拔下插頭，在倒水的時候又強調了一遍，「我們只是朋友，不是約會。」

「好，只是朋友。」林嘉卉眨了下眼睛，「就是『將來可能會發展成一對』的朋友，我沒說錯吧？」

「……」

阮眠停住動作，本想說些什麼，卻又不知道該怎麼說，最後只好搪塞道：「我先吃飯了。」

林嘉卉也沒再追問下去，笑嘻嘻地走到客廳繼續看電影。

吃過飯，阮眠還是覺得有點睏，收拾了下殘局後準備再睡個午覺，在睡前玩了下手機。

快三點半的時候，她收到了何澤川傳來的訊息，問她晚上有沒有空，他想請客吃飯。

阮眠想著晚上也沒什麼事，就和他約了七點見，之後睏意湧上，設好五點的鬧鐘就又睡著了。

何澤川晚上請吃飯的地方，是他公司附近的一家日式料理店，阮眠六點出門，因為怕塞車所以直接搭車。

在路上，她跟何澤川在手機上聊天，不過他今天加班開會，回訊息的速度沒那麼及時。

等回覆的時候，阮眠退回到聊天室頁面，看到其中一個沒備註的聊天框點了進去。

聊天記錄停留在昨晚，一個頁面都沒聊滿，就像高中那時候，她鼓起了好大的勇氣加到他的聯絡方式，結果還是說不上幾句話，寥寥幾頁的聊天記錄，卻橫貫了她一整個青春。

不過這次，阮眠看到陳屹昨晚傳的那句話，心裡像是平靜的湖面突然被丟進了一塊小石頭，泛起了微小的波瀾。

火車很快到站，阮眠跟著人群彎彎繞繞，從車站出來時，外面的天空已經被暮色籠罩。

何澤川提前預訂了位置，阮眠到店等了他半個小時，「請吃飯還遲到，換作是別人，你現在已經失去我這個朋友了。」

何澤川直接從開會的地方趕來，難得穿了身黑西裝，個子高腿又長，領帶、袖扣、腕錶該有的都有，看著還挺像回事的。

他脫了外套搭在一旁，拿起菜單遞給阮眠，「作為補償，今晚隨便點。」

話是這麼說，但兩個人也吃不了多少，阮眠按照菜單上推薦的點了幾道菜，後來何澤川又加了五六樣東西，等菜品端上來，桌子都快放不下了。

日式料理講究食材最原始的鮮味，色澤豔麗，看著很有食欲，阮眠拿手機拍了張照片，也沒修圖就直接分享到了社群上。

一頓飯吃完也快九點，晚風習習，何澤川開車送阮眠回家，「妳這次休息多久？」

「三天，明天最後一天。」阮眠支著手肘，視線看向窗外的高樓大廈，像是隨意提起一個話題，「何澤川，我問你一件事。」

「什麼？」

「就是我有一個朋友——」

她話還沒說完，就被何澤川笑著打斷了，「我們之間的關係，還用得上『無中生友』這套嗎？」

「……」

前面剛好是紅燈，何澤川緩緩停下車，指尖搭著方向盤敲了兩下，「好了，有什麼事妳就直說吧。」

阮眠咋舌，想了一會兒還是不知道該怎麼說，放下手臂揉了揉太陽穴，「算了，也不是什麼大事，下次有機會再說吧。」

何澤川扭頭看了她一眼，沒再多問。

剩下一段路，兩人有一搭沒一搭地聊著最近發生的事情，何澤川明天還要去外地出差，把人送到家就走了。

林嘉卉晚上又不在家，阮眠洗完澡和孟星闌打了會兒視訊電話，暫時定下月底如果有空，就回去陪她試婚紗的行程。

『對了眠眠，我聽梁熠然說，妳在災區碰到沈渝和陳屹啦？』螢幕裡的孟星闌素著一張臉，她這幾年變化不大，只是眉眼裡多了些少女時期不曾有的嫵媚，看起來更漂亮了些。

「嗯，沒想到那麼巧。」

『他們兩個現在好像也在B市吧？』孟星闌扭頭看向畫面外，『梁熠然，你到時候再問問沈渝他們什麼時候休息，我們去B市找他們聚聚。』

孟星闌和梁熠然在畢業後都回了平城，現在一個在科技公司工作，一個在平大教書。

小城鎮不比大城市，生活節奏和工作壓力都比較輕鬆，時間也寬裕。

阮眠和她沒聊太久，掛了電話，她看到社群軟體跳出了新通知。

點開都是別人的點讚和留言。

阮眠隨意往下滑著，看到陳屹在十分鐘前點讚了她最新上傳的那則貼文。

她愣了下，沒想到他這麼忙，還有時間看社群。

阮眠回覆了幾個朋友的留言，在退出去之前想了一下，又點進了陳屹的個人檔案，她沒想到他不僅有時間看社群，還有時間發文。

他最新上傳的那則貼文內容很簡單——

『休假結束。』

配圖是一張照片，看樣子像是從正在行駛的車裡往外拍的街道，畫面有些模糊，燈光斑駁。

阮眠也禮尚往來地點了一個讚，然後從他的個人檔案退出來，起身去浴室吹頭髮。

最後一天的假期很快結束。

回到醫院上班的第一天，阮眠像是得了星期一症候群，全身上下都不舒服。到了傍晚交班，她跟林嘉卉在醫院對面的麵館解決晚餐。

阮眠吃得快，吃完坐在那裡滑手機，看見陳屹中午的時候又上傳了一則貼文——

『。』

配圖是藍天白雲。

她想了下，還是幫他點了讚。

之後的幾天，阮眠總能滑到陳屹不同時間上傳的貼文，每天一則，形式都是一個句號加一張照片，拍的內容有時候是藍天白雲，有時候是夜晚星空，很少重複。

阮眠基本上看到後都會點讚，但從來都不留言。

月底的時候，科室沒辦法調班，阮眠沒能回去陪孟星闌試婚紗，不過她和梁熠然決定在下下個週末來趟B市，讓阮眠一定要把那兩天的時間空出來。

也因為這樣，清明節那三天，阮眠放棄了僅有的一天休息，特地和同事換了兩天班，又和孟甫平提前打了招呼，這才空出了一個完整的週末。

孟星闌和梁熠然是十三號一早的機票，前一天下午，阮眠在辦公室寫病歷的時候，收到了陳屹傳來的訊息。

他和沈渝明天休息，晚一點從軍區那邊出來，問她晚上有沒有時間和大家一起吃頓飯。

阮眠壓著筆帽，敲了幾個字。

阮眠：『我晚上值夜班，走不開，你們去吃吧。』

CY：『好，知道了。』

阮眠：『嗯。』

CY：『。』

阮眠盯著那個句號，想到他最近上傳的貼文，莫名笑了下。

晚上七點多，急診那邊送來一個病人，叫孟甫平過去會診，阮眠被他一塊帶了過去。

忙完已經是深夜，孟甫平和急診的周主任還有事要商量，阮眠獨自一人回到科室。她在路過櫃檯時，被值班的護理師叫住，「阮醫師。」

「嗯？」她抬頭看過去，「怎麼了？」

「這裡有妳的東西。」護理師從旁邊拿出兩個包裝精美的餐盒，「一個帥哥送來的。」

阮眠的眼神微微閃了下，走過去說了聲：「謝謝啊。」

護理師笑道：「沒事，順手的事情。」

她分了一半給值班的護理師們，拎著剩下的回到辦公室，也沒著急吃，而是從抽屜裡翻出手機。

三通未接來電，還有兩則未讀訊息，全都來自同一個人。

CY：『幫妳買了消夜，已經放在櫃檯了，妳記得去拿。』

CY：『我回去了。』

隔日一早，阮眠被鬧鐘吵醒，揉著泛酸的肩膀從值班室出來，回到辦公室跟著孟甫平巡完房，才去更衣室換衣服準備下班。

換完衣服，阮眠和科室同事一起從樓上搭電梯下來，對方打算去醫院的美食街湊合著墊點東西，她沒什麼胃口，和人在大樓底下分開。

北方入夏晚，四月還不見熱，早晨七點多的陽光透著薄薄一層暖意。

她朝著醫院門口走去，心裡盤算著等等是要坐計程車還是去坐火車。她想得有些出神，也沒注意到四周。

從醫院出了門就是車如流水的馬路，兩側的林蔭道上人來人往，阮眠實在睏得不行，站在路邊攔車的功夫，眼皮就開始打架。

恍惚間，感覺到一片陰影擋在眼前。

「這麼睏？」

這聲音驚得她的心重重抖了一下，阮眠抬眸，看到站在眼前的人還有些茫然。

陳屹昨晚來醫院送消夜，走之前在牆上看到醫師的排班表後，特意早起趕了過來。

車子停在路邊的臨時停車格裡，正對著醫院大門，阮眠一出來他就看見了，朝這裡走過來的時候，陳屹看見她站在那裡微闔著眸，像是睡著了一樣，連他的靠近都沒注意到。

風裡帶了幾分溫涼，馬路上汽笛聲猝響。

阮眠這才回過神，察覺到兩人的距離已經跨過正常的社交安全距離，下意識往後退了一小步，周身圍繞著的男性氣息稍稍淡了幾分。

她微不可察地舔了下唇角，眨眼問：「你怎麼在這裡？」

陳屹微垂著眼，眼裡有笑，模樣在光亮裡格外英俊，他沒有回答這個問題，反而問她：「吃過早餐了嗎？」

「啊？」阮眠搖頭說還沒吃，湧上的睏意讓她絲毫沒意識到他還沒回答自己的問題。

「那走吧，先去吃早餐。」

醫院附近就有好幾家早餐店，阮眠也不知道他喜歡吃什麼，就帶他去了自己常去的一家店。

「這裡有餛飩、麵食、還有粥和包子，你看看你想吃什麼。」說完，阮眠抬頭看著老闆，「我要一碗雞湯小餛飩。」

陳屹抬眸，「我和她一樣。」

「好。」老闆拿筆記下，又問：「還需要別的嗎？兩碗餛飩應該吃不飽吧？」

阮眠看了陳屹一眼，「那就再加一籠湯包。」

「好，馬上來。」

這會兒是高峰期，店裡人正多，阮眠比起肚子餓更想睡覺，坐在那裡低頭打了幾個哈欠，眼尾泛著溼潤的紅。

陳屹放下杯子，「很睏嗎？」

「有一點。」阮眠揉了揉眼睛，「回去洗個澡就好了。」

陳屹「嗯」了聲，突然有點後悔叫人來吃早餐了，「要不然我們打包吧，妳在車上睡一下，到家再吃。」

「沒事，正好我也有點餓了。」阮眠握著水杯，兩個人都沒再說話，偶爾眼神不小心碰在一起，又很快躲開。

氣氛沉默卻不尷尬，帶著莫名的和諧。

吃完早餐，陳屹開車送阮眠回去，孟星闌和梁熠然是今天一早的航班，再兩個小時就要下飛機了。

阮眠實在睏得不行，才剛上車沒多久就靠著椅背睡著了，陳屹在等紅燈的間隙瞥了眼，側身從後排拿了自己的外套搭在她身上。

因為這個動作，兩人的距離靠得很近，陳屹幾乎能聽見她平穩起伏的呼吸聲。

一瞬間，心裡像是被什麼東西撓了下，不輕不重卻格外明顯。

前方紅燈跳轉，他收回動作，關起導航的聲音，以平緩的速度朝前開。

車廂裡是重複了很多次的沉默和安靜。

陳屹卻頭一次不覺得沉悶，風從窗縫間呼嘯而過，在某個瞬間，他隱約聽見自己心跳的動靜。

一下又一下，是藏不住的心動。

上午十一點多，在車裡坐了快三個小時的陳屹接到了沈渝打來的第八通電話，他扭頭看了還在睡覺的人一眼，推開車門走了下去。

關門聲很輕，但還是驚醒了在睡夢中的阮眠，她迷迷糊糊地睜開眼，搭在肩上的外套滑了下去。

她有些茫然，還未清明的視線在四周找尋了一遍，看見站在車外接電話的男人。

陳屹今天還是穿了身黑色襯衫和黑色長褲，背影挺拔頎長，斑駁的光影落在他平直流暢的肩頭。

離得遠，阮眠也聽不見他在說什麼，抬手揉了揉太陽穴，看見掉在腿上的外套。

就那麼一瞬間，她突然想起早上那個沒有回答的問題，心裡慢慢冒出一個十分大膽的念頭。

像是不可置信，又像是格外的匪夷所思。

阮眠竟然會覺得陳屹這麼一大早來醫院，就只是為了找她。

短暫的沉默裡，陳屹也剛好講完電話，開車門的動靜將阮眠從胡思亂想中拉出來，兩個人的視線在狹窄的車廂裡對了一下。

陳屹上車的動作一頓，坐下來才說：「梁熠然和孟星闌他們已經到了，現在在我那裡。」

阮眠「哦」了聲，沉默幾秒才問：「我睡了多久？」

「快三個小時吧。」陳屹手指搭著方向盤敲了兩下，偏頭看著她，「妳還要回家一趟嗎？」

「不用了。」她早上從醫院出來的時候已經漱洗過了，加上時間也不早了，再回去收拾的話，不知道什麼時候才能過去。

陳屹點點頭，沒再說什麼。

這個時間路上沒什麼車，馬路稍顯空曠，阮眠盯著窗外的高樓大廈有些出神。

有些話她想問，卻害怕是自己自作多情，兜兜轉轉到最後，全都成了不可說和難以啟齒。

陳屹住在城東，離阮眠住的地方有一個小時左右的車程，等到達目的地的時候，已經過了十二點。

沈渝他們在家裡叫了海底撈外送，兩個人進門的時候，鍋底剛好燒開，香味順著水霧在空中氤氳開。

「眠眠！」

孟星闌從沙發上跳下來，衝過來一把抱住阮眠，衝勁有些猛，兩個人都沒站穩，眼看著就要倒了，陳屹眼疾手快地伸手在阮眠背後托了一把，她幾乎整個人都靠在他懷裡。

陳屹把人扶穩，又抓著她的手臂，不動聲色地往旁邊扯了下，在擦肩而過的瞬間說了句，「小心點。」

阮眠「哦」了聲，聲音很小，也不知道他有沒有聽見。

孟星闌沒注意到兩人之間的那點曖昧，抱著阮眠的手臂開始撒嬌，「眠眠，我好想妳啊。」

阮眠笑著捏了捏她的手指。

沈渝抱著碗筷從廚房出來，叫嚷了句，「靠，你們總算回來了，我都快餓死了。」

五個人在桌邊逐一落座，阮眠被陳屹和孟星闌夾在中間，沈渝幫每個人都開了瓶啤酒，放在自個兒手邊，「我們這情況特殊，每個人就喝一瓶意思一下，可以吧？」

孟星闌應和：「可以，沒問題。」

阮眠也拿起酒瓶往玻璃杯裡倒了一杯，她酒量很差，而且一喝酒臉就容易紅，但這時候也不好拒絕沈渝，就沒說什麼。

勉強喝了兩杯，瓶裡還剩下大半，她沒再往杯子裡倒，低頭吃了幾口菜，邊吃邊和孟星闌聊天。

她的婚禮安排在六月，具體哪天要到這個月月底才能定下，阮眠是她的伴娘之一，另外還有傅廣思，她們高中時期的班長。

「伴郎暫定是沈渝和陳屹。」孟星闌夾了一筷子的青菜，「也不知道江讓能不能趕回來。」

江讓。

聽到這個名字的時候，阮眠手裡的筷子一頓，不由得想起很多年前的那個夜晚。

少年紅著眼，露出無可奈何的神情。

她微抿了下唇，收起那些思緒，「江讓現在還在國外嗎？」

「對啊，他大四那年去了美國之後，就一直留在那邊，好幾年都沒回來了，我跟梁熠然上次見他還是在三年前。」

阮眠咬著肉丸若有所思。

過了一會兒，沈渝說大家一起再喝一杯，她放下筷子去拿酒瓶，卻不想原本還剩一半的酒，現在已經見底了。

阮眠的動作微微頓住，把瓶底倒完，也才剛過杯子的三分之一。她看了桌上的另一瓶酒一眼，瓶裡還有大半，以為是陳屹沒注意拿錯了，就準備伸手去拿他的酒把自己的杯子補滿。

誰知陳屹見狀，抬手攔了下，「妳拿錯了。」

「？」

他偏頭看過來，眼裡帶著幾分笑意：「這是我的酒。」

「……」阮眠收回手，只好端著那點杯底，和他們碰了一杯，放下杯子的時候，她沒忍住問了句，「你之前是不是拿錯酒瓶了？」

「有嗎？」陳屹往後靠著椅背，坐姿懶散，「我不記得了。」

「好吧。」阮眠也沒再多問，重新拿起筷子開始吃東西。或許是因為辣又或是因為那兩杯酒，臉頰泛著淺淺的粉。

陳屹端起酒杯微仰著頭一飲而盡，喉結上下滾動著，唇角在同一時間微不可察地彎了下。

吃過飯，五個人也懶得動，就留在家裡看電影，打算傍晚再出門，客廳的窗簾被拉上，唯一的光源被遮住，屋裡瞬間暗了下來。

孟星闌和阮眠坐在沙發上選片子和調整投影機，陳屹在廚房洗水果，沈渝和梁熠然則去了樓下買零食。

「眠眠，妳想看什麼啊？」

「都可以，妳選吧。」阮眠其實有點睏了，坐在柔軟的沙發上，整個人都陷了進去。

「不如我們來看個恐怖片吧。」孟星闌拿起手機搜尋片子，等弄好投放到電視上時，梁熠然他們也回來了，手裡還提著兩包零食。

沈渝走過來，在旁邊的單人沙發上癱著，「妳們在看什麼？」

孟星闌放下手機，電影的前奏已經在屋裡響起，「在國外很紅的《汪洋血迷宮》，你們有看過嗎？」

「恐怖片啊？」沈渝正打算說什麼，見陳屹端著水果從廚房出來，又忘了這件事。

陳屹把水果放在茶几上，隨後自然而然地坐在阮眠旁邊的位置，原本昏昏欲睡的阮眠被身旁突然陷下去的重量驚醒，猝不及防地扭頭對上陳屹的視線。

恰好這時候電影進入片頭，屋裡一下子變得更暗了些，襯得他那雙眼眸格外深邃明亮。

阮眠猶如被扼住呼吸，心跳莫名加快，一時間都忘了做出反應。

耳邊的音樂聲陡然變大，兩人都像是被這聲音嚇了一跳，匆忙又不知所措地挪開了視線。

曖昧悄無聲息地在周身漫開。

阮眠僵直著身體，手放在膝蓋上，耳根和臉頰都在發燙，雖然視線落在螢幕上，心思卻早已神遊。

早前那個大膽的念頭，這會兒又在蠢蠢欲動。

她覺得自己現在就像個躍躍欲試的賭徒，明明是幾率很小的事情，可隱約還是抱有幾分期待，總覺得下一把能贏個盆滿缽滿。

昏暗的客廳裡光影閃動，恐怖驚悚的背景音樂讓坐在沙發上的幾個人都繃緊了神經，尖叫聲憋在喉嚨裡，只差一秒就要破口而出。

陽臺的推拉門沒有關嚴實，風捲著簾子，漏進來一點光，忽明忽暗的，更顯氣氛詭異。

孟星闌膽子小，高中那年她們一行人去鬼屋，分明沒什麼，她卻叫得比誰都厲害。這麼多年過去，也依然沒有任何變化，看個恐怖片就差沒整個人躲進阮眠懷裡，抱著她的手臂，看到嚇人的地方，腦袋往她懷裡藏，整個人也下意識朝她這邊擠過來。

阮眠的另一邊坐著陳屹，沙發空間本來就小，孟星闌每次倒過來，她也被擠得往旁邊倒，手臂擠著他的手臂，隔著一層薄薄的衣料，甚至能感觸到對方身體的溫度。

呼吸裡全是男人身上輕淡的氣息，清冽而乾淨。

阮眠不動聲色地往右邊挪動，剛把距離拉開一點，孟星闌又「啊」了聲擠了過來，她整個人猝不及防地砸在陳屹的懷裡。

腦袋碰到他下巴，不輕不重的一下。

過近的距離，阮眠甚至能聽見男人低不可聞的悶哼聲，像是從喉嚨深處溢出來的，摻著點意味不明的曖昧。

她呼吸一窒，腦袋那根弦像是繃緊到了極致，然後「叮」一聲又斷裂開，整個人從內而外地泛著熱。

昏暗的光線下，衣料摩擦的細微動靜猶如被放大了無數倍，阮眠硬撐著平靜坐起來，挺直後背，宛若一個不倒翁。

然而在她看不到的地方，陳屹卻支著手肘、歪著頭，看了她很長一段時間，光影閃動間，他低頭笑了下。

過了一會兒，梁熠然大概是察覺到孟星闌坐得離自己越來越遠，伸手揪著她手臂，把人拉了回來，低聲說：「坐好。」

說完，他手臂摟著她肩膀，把人圈在自己懷裡，孟星闌動彈不得，和阮眠拉開了些距離。

電影逐漸進入高潮部分，其他人看得起勁，阮眠卻有些昏昏欲睡，低頭打了好幾個哈欠。

她剛開始還能靠理智撐著，好好地坐在那裡，但越看到後面就越提不起精神，整個人也慢慢陷進沙發裡，腦袋磕著後面的低枕，眼皮垂著，似睡非睡的。

很快，更多的睏意湧上，阮眠眼皮掙扎了兩下，最後還是扛不住睡了過去。

也不知道過了多久，一直沒怎麼看電影的陳屹準備起身去倒杯水，結果指尖才剛碰到桌上的杯子，原先好好睡在那裡的人，就像是失去了依靠，整個人都往他剛才坐的方向倒過來。

他還沒反應過來，身體就先一步做出了反應，手托著她的腦袋，自個兒輕輕靠了回去，然後把手換成自己的肩膀。

沙發柔軟，阮眠睡得沉，人也陷得深，這樣靠著的姿勢不太舒服。見狀，陳屹又往下坐了點，把肩膀停留在一個適合她的高度。

剩下半個多小時的電影，陳屹更沒什麼心思看了，肩膀上那一點重量沉甸甸的，卻把他心塞得滿滿當當。

電影很快結束，在放片尾曲的時候，一直癱在單人沙發上的沈渝坐起來抻了個懶腰，目光無意間看到坐在長沙發的四個人，沒忍住罵了句髒話：「靠。」

他罵罵咧咧地踩上拖鞋，起身去喝了杯水，懷著壞心思走到陽臺那邊，手拉著窗簾猛地一掀。

客廳驟然變亮，大好的陽光曬進來。

孟星闌被他嚇了一跳，揉著眼睛叫嚷了句，「沈渝！你有病吧！都這麼大個人了，你幼不幼稚？」

沈渝笑了聲，揮手將窗簾澈底拉開，慢悠悠地哼著不成調的曲子。

一旁睡著的阮眠也被這動靜驚醒，下意識抬手去揉眼睛，卻冷不丁抓到了什麼。

有點涼，還有點軟。

她一下子就醒了，睜開眼最先入目的卻是男人手心裡極為清晰的紋路，還有綴在中指第一個骨節處的淡色小痣。

阮眠愣住了，像是沒回過神又像是不知所措，指腹下的觸感尤為清晰，兩個人都無意識地動了動指尖。

陳屹動了下手臂，把手抽了回去，指腹從她指尖一擦而過，帶起一陣細小的酥麻。

他好像並沒有把這件事放在心上，極為自然地站起身，手往口袋裡一放，朝著廚房那邊走去。

阮眠順著那個姿勢摸了下額頭，又放下手，視線盯著某處微微出神。

她不想胡思亂想，可偏偏又忍不住去想，他的那些行為和動作，到底是無意的關心還是其他。

那個其他，是她曾經想過很多次卻又不敢想的意思嗎？

阮眠有些說不上來的感覺，就好像那個被她藏在內心深處的人，突然有一天，伸手敲了敲她的那扇門。

可阮眠卻不敢開門。

她不知道他到底是走累了，路過這處想進來休息，還是真的想住進來，成為這裡的永久住民。

她是個賭徒，但也是個膽小的賭徒，躍躍欲試卻又猶豫不決。

晚上一行人去外面吃飯，在去的路上，沈渝提到昨晚吃的那道日式料理，吐槽道：「要不是陳屹非要去，我寧願在社區樓下買點涼菜吃。」

坐在後排的阮眠眼皮一跳，順口問了句，「你們去的是哪一家日式料理店？」

「就和坐，亮元橋那家。」沈渝開了車窗，涼風陣陣，包裹著這座繁華的不夜城。

陳屹昨晚送來的餐盒沒有標記，阮眠只是覺得味道熟悉，卻沒想到正好就是她之前跟何澤川吃的那家店。

她抬眸從後照鏡看了開車的人一眼，男人神情如常，手肘搭著窗沿，單手控制著方向盤。

下一秒，他像是察覺到什麼，視線往鏡子這邊看，阮眠忙不迭地收回視線，扭頭看向窗外。

陳屹捕捉到她那一秒的慌亂，唇角勾出一抹極淺的弧度。

窗外高樓大廈鱗次櫛比，樹影一閃而過，茫茫夜色也攪不亂這座城市的燈紅酒綠。

吃過飯，一行人又回到陳屹的住處，他住的房子除了書房和主臥室，另外還有兩間客房。

孟星闌和梁熠然沒有在外面訂飯店，阮眠原本想回自己的住處，但架不住孟星闌的糾纏，只好又跟著回來了。

五個人坐在客廳玩了會兒撲克牌，快十點多的時候，陳屹和沈渝突然接到隊裡的電話，得緊急返回軍區。

牌局結束後，孟星闌回房間找充電器，沈渝急匆匆地站起來鑽進了廁所，梁熠然和陳屹說了幾句，也跟著回到房間。

客廳一時只剩下阮眠和陳屹兩個人，氣氛忽然靜了不少。

陳屹站在那裡倒了杯水喝了兩口，然後走去門口，在鞋櫃抽屜裡翻出一串鑰匙，從中取了一把下來。

他走回客廳，把鑰匙遞給阮眠，「這是家裡大門的備用鑰匙，你們走的時候，記得幫我鎖一下門。」

阮眠「哦」了聲，又想起什麼：「那這鑰匙？」

「就先放在妳那裡吧。」陳屹不怎麼在意地說：「等下次休假回來，我再找妳拿。」

他這安排很合理，阮眠也找不出什麼拒絕的理由，點點頭說「好」。

另一邊，沈渝從廁所裡出來，溼著張臉，看了兩人一眼，面無表情地問：「走嗎？」

陳屹「嗯」了聲，彎腰拿起桌上的車鑰匙，交代道：「房間都是乾淨的，你們隨便睡，廁所也有沒拆的漱洗用品。」

阮眠點點頭，「知道了。」

他像是不放心，欲言又止的樣子，沈渝受不了了，「好了，有什麼話不能在路上說嗎？」

「……」

「……」

阮眠一頓，手裡攥著鑰匙，不太自然地挪開了視線。陳屹低不可聞地嘆了口氣，「那我走了。」

「好。」

孟星闌和梁熠然也從房間出來，「你們路上注意安全啊，之後等六月份再聚了。」

沈渝一擺手，「好，你們玩吧。」

兩個人一前一後走出門，門一關，就什麼動靜都聽不見了，阮眠莫名感到有些失落，但看到手裡的鑰匙，心裡那點失落感好像又散了不少。

晚上阮眠和孟星闌睡一間房，兩個人洗完澡，躺在床上聊天。

孟星闌看了她幾眼，像是憋了好久，到現在終於忍不住了，「眠眠，我能問妳個問題嗎？」

「什麼？」

「妳和陳屹是不是……？」孟星闌坐起來，「我感覺你們兩個好像有點不太對勁。」

下午看電影那會兒，她無意間看到阮眠枕著陳屹的肩膀睡著了，可陳屹好像習以為常，甚至還放低肩膀遷就著她。

後來電影結束，沈渝猛地拉開窗簾，她又看見陳屹拿手擋在阮眠眼前，這種細節的事情，如果不是因為喜歡是做不出來的。

聞言，阮眠也慢吞吞地坐起來。

孟星闌看她垂眸不語的樣子，心裡也摸不准，「所以你們兩個現在是什麼情況啊，是在一起了嗎？」

「沒有。」阮眠抿了下唇，沉默了片刻，想說些什麼卻又無從開口，只能輕嘆道，「我也說不好。」

她眼裡的情緒太複雜，孟星闌也不忍心再問下去，「好了好了，我不問了，反正這是你們兩個人的事情。但妳要記住，不管怎麼樣，我永遠都是站在妳這一邊的。」

阮眠眼眶一熱，點頭說「好」。

孟星闌重新躺回去，「我關燈了啊？」

「嗯。」

屋裡沒了光亮，昏沉黯淡，兩個人躺在那裡也不說話，過了好一會，孟星闌翻了個身面朝著阮眠，還是沒忍住說了句，「眠眠。」

「嗯？」

「如果陳屹跟妳表白的話，妳能不能晚一點答應他啊？」孟星闌頗為遺憾地說：「這麼多年以來，我還沒怎麼見過他碰壁的樣子，想想還挺期待的。」

「……」

孟星闌和梁熠然週一還有工作，訂了週日晚上的機票回平城，晚上吃過飯，阮眠送他們去機場，回去之後在社群上滑到陳屹不久前更新的一則動態——

『出任務，月底回。』

沒有配圖，就好像是特意交代給某個人的一句話。

不知道是不是最近一些事情導致的心理作用，阮眠莫名覺得自己和這句話有些關聯。

她一如既往地點了讚，又順著點進陳屹的個人檔案，閒來無事地翻著。

一連看了五則貼文後，阮眠發現了不對勁，陳屹從三月二十四上傳的那則「休假結束」到今天這則，一共有七則動態。

沒有留言，按讚人數也只有一個，都是她點的。

阮眠往下滑了滑，翻看了下三月二十四號之前的幾則，幾乎每一則都有沈渝的讚和留言，偶爾有一兩則會有孟星闌的讚。

可唯獨這七則沒有。

阮眠像是想到了什麼，心跳得很快，翻來覆去地看著那七則動態，心裡那個念頭越發強烈。

她還是有些不可置信，退出去點開和孟星闌的對話框，打字的時候甚至因為太緊張，指尖都有些顫抖，一句話來回輸入了好幾遍才沒有錯字。

準備按下傳送鍵的時候，阮眠卻又有些猶豫，不敢確定這百分之五十的機會是不是她的自作多情。

也是在這個時候，她看到放在桌角的鑰匙，那是陳屹昨天臨走之前拿給她的。

——他家的鑰匙。

莫名其妙地，好像瞬間有了勇氣，阮眠按了下去，訊息很快傳送出去，但孟星闌這個時間已經在回平城的飛機上。

那幾個小時對於阮眠來說是漫長的，可她卻從來沒有一刻像這樣在期待著什麼。

她想，如果結局是好的，那麼等待也會是一件很有意義的事情。

凌晨兩點，城市萬籟寂靜，所有的動靜在這樣的深夜裡都會被放大，顯得格外突兀。

暗無光線的房間裡，因為震動突然亮起的手機螢幕，驚醒了原本就沒怎麼睡熟的人。

阮眠打開床頭的燈，拿過手機，看到孟星闌回覆了訊息。

這個時候就好像買了一張刮刮樂，已經刮到了倒數第二位，只差刮開最後一個數字，就能知道有沒有中獎。

那種感覺既激動又緊張。

阮眠握著手機解鎖螢幕，這樣的動作重複了五六次，直到她又收到孟星闌傳來的一則訊息。

結局的好與壞，只差那麼一瞬。

她解鎖螢幕，點開了聊天室。

孟星闌：『等我一下，我剛下飛機，晚點截圖給妳看。』

孟星闌：『（截圖.jpg）。』

阮眠點開那張圖片，頁面顯示陳屹最新的一則貼文，是一月份上傳的那張橘貓照片。

至此，好像一切都明瞭，即便這並不能完全代表什麼，可她依然有種中了大獎的感覺，心裡那些蠢蠢欲動和大膽的猜測，都好像在這瞬間成了確切的念頭。

她看似的自作多情，實則卻是情投意合的暗示。

過了會兒，阮眠回覆了孟星闌的訊息，又點進陳屹的個人檔案，仔細把那七則貼文重新看了一遍。

那一個個句號，看起來都像是結局圓滿的意思。

她忍不住彎了彎唇，又看了好久才退出去。

剩下的日子依舊是按部就班的忙碌，孟星闌的婚期是在四月中下旬定下來的，日期是六月六日，恰好在端午節前一天。

醫院是輪班調休機制，阮眠想著把端午節那三天也空出來，和同事換了幾個班，連五一都沒休。

從洛林回來後，孟甫平加了不少任務給她，明面上是壓榨實則是歷練，大概等到下半年，要放手讓她獨立主刀。

孟甫平一向看重她，阮眠也不想辜負他的期望，所以只能加倍忙碌，以致於五月三號那天，陳屹打了好幾通電話過來，她都沒有接到。

後來她回撥，也已經是無人接聽，阮眠從他的個人檔案看到他接下來要去西南軍區那邊參加演練，要到五月中下旬才能回來。

那時候，兩人都忙得不可開交，加上陳屹不同於常人的職業性質，聯絡更是匱乏。

又是一夜忙碌過去，阮眠早上從孟甫平那裡得知，這個月底B市紅十字會那邊要召開地震抗震救災表揚大會，讓她提前把手頭上的工作安排一下，另外也把寫演講稿的任務交給了她。

孟甫平作為當時第一批醫療組的長官之一，表揚會那天要上臺講話，他平時忙得不行，根本沒時間去寫這些。

交代完瑣事，孟甫平溫聲道，「好了，妳交班回去休息吧，工作是工作，也別太累著自己。」

「好，我知道了。」阮眠昨晚值了大夜班，和同事交班後從樓上下來，在一樓大廳碰見了陳屹的隊友——周自恒。

他當初在現場參與救援時，意外遇上二次坍塌，因為搶救及時才保住了性命，但左腿卻落下了永久殘疾。

周自恒顯然也看見了阮眠，神情一頓，「阮醫師。」

說完這句，他又和站在旁邊的中年婦人說，「媽，這是阮眠醫師，當初也在災區參加救援。」

阮眠禮貌地笑了笑，「伯母好。」

「妳好。」中年婦人手裡拿著一疊單子，笑道：「那你們兩個先聊，我去繳費。」

「好。」周自恒看著母親的身影走出好遠，才收回視線。

阮眠和他算不上多熟絡，頂多是在災區那時候多關照了些，站在那裡和他聊了幾句，得知他是在這裡做復健訓練。

當初幫他做手術的醫師是協和骨科的李主任，後來從災區回來後，李主任考慮到對於傷情的了解情況，建議他來協和做後續治療。

線。

兩人沒聊太久，後來他母親繳完費回來，他們就先走了，阮眠站在原地看了會兒才收回視線。

地震表揚會那天，阮眠一早到醫院，和同事坐醫院的巴士前往會場。門口已經停了好幾輛其他醫院的巴士，還有軍區那邊的車。

穿著各色衣服的人影穿梭其中，她往穿著軍裝的人群裡看了好幾眼，還沒看到熟悉的身影，就被同事催著往會場裡走。

在她進去後不久，又有幾輛車接連抵達門口。陳屹從車上下來，沈渝也從旁邊一輛車下來。一行人整裝列隊走進會場，鞋底踏過地面的聲音整齊劃一，惹得不少人頻頻回頭往門口看。

阮眠第三次回頭的時候，看到走在前面的陳屹，男人身穿軍裝，眉眼周正英俊，正和長官在彙報著什麼，一臉嚴肅正經。

不過一會兒，他彙報完事情，轉頭和旁邊隊友說話時，又是那副漫不經心的模樣，好似什麼都不在意。

他也像是在尋找著什麼，不時扭頭往這裡看，阮眠呼吸一窒，稍稍坐正了身體。

表揚會的流程是一早就定下來的，也發放到各單位那裡，第二個環節就是頒獎，阮眠跟著同事從左側上臺。

主持人在講述著他們這一批醫護人員當時在現場付出的努力和貢獻，阮眠站在臺上，往下看一覽無遺。

她看到坐在第三排的陳屹，隔著稍遠的距離，她也不確定陳屹是否看到了自己。

但她快就知道了。

陳屹在底下正襟危坐，軍帽放在手邊，在阮眠又一次無意間看過去的時候，突然彎唇笑了下。

阮眠眸光一頓，臉頰微微發熱，故作平靜地挪開了視線，假裝在聽主持人說話。

臺下的掌聲陣陣，臺上的人換了一批又一批，整個頒獎流程走完已經是三個小時後的事情。之後還有其他環節，等到澈底結束也已經過了中午。

醫護人員和其他相關人員先一步離場，會場外陽光正好，認識的人圍成一小群，嘰嘰喳喳地聊著天。

阮眠和林嘉卉站在樹蔭下，等著巴士過來接她們去餐廳吃飯，過了好一會兒，軍區那邊的人才從會場出來。

阮眠看到宋揚靈在臺階下攔住陳屹。兩個人也沒說太久，可能連一分鐘都不到，陳屹抬頭往四周看了一圈，然後又收回視線，也不知道跟宋揚靈說了什麼，她轉身就走了。

沒過一會兒，沈渝找了過來，手插著腰站在那裡，「梁熠然他們六號結婚，妳應該是五號回去吧？」

「對，五號晚上走。」阮眠之前連上了幾天的班，把六號那天連著端午節一起空了出來。

「那妳別訂機票了。」沈渝笑了下，「我跟陳屹五號晚上會開車回去，妳跟我們一起吧。」

阮眠想了想，「也好。」

「那就這麼說定了，我先回去了，之後再聯絡妳啊。」

「好。」

他走了沒一會兒，醫院那邊的巴士也開了過來，阮眠跟著林嘉卉走上車。窗外，軍區的卡車和巴士擦肩而過，駛向了相反的方向。

那時候萬里晴空、微風和煦，正是好時節。

到了五號那天，阮眠一早就醒了，或許是想到晚上的行程安排，整個人一整天的狀態看起來都和平時不太一樣。

同科室的楊星忩下班和她一起走去車站，笑問了句，「今天遇到什麼好事了？看起來這麼開心。」

「有嗎？」阮眠下意識摸了摸唇角，搪塞道：「可能是因為明天就休息了，有點激動。」

「原來如此，真羨慕妳。」

阮眠笑笑沒多說，後來進了車站，兩個人因為是不同方向，在手扶梯口說了再見後，她跟著人群朝裡面走。

到家才剛過七點，阮眠先洗了澡。她從浴室出來的時候拿起手機，看到陳屹十分鐘傳了訊息給她。

ＣＹ：『我們大概八點左右到妳家樓下。』

她一邊擦著頭髮，一邊回了個「好的」。

阮眠吹乾頭髮後換了身衣服，時間就這麼過去了。接到陳屹的電話時，她正在琢磨要穿哪雙鞋子。

也不猶豫了，選了雙平底鞋後，她對著電話那頭說：「好，我馬上下來。」

他輕笑，『不著急，妳慢慢來。』

那聲音低沉，即便隔著遙遠的距離，阮眠也依舊覺得耳朵像是被燙了下，帶著點酥麻。

她抿唇「嗯」了聲，匆忙掛斷電話。

社區外，陳屹站在車外，收了手機丟進車裡，坐在後排的沈渝降下車窗，趴在窗邊，「剛才聽梁熠然說他接到江讓了，這小子，去了國外就跟忘了我們一樣。」

陳屹懶散地笑著，「大概是太忙了吧。」

他剛到國外那會兒其實也是這樣，專業的嚴謹性和特殊性，成天到晚地忙，基本上沒什麼休息時間。

沈渝聳肩，其實高中那會兒他們四個人，真要說起來，江讓和陳屹的關係更親近一些。也不知道這些年是怎麼了，他嘆了口氣，沒再多說。

六月是入夏的季節，晚上的風摻了幾分悶熱，社區門口有不少人在擺攤，燒烤的香味格外饞人。

沈渝沒忍住這股誘惑，從車裡下來，站在那裡抻了個懶腰，「不如去吃點東西再走吧，反正早到晚到都已經是凌晨了，沒差啦。」

陳屹：「好。」

他轉身拿了手機，傳了一則訊息給阮眠，和沈渝一塊去了靠近社區門口的一個燒烤攤。

這個時間人正多，陳屹找了個位子坐下，沈渝去櫃檯前挑燒烤，一樣三串，籃子很快就裝滿了。

他送了一批燒烤到烤架上，又折回來選了第二籃，來來回回拿了三大籃，就連老闆都來招呼他，沈渝索性站在那裡和老闆聊了起來。

老闆順手就把他那三籃東西插了隊。

兩人聊得正起勁，陳屹坐在不遠處，時不時抬頭往社區門口看兩眼，周圍人聲喧鬧，夜色籠罩著整座城市。

片刻後，一道熟悉的身影從社區門口走了出來，阮眠穿著簡單的水洗牛仔褲和白色T恤，長髮綁得鬆散，目光四處打量著，像是在找什麼。

陳屹拿起手機，敲了幾個字過去。

幾乎是同一時間，她低頭看了手機一眼，然後很快抬頭把目光鎖定在這裡，快步走了過來。

視角問題，陳屹坐的那個位置，只能單向看見她。

阮眠的步伐有些快，身形纖瘦，穿著打扮讓她看起來就像個還沒出社會的學生。

她朝這裡靠近，昏黃的路燈攏著她的身影。

不知怎麼，陳屹莫名覺得這個場景有些熟悉，腦海裡一時閃過許多細碎的片段。

悶熱的夏天，喧嚷的燒烤攤，奔跑的少女。

這些瑣碎的片段在某個瞬間毫無預兆地銜接在一起，成為一整段連續的畫面。

陳屹腦海一閃，忽地想起一切。

那是他和阮眠的初遇，是比起在八中那個書聲琅琅的教室，更早一點的遇見。

第三章　命運的安排

那應該是二〇〇八年的夏天，陳屹在一個閒來無事的晚上，去了平江西巷的那間網咖。

八月的平城燥熱沉悶，晚間的風裡也帶著揮之不散的熱意。

他打完幾場遊戲，從菸味混雜的室內走出來，站在臺階上和朋友說話，忽然有一陣急促地腳步聲從遠處傳過來。

一群男生全扭頭看了過去，陳屹把目光從手機上挪開，隔著不遠不近的距離看見一個女生跑過來，停在李執面前。

李執在這片是出了名的好看，經常有女生找他要聯絡方式，他沒怎麼在意地收回了視線。

再後來，他和李執回店裡拿東西，聽見李執和她搭話，之後又大發慈悲地幫她帶路。

記憶裡的片段細碎倉促，陳屹其實已經沒什麼印象了，而那個夜晚對他來說也再尋常不過。

如今再想起當初那些被忽略掉的細枝末節，陳屹才終於明白為什麼那時候她在教室看見他時，會是那樣驚訝的反應。

她分明還記得他，記得那個晚上的遇見，是他的不在意，讓自己蹉跎了十多年才和這段記憶接軌。

時隔多年，陳屹坐在同樣熱鬧喧囂的街頭，他看著阮眠的靠近，四周的人聲好像在這瞬間遠去消散，記憶裡那個奔跑的少女逐漸和眼前的人影一一重合。

就像時光回溯，又回到了十一年前的那個夏天，明暗交錯的巷子，少女向著光而來。

一如此時，向著他而來。

阮眠出門的時候走得著急，等電梯下到一樓，她總覺得自己忘了鎖門，才剛出了大樓沒幾步又折返回去。

重新等電梯上樓下樓，耽誤了好一會兒，收到陳屹訊息的時候，她是第二次踏出大樓。

等走到社區門口，她站在那裡找位置的功夫，又收到了陳屹的訊息，抬頭往前看，很快找到那家燒烤攤。

阮眠先看到沈渝，走過去才看見坐在後面的陳屹，他穿著簡單乾淨的白襯衫，眉眼一如既往的俊朗非凡，旁邊不同色調的光燈在他周身拉出幾道不同的光影。

兩人就像老電影裡的男女主角，視線在某個瞬間對上，還未來得及布景，鏡頭外的沈渝只用一句話就把整幅畫面撕開，「來啦，妳看看還有什麼想吃的，自己去拿。」

阮眠搖搖頭，「沒事，我都可以。」

「妳能吃辣嗎？」

「可以。」

「好，走吧，先過去坐。」沈渝從旁邊的冰箱拿了幾瓶汽水，三個人一人坐一邊。

燈火通明的繁華城市，晚風肆意，附近理髮廳門口的音響歌聲若隱若現，帶著舒緩的旋律。

阮眠晚上沒什麼胃口，吃了幾串羊肉就停了下來，等吃得差不多，陳屹站起身，「我去結帳，順便去買點東西，你們吃完就先回車上等我。」

「好，你去吧。」說話間，沈渝也吃完了最後一串，拿紙巾擦了擦嘴，「走吧，我們先過去。」

阮眠拎著包包跟著他回到車上，沈渝霸占後排，笑道：「妳坐副駕駛座吧，我想補眠，妳坐那裡也好跟陳屹說說話提神。」

「……」

阮眠順著他的安排坐進去。她降下車窗，看見陳屹進了馬路對面的一家便利商店，透明的玻璃門遮不住他的身影。

大概過了幾分鐘，他拎著一包東西從裡面走了出來，在快靠近車子的時候，停下來接了通電話，然後邊說邊往這裡走。

阮眠低頭收回了視線。

陳屹徑直朝這邊走來，身影停在車外不遠處，偶爾對電話那頭應兩句，視線則落到副駕駛座這裡，像是在出神時隨意看著的地方。

阮眠不敢抬頭和他對視，故作鎮定地從包包裡翻出手機，隨便打開了一個軟體翻著。

陳屹目光注意到她的動作，笑著挪開了視線。

通話沒持續太久，兩三分鐘的事情，他掛了電話回到車裡，把手裡的東西遞給阮眠。

她下意識接過去，塑膠袋被擠壓發出窸窸窣窣的動靜，裡面裝著的全是零食。

陳屹繫好安全帶，設定了一下導航，這才想起什麼，抬頭看了阮眠一眼，「妳沒帶行李嗎？」

「沒。」阮眠之前為了方便，在家裡備了和這裡差不多一樣的東西，衣服和鞋子也是。

他點點頭，沒再說什麼。

黑色的越野車很快從這處駛離，燈紅酒綠的城市，馬路上車如流水，車燈交相輝映，連成一片燈影。

阮眠靠著椅背，看向窗外的高樓大廈。

沈渝差不多是躺在後排，平常話多的人卻像是突然吃了啞巴藥，一句話也不說。

車廂裡格外沉默，只剩下風灌進來的動靜，呼呼作響，散去了悶熱帶著幾分溫涼。

上高速公路後遠離了喧囂，路面上的車明顯變少，阮眠在通訊軟體上和方如清說了聲今晚會回家。

誰知下一秒，她突然打了視訊電話過來，聲音有點大，阮眠嚇了一跳，匆匆掛斷電話後扭頭往後排看了一眼。

陳屹注意到她的動作，語氣溫和道，「沒事，妳接妳的，不用管他。」

阮眠「嗯」了聲，在通訊軟體上和方如清解釋了情況，她很快就打了語音電話過來，接通的時候，阮眠調低了通話音量。

方如清的聲音一下子變得很小，『妳幾點到啊，我跟趙叔叔去機場接妳。』

「不用，我坐朋友的車回去。」阮眠往車外看，「你們早點休息，我到了之後還是先回爸爸那裡吧。」

方如清和趙應偉早些年因為段英的緣故，從平江西巷搬了出來，直到前幾年段英意外中風癱瘓，一家人為了方便照顧才重新搬回去。

母女倆沒聊幾句，方如清又把話題扯到找男朋友上，『妳上次答應我，等妳培訓結束就回來相親，清明節妳沒回來就算了，這次說什麼都不能拒絕了啊。』

「……」阮眠還沒坦然到能在陳屹面前討論這種問題，隨口搪塞道：「媽，我有點暈車，等我回去再說吧。」

『那妳睡一下，讓妳朋友開車注意一點。』方如清又想到什麼，『是哪個朋友啊，男的女的？』

阮眠這次是真的頭痛，沒說幾句就把電話掛了。

車廂裡安靜了一陣子，陳屹把她那邊的車窗往上升了些，阮眠聽著動靜朝他看過去。

「不是暈車嗎？」陳屹沒看她，「睡一下吧。」

「沒有，我騙我媽的，我不會暈車。」阮眠在通訊軟體上跟方如清說了晚安後，就把手機收回包包裡面了。

聞言，陳屹笑了下，「為什麼要騙伯母？」

「……」阮眠頓了下，目視前方，一板一眼地說：「我其實是有一點暈車的。」

陳屹漫不經心地笑著，也不多問。

高速公路上的車輛行駛速度快，阮眠支著手肘，歪頭靠過去，一兩個小時過去，慢慢有了些睏意。

但她想到沈渝之前的交代，硬是撐著沒睡，打了好幾個哈欠，眼睛又紅又溼。

陳屹摸了下眉角，問：「睏了嗎？」

「還好，不太睏。」阮眠輕吸了下鼻子，聲音裡帶了些倦怠，「你們每次都是開車回平城嗎？」

「差不多，有時間就自己開車，沒時間就不回去了。」

阮眠揉了揉額角，隨口問道：「你們是什麼時候來B市的，還是一直待在B市？」

陳屹：「兩年前調過來的，之前一直在西南那邊。」

兩年前。

阮眠在心裡默念著這三個字，一時間有些說不上來的遺憾，原來他們很早之前就已經離得這麼近了。

高中畢業之後，阮眠因為重考的關係，和八中那些同學基本上都斷了聯絡，前幾年還能從孟星闌那裡聽到一點關於陳屹的事情。

後來隨著時間漸長，她們彼此都變得忙碌起來，偶爾的聯絡也都是向對方訴說一些關於自己的近況，很少提到別人。

唯一知道所有內情的李執，也許是不希望她停留在過去的回憶裡，所以幾乎沒有和她提起過陳屹。

印象裡只有一次。

阮眠記得那是二〇一三年的冬天，她寒假回平江西巷過年，除夕吃完年夜飯，她因為閒著沒什麼事，和李執一起去市區跨年。

倒數計時前的幾分鐘，李執接了通電話，聊了沒幾句，大概是四周環境太吵鬧，他對著電話那頭說：「回去找你。」說罷，就掛斷了電話。

他沒有說是誰打來的，阮眠也沒有問，兩個人站在人群裡看著城市高塔，等待著十二點鐘到來。

倒數最後五秒時，李執突然開口。

他的那句「陳屹回來了」夾雜在周圍整齊的「五四三二一」的倒數計時中，並不是很清楚。可阮眠還是聽見了，她裝作沒聽見，在數到「一」的尾聲中，扭頭笑著和他說了句：「新年快樂。」

李執看著她，幾秒後，突然笑了出來，語調溫和平緩，「新年快樂。」

後來在回去的路上，兩人誰都沒有提起倒數前的那件事，就好像一切都沒發生過一樣。

可只有阮眠自己知道，她在聽見那句「陳屹回來了」的時候，心跳得有多快，那些強裝的鎮定幾乎快要露出破綻。

她在人山人海中將隱晦的愛意深藏，在心裡向他道了句新年快樂，只盼他歲歲年年，萬事順心。

凌晨兩點，途經一個高速公路的休息站，陳屹把車開進去。停好車之後，沈渝從後排坐了起來。

「接下來換我開吧，你休息一下，明天還要折騰一天呢。」他揉著痠痛的肩膀，聲音放得很低「我先去趟洗手間。」

「好，你去吧。」陳屹看了旁邊一眼，「動作小一點。」

「……」沈渝氣笑了，「我睡覺就是『沒事你隨便，不用管他』，你還是人嗎？」

陳屹笑了，解開安全帶從車裡出來，外面起霧還有些冷，他站在車外看著沈渝往洗手間走去。

沒幾分鐘人又回來了，手裡還拿著兩瓶即溶咖啡，都這個時間了，也不著急回家，兩人並肩靠在車頭，慢悠悠地喝著咖啡。

阮眠醒來的時候，迷迷糊糊看到站在車前的人影嚇了一跳，整個人都清醒了不少。

她解開安全帶，也從車裡走下去。

車外的兩人聽見動靜後扭頭看過來，阮眠往前走了兩步，聲音還帶著剛睡醒的迷濛，「我去洗把臉。」

沈渝：「好，妳去吧，我們等妳。」

陳屹看她穿著短袖，把咖啡罐放在車前，從車裡拿了件外套遞給她，「走吧，我也去洗個手。」

沈渝：「……」

洗手間在服務區大廳後面，陳屹在門口公用的洗手檯邊洗手，「妳去吧，我在外面等妳。」

「好。」阮眠不好多耽誤，進去不到兩分鐘就出來了，陳屹站在一旁，低頭在看手機。

她甩了甩手上的水，快步走過去，「好了，走吧。」

「嗯。」

回去之後換沈渝開車，陳屹坐到了後排，阮眠覺得有些餓，從那堆零食裡拆了包芒果乾，吃了幾片，問他們：「你們要吃點東西嗎？」

沈渝在看導航，頭也不抬地說：「我不餓，我晚上吃了那麼多燒烤，現在還很撐。」

阮眠也沒問陳屹，直接把整包零食拿給他。

陳屹伸手去接，兩人的手指在交換的瞬間碰到一起，阮眠下意識抬眸看過去。

車裡沒開燈，光線昏暗，他的模樣影影綽綽，看得不太清楚，指腹上的溫度卻清晰明瞭。

阮眠很快收回手，沈渝調整好導航，沒注意到這裡，「還有兩個小時就能到平城了。」

阮眠心不在焉地「嗯」了聲，扭頭看向了窗外。

陳屹接過那包零食放在旁邊的空位，手指搭在膝蓋上，沒節奏地敲著，眼裡帶了幾分笑意。

剩下的路程，陳屹在後排睡覺，沈渝一直叨叨個不停，阮眠偶爾附和幾句，時不時抬眸看一下後照鏡。

陳屹的睡姿不像沈渝那麼不講究，他坐在那裡，往後靠著椅背，長腿交疊著，手指搭在腰腹間。

阮眠看了會兒後照鏡，又看看窗外，剩下兩個小時的車程就在這樣的反覆當中度過了。

等到了平城時，天已經快亮了，車子在社區門口停下，阮眠解開安全帶，「那我先回去了。」

沈渝：「好，晚點見。」

她看了坐在後排的人一眼，從車裡走了下來，沈渝看著她進了社區才驅車離開，陳屹是在他等第二個紅燈時醒過來的。

他抬手搓著後脖頸，聲音帶著濃濃的倦意，「什麼時候到的？」

「十分鐘前。」沈渝從後照鏡看了他一眼，「看你睡得太熟，就沒叫你了，反正白天還會見的。」

他「嗯」了聲，沒再多問。

沈渝降下車窗，涼意鑽了進來，「你打算什麼時候和阮眠講開啊？」

聞言，陳屹抬眸看向窗外，高樓大廈隱於破曉前的霧氣當中，露出模糊的輪廓。

過了幾秒，他喃喃道：「再等等吧。」

婚禮當天除了新郎和新娘，所有人都是手忙腳亂的，整個場面熱鬧又喜慶。阮眠從孟星闌那裡得知梁熠然最後敲定的伴郎團除了陳屹和沈渝，還有臨時回國的江讓。

「他也是昨晚才到的。」孟星闌坐在那裡，化妝師在幫她盤髮，「還好之前幫他留了套伴郎服。」說罷，她又感慨了句，「我們六個人總算湊齊了，真是不容易。」

阮眠笑了笑，「是啊。」

後來時間差不多，梁熠然帶著人過來迎娶，大家好像都約定俗成，沒怎麼為難他和伴郎，只有在找婚鞋的時候讓他們多費了點心思。

周圍哄笑著，阮眠轉頭看見了站在不遠處的陳屹，他今天是很少見的西裝革履，眉眼周正，神情裡帶了幾分笑意，看起來沉穩而持重。

他大概是注意到什麼，偏頭看過來，阮眠及時收回視線，一轉眼又看到站在一旁的江讓。

他和陳屹是同樣的穿著打扮，幾年的時間已將當初那個肆意瀟灑的少年的稜角磨平，成了如今這般的溫潤沉著。

阮眠想到過去的很多事情，垂眸嘆了口氣。

沒一會兒，沈渝在天花板的夾層裡找到了婚鞋，新郎抱得美人歸，一行人擁著往外走。

婚宴定在臨川閣，按照習俗得先去新郎家跟公婆敬完茶再過去，梁熠然抱著孟星闌走在前頭，伴郎伴娘和親朋好友跟在後面。

阮眠和傅廣思走在人群裡，猝不及防被沈渝拍了下肩膀，「阮眠，等等到樓下，妳跟班長坐我們的車走吧。」

她回過頭說「好」，恰好這時候，陳屹和江讓從屋裡出來，見狀，兩個男人全都收起話頭抬眸看過來。

視線無可避免地碰撞，一時間心思各異誰也沒說話，不知所以的傅廣思率先打破沉默，問起他們的近況。

氣氛瞬間回到老友相逢時的融洽與和諧，等電梯上來，沈渝催著他們走了進去。

後來一直到婚宴現場，阮眠都沒和江讓說上話，直到婚禮正式開始後，她被上來搶捧花的人擠到了江讓旁邊。

周圍鬧哄哄的都是聲音，兩個人沉默著站了會兒，江讓低頭看著腳邊的氣球，輕聲道：「妳這幾年過得怎麼樣？」

「挺好的。」阮眠笑了笑，「你呢，在國外怎麼樣？」

「我也差不多，就是忙了點。」臺上大概是有人搶到了捧花，歡呼雀躍，江讓看著眼前的熱鬧，過了好半天才重新開口，「妳和陳屹……現在怎麼樣了？」

阮眠頓了下，一時沒想好怎麼說。

江讓抬頭看她，「我昨晚和梁熠然他們吃飯，聽孟星闌提到了一點你們的事情。」

阮眠對上他的目光，心裡這麼多年對於他的虧欠，越發讓她覺得愧疚和難以開口。然而江讓像是看穿了她內心所想，笑得有些感慨，「這樣也好，我和妳之間總該有一個人要得償所願。」

「如果可以，我希望那個人是妳。」

婚禮儀式到晚上七點才結束，新人和兩家父母在門口送賓客，三個伴郎都喝醉了，趴在桌上不省人事。

後來等把賓客全部送走，孟星闌安排司機送阮眠和傅廣思回去，她順便一起去了樓下。

梁熠然找了幾個服務生，把陳屹他們三個送到樓上的房間，他開的是總統套房，一間屋子能睡好幾個人。

把人送到之後，他送服務生出去，在門口塞了小費給他，這麼一會兒的功夫，屋裡就傳來東西落地的聲音。

梁熠然頓時覺得頭痛，開了門進來，看到客廳的落地燈倒在茶几上，一旁的浴室裡傳來淅瀝的水聲。

他順著走過去，看到陳屹彎腰撐著手臂站在洗手臺邊，頂上的光亮將一切照得很清楚。包括他泛紅的眼睛和若有所思的神情。

梁熠然走過去洗了把手，順便關上了水龍頭，從一旁抽了張紙巾擦手，「怎麼了，不舒服啊？」

「沒事。」陳屹直起身，額角的水珠順著臉側滑落，抬頭看著梁熠然，「好了，你回去吧，這裡我看著。」

梁熠然有點不太放心，「真的沒事？」

他笑，「能有什麼事，就是喝多了有點難受。」

「好吧，我等等請服務生送蜂蜜水給你。」梁熠然抬手把紙巾丟進垃圾桶裡，「我先回去了，有事再打給我。」

陳屹「嗯」了聲。

梁熠然很快離開了房間，陳屹從浴室裡出來，旁邊兩個房間敞著門，江讓睡在左邊那間。

他在客廳站了會兒，像是在思考又像是在發愣，過了一陣子，才抬腳朝著左邊那間房間走去。

從客廳到臥室不過十幾公尺的距離，陳屹恍惚間又回到了婚禮現場，他在人群當中看見站在一起的阮眠和江讓，從一旁繞了過去，卻在快要靠近時，聽見了兩人的對話。

他本來沒想著偷聽，卻在轉身的剎那，聽見江讓提起了自己的名字，他也不知道自己為什麼會在那瞬間湧上「不要走，繼續聽下去」的念頭，只是等到回過神的時候，耳邊只剩下江讓的聲音。

——「這樣也好，我和妳之間總該有一個人要得償所願的。如果可以，我希望那個人是妳。」

得償所願。

陳屹自詡文字方面不輸很多人，可卻在聽見這四個字的時候，突然失去了理解的能力。

他甚至想不通江讓為什麼會對阮眠說出這樣的話，是什麼樣的情況會用到「得償所願」這四個字。

心裡那個想也不敢想的念頭，幾乎要將他擊潰。

陳屹走到江讓的房門前，在沉默的那幾秒裡，他忽然想起高三畢業那年的聚餐，江讓對他的欲言又止。

他停住腳步，心裡像是塞了一團棉花，有些喘不過氣的難受，他站在那裡想了很久，最終只是輕輕帶上門，重新回到了客廳。

屋裡靜得不像話。

陳屹走到落地窗前，在光潔乾淨的玻璃上看見自己的倒影，過了會兒，他像是想起什麼，摸出手機打了通電話。

對面很快接通，屋裡傳來他說話的聲音。

「你在平城嗎？好，我過去找你，有點事想弄清楚。」說完，他便掛了電話，離開了房間。

城市的另一邊，李執掛了這通莫名其妙的電話，繼續進暗房處理照片。

他大學畢業後沒有從事和就讀科系相關的工作，而是轉行做了攝影師，這幾年以獨特的小眾風格，成功在圈裡占有一席之地。

處理完手邊的照片後，李執從暗房裡出來，拿起放在窗臺的香菸和打火機，站在臺階那邊抽菸。

一根菸還沒抽完，外面突然傳來敲門聲。

李執走過去幫他開門，撲面而來的風裡帶著濃厚的酒氣，他掐滅菸頭丟進院子裡的花壇中，轉頭輕笑，「沒酒駕吧？」

「……」

他側身讓人進來，跟著走過去坐在院子裡的桌子旁，語調閒散，「找我幹嘛？」

陳屹沉默地站在那裡，眼前的院子十年如一日，牆角堆積的破碎瓦礫，拉扯的曬衣繩，一旁東倒西歪的西瓜藤。

這個院子的一切幾乎見證了他和李執年少時的所有，他想到那個每次碰見他都會緊張的女生。

那些當時未曾在意的事情，在這刻如同抽絲剝繭般，一點一點地展現在他眼前。

陳屹閉了閉眼睛，心裡各種複雜的情緒翻湧著，像是有無數根針扎了下去，密不通風的痛。

他輕滾著喉結，聲音有些低啞，「李執。」

「嗯？」

「阮眠以前——」陳屹有些開不了口，停了好一會兒才說：「她以前是不是喜歡過我？」

「……」

身後沒了動靜，陳屹轉頭看過來，李執坐在那裡，神情帶有幾分詫異，不過幾秒的時間又被笑意掩藏，「為什麼突然這麼問？」

陳屹動了動，走到桌邊坐下，兩眼直直地看著他，「我想的沒錯，對嗎？」

對視了片刻，李執像是妥協了，「陳屹，我不知道該說你太遲鈍，還是不夠在意。」

他抿著唇，沒有說話。

「阮眠以前確實喜歡過你，但那是很久之前的事情了。」李執看著他：「你是怎麼知道的？」

「無意間聽到的。」

「所以呢？你這麼著急過來找我證實，是為了什麼？」李執了解陳屹，眼眸微閃，正聲道：「陳屹，阮眠過去喜歡你是她的事情，我不希望你現在因為愧疚，所以想去彌補她什麼，這對她來說不是補償是傷害。」

陳屹「嗯」了聲，視線落在別處，「我們之前在災區見過面了。」

「我知道。」阮眠前幾天發了一篇貼文，李執在裡面看到了她和陳屹的那張大合照。

想到這裡，他又想到陳屹今晚不同尋常的反應，突然福至心靈，「你該不會……？」

陳屹這會兒終於有了點笑，雖然眼睛依舊是紅的，可語氣聽起來卻輕鬆了不少，「沒錯，就是你想的那樣。」

「靠。」李執罵了句髒話。

陳屹看著他，像是想到了什麼，格外正經地叫了他的名字，「李執。」

「幹嘛？」

「謝謝你。」陳屹心裡有些酸，輕吐了口氣才說，「謝謝你那個時候陪在她身邊。」

「……」

李執不太想和陳屹說阮眠過去的事情，兩個人說了些無關緊要的事情，他接了通電話後，說要出去一趟。

陳屹跟著站起身，「你忙吧，我先回去了。」

「好。」李執送他到巷口，臨分開前，他突然和陳屹說：「能再次遇見的人一定要好好珍惜，這世上有很多人都沒有你們這份好運氣。」

他分明是在叮囑，可陳屹卻覺得他好像也是在說他自己，沉默片刻才點了點頭說：「我知道。」

那天晚上，陳屹沒有再回飯店，他一個人沿著平江西巷那條街道走了很久，夏天夜晚的天空猶如一張偌大的棋盤，繁星密布。

沿著街道走到盡頭就是八中，這個時間的校園裡只剩下高三那幾棟大樓還亮著燈，陳屹沒帶證件，以前他們蹺課翻牆的老地方，也都被學校拉上了鐵刺網，他沒能進去裡面。

後來高三晚自習下課，穿著藍白制服的學生從裡面走了出來，陳屹站在街道對面看了很久。

他試圖去回想記憶裡和阮眠有關的事情，他和阮眠的每一次對話、每一次碰面，甚至是阮眠當時的神情反應。

可時間是殘酷的，無論陳屹多麼努力，還是有很多事情被歲月的洪流塗抹和遺忘。

沒一會兒，校園空了，陳屹順著來時的路往回走，身旁是騎著自行車呼嘯而過的少年。

他走到巷口。

這麼多年過去，年久失修的路燈早就換上了新的照明燈，青石瓦礫的路面也被修補得平整，巷子裡有很多人都搬走了，那些雜貨店、水果攤的鋁合金框塑膠招牌也早就換了一批又一批。

陳屹走進去，循著記憶左轉右轉，很快走到那間網咖門口，恍惚中好像又回到了那個悶熱的夏夜。

他站在阮眠當初停留過的位置，後知後覺地意識到，也許那個時候並不是錯覺。

她是真的有在看他，只不過和後來的很多次一樣，把看他的目光藏得很好。

從網咖到平江公館也有一條直通的巷子，陳屹到家的時候已經是深夜，家裡靜悄悄的。

他回到自己的房間，洗完澡出來在書架那裡翻找東西，那裡放的都是他高中時期的一些書本。

陳屹在英文和國文課本的中間，找到了那本畢業紀念冊，那是當初在升學考放假之前，他和沈渝他們幾個出去吃飯時，沈渝吵著要買的，說是要比比看誰最後收到的表白最多。

他當時已經收到了加州大學的錄取通知書，很少再回學校，買了之後請江讓帶回去，後來也是他幫他拿回來的。

陳屹一向對這些不太上心，拿到之後也沒怎麼認真看過，時隔這麼久，裡面的紙頁已經有些泛黃，有些字跡甚至變得模糊。

他往後翻著，很快找到阮眠的那一頁，她只寫了姓名和祝福語，字跡一如既往的龍飛鳳舞。

『祝你升學考順利，金榜題名。』

『阮眠。』

『二〇一〇年，五月三十日。』

陳屹把多年前阮眠寫的那張個人資料，從夾板中摘下來，捏在手裡看了許久。

他有些遺憾當初分別時沒有好好地和她說再見，甚至連最後一面也見得格外倉促。

陳屹捏緊了手裡的紙頁，低頭輕滾著喉結。他有些難過地想，他真的錯過了好多。

窗外朗月清風，長夜漫漫，有人歡喜有人憂。

隔日清晨，也是將近一夜未睡的阮眠被母親接連幾通電話吵醒，外面已是天亮，陽光從縫隙間擠進來。

方如清也沒說什麼，只問她什麼時候過去。

阮眠揉著眼睛坐起來，聲音沙啞，「晚一點吧，我還沒起床呢。」

『好，那我們就不等妳吃早餐了。』方如清說：『書棠也回來了，還帶了朋友回來，妳趕快收拾好過來。』

「嗯。」掛了電話，阮眠坐著緩了會兒，起床去漱洗的時候，在那裡琢磨「帶了朋友回去」這幾個字，推測應該不止是朋友那麼簡單。

她想到方如清之前的話，有些頭痛地嘆了口氣。

在家吃過早餐，阮眠陪著周秀君在社區裡溜達了兩圈，出門叫車去了平江西巷。

平城這幾年發展的速度很快，但平江西巷卻被圈畫保留，除了日常的修葺，政府並不打算拆建新地盤。

阮眠到了之後，被方如清推著去跟段英打了招呼，段英自從中風之後，對家裡人的態度都好了很多。

打完招呼出來，阮眠被方如清拉著去了樓下客廳，不可避免地提到了相親的事情。

方如清說：「書棠都帶男朋友回來了，妳到現在連個對象都沒有，幫妳安排相親妳也不去。」

「去年我介紹劉阿姨家的兒子給妳，妳不想去，人家今年都有孩子了，十月份就會出生。」

「……」阮眠抿了抿唇，沒有說話。

阮眠：「他速度挺快的。」

方如清哭笑不得，「妳這孩子，我說了這麼多，是想聽妳說這個嗎？」

阮眠摸了摸鼻子，恰好這時候有人打電話來家裡，她像是抓住救命稻草，見空跑了出去。

巷子裡的天地狹窄又複雜，阮眠這麼多年只走錯過一次，也就是那一次，她在那裡遇見了陳屹。

他就像是她貧瘠生活裡開出的一朵玫瑰，哪怕帶著刺也想要靠近，即便被扎得遍體鱗傷，也不曾後悔過。

阮眠像剛來到這裡的時候一樣，無所事事地在巷子裡轉悠著，陽光從頭頂盤旋的天線落下一道道光影。

她很快走到那間網咖附近，門口人來人往，臺階上站著幾個穿著T恤的男生，視線往下，手裡全都夾著菸。

和記憶裡的那個男生差別很大。

她記得，他是不抽菸的。

阮眠沒再繼續往前走，正準備回去，一轉身卻愣住。

巷子的另一端，陳屹一手提著白色塑膠袋，一手拿著手機低頭在看，正往這裡走。

陽光正好的天氣，兩人在一條狹窄的巷子裡不期而遇，視線對上的瞬間，阮眠在他臉上看見了驚訝。

「好巧。」她笑著說。

陳屹收起手機，往前走幾步，「妳一個人？」

「是啊。」阮眠說：「家裡有點悶，出來走走。你要去哪裡？」

「送東西給李執。」陳屹走過來，擋住她面前的太陽，「一起過去嗎？」

「好。他什麼時候回來的？我記得前幾天還看到他分享在雲南那邊的照片。」阮眠這些年雖然和李執一直保持著聯絡，卻不頻繁。

「前天回來的。」

「哦。」

陳屹偏頭看她，像是有話要說。

「怎麼了？」阮眠注意到他的目光，還以為自己臉上有東西，下意識抬手摸了下。

「沒事。」他笑，「就是這幾天想起一些過去的事情。」

「啊？」

他猝不及防，「我們第一次見面是不是就在這裡？」

「……」她的心跳忽地變快，模稜兩可地說：「是嗎？我怎麼不記得了？應該是吧。」

陳屹看了她一眼，那眼神意味深長，「我記得是。」

阮眠：「……」

李執的爺爺在前幾年去世了，家裡的店鋪都靠他父親一個人撐著，他們過去的時候，李執正在門口卸貨。

他像高中那時候一樣，穿著寬大的T恤和黑色長褲，留著不長不短的頭髮，看起來完全沒有變化。

他捲起衣襬擦汗，一抬頭看見阮眠和陳屹，笑道：「咦，你們兩個怎麼一起過來了？」

陳屹：「恰巧碰到了。」

李執挑眉，「這麼巧啊，那進來坐一下吧。」

三個人一前一後走了進去，李執叫李父出來清點，他拎著茶壺帶著人去了後面的院子。

「妳這次預計待幾天？」李執幫阮眠倒了杯茶。

「四天，昨天到的，大後天就回去了。」

「正好，我過幾天要去趟B市，到時候聯絡妳。」李執放下茶壺，「妳是打算一直留在B市發展嗎？」

「目前是這樣。」阮眠喝了口茶，沁甜，「算起來也才剛畢業，還是想留在大城市多學一點。」

「也是。」

兩個人有一搭沒一搭地聊著，陳屹始終坐在一旁沒出聲，過了會兒，阮眠接到方如清的電話，說是趙書棠回去了。

「好，我知道了，我現在回去。」掛了電話，她說：「家裡有客人，我得先回去了。」

李執：「好，妳回去吧，有空再聯絡。」

陳屹也跟著起身，「我也回去了，你記得把粽子放冰箱。」

「知道了，幫我謝謝奶奶。」

「謝過了。」

「……」

陳屹和阮眠一起從店裡出來，兩人算不上順路，但誰也沒說要先走，索性就順著來時的路往回走。

等走到之前碰見的岔道，陳屹問：「妳今天什麼時候回去？」

「大概要等吃過晚餐吧。」

他點點頭，「走之前和我說一聲，我送妳。」

她愣住。

陳屹笑道，「怎麼？」

阮眠有些慌神，避開他的視線，「我先回去了。」

她的背影看起來像落荒而逃，陳屹覺得好笑，起了壞心思，又叫住她，「阮眠。」

眼前的人停住腳步，轉過身來，神情有些說不出的可愛。

他站在那裡，笑得越發明顯，「回頭見。」

阮眠「哦」了聲，抬腳往前走，等走出好遠了，往回一看，他的身影在拐彎處一閃而過。

她收回視線，也笑了出來。

中午吃飯，趙家坐了滿滿一桌人，方如清藉著趙書棠說了好幾句阮眠的感情問題。

趙書棠笑道：「阿姨，這種事情急不得。」

阮眠附和著點頭，但方如清這次卻怎麼也不肯妥協，吃過午餐就在聯絡自己的老朋友。

「……」

趙書棠的男朋友在吃過午餐就回去了，阮眠在樓上房間休息的時候，今年正在準備升學考的趙書陽，拿著試卷走了進來。

解決完難題，趙書陽坐在阮眠的書桌旁，邊寫邊說：「姐，妳真的太厲害了。」

她站在窗邊吹風，聞言笑了笑。

「姐，妳那時候在八中讀書，是不是都是年級第一的那種？」

「沒有。」阮眠說：「不過我和年級第一是同班同學。」

「哇。」趙書陽停下筆，眼眸冒光，「那他現在在做什麼，是不是在做很酷的工作？」

「他現在是軍人。」

趙書陽更來勁了，拉著她問東問西，阮眠被問得頭痛，搪塞道：「等以後有機會，我介紹你們認識，你再自己問他，好嗎？」

「真的可以嗎？」

阮眠頓了下，抬頭看向對面的平江公館，低聲道：「應該吧。」

後來趙書棠回來，他們三個玩了會兒撲克牌，阮眠因為有些睏回去補眠，再醒來時，發現手機裡有一則未讀訊息。

CY：『臨時有點事，大概要晚點才能送妳回去。』

這則訊息是一個小時前傳的，阮眠沉思了半天只回了個「好」，之後他一直沒回，阮眠就放下手機去了客廳。

方如清和趙應偉在廚房準備晚餐，三個孩子在客廳看電視，屋外日暮西斜，高峰期來臨前的前奏。

通往市中心的馬路上車如流水，一輛黑色的奧迪被夾在其中動彈不得，駕駛座的車窗落下，露出一張英俊非凡的臉。

周圍此起彼伏的鳴笛聲聽得人頭痛，陳屹又把車窗關了，他這趟是被母親宋景差使出來接父親陳書逾的，他今天中午和老友在外小聚，吃完飯又去了茶樓，就讓司機先回去了。

這會兒正是高峰期，他在路上塞了四十多分鐘才到茶樓，下了車拿到手機，才看見阮眠回覆了訊息。

陳屹問她「什麼時候吃飯」，傳完收起手機，進了茶樓。

陳書逾和好友就在大廳的休息區等著，兩人在那裡有說有笑，陳屹走過去，「爸。」

陳書逾「哎」了聲，起身拉著他介紹，「陳屹，這位是阮伯父，做核子物理研究的前輩。」

陳屹得體地向他問好，「伯父好。」

阮明科點頭應聲。

陳書逾：「要是你當初堅持走物理這條路，說不定現在就和阮伯父成為同事了。」

阮明科笑笑，「年輕人，多嘗試些東西也是好的，現在不也一樣年輕有為嗎？」

陳書逾和他聊著，後來上了車，又讓陳屹先送阮明科回去，一路上陳屹都沒怎麼開口。

等把人送到地方，天色已經黑了。

陳書逾沒和兒子多說，等到了家，一家人坐在一起吃晚餐時，宋景提起了件事，「你爸這個朋友有個女兒，年紀和你差不多大，也還是單身，我看了照片，長得也挺好看的，之後讓你爸安排你們兩個見一面，怎麼樣？」

聞言，陳屹停下筷子，輕笑，「您今天叫我去接我爸，就是為了讓人先看看我合不合適，是吧？」

宋景夾了一筷子的青菜，淡淡道：「你這工作性質，一般人家都不願意把女兒介紹給你。」

「……」陳屹抬手撓了下眉，「相親就算了。還有，我現在已經有發展對象了，這事就不勞您二老操心了。」

「哪家的女孩？」宋景說：「我看你舅舅說得對，你就是不想結婚，隨便找了個人糊弄我們。」

陳屹這麼大個人了，還被父母一句話噎得哭笑不得，想了想也沒什麼好說的，低頭扒了兩口飯，放下筷子說：「隨你們怎麼想，反正我不相親。我還有事要出去一趟，晚點回來，不用幫我留門。」說完，他徑直走了出去，留下陳書逾和宋景無奈的神情。

另一邊，阮眠怕方如清又拉著自己說什麼，剛吃完飯就傳了訊息給陳屹，說等會兒就回去。

他回得很快。

CY：『我在李執這裡。』

阮眠：『那我等一下去找你。』

CY：『好。』

阮眠低頭看著手機笑，趙書棠從旁邊坐過來，「嘿，妳在看什麼，笑得這麼開心？」

她忙不迭地關起手機，「沒什麼，妳什麼時候回去？」

「過兩天吧。」

「妳打算一直留在那邊工作嗎？」

趙書棠是在Z市讀大學的，畢業後就一直留在那裡，和阮眠一樣只有節假日或是春節才會回來一趟。

「不一定。」趙書棠笑道：「看我男朋友吧，他的家人想讓他回平城，我自己也想回來，畢竟離家近一點。」

「那也好。」

聊了幾句，阮眠看時間差不多了，就準備回去了，方如清又忍不住提起相親的事，「妳躲著我也沒用，我和妳爸說了。」

「……」

「好了，妳要怎麼回去？」方如清擦擦手，「沒開車過來的話，我和趙叔叔送妳回去。」

「不用，我叫了車，就快到了。」阮眠沒讓他們送，提了兩包粽子去了李執那裡。

陳屹和李執站在超市門口說話，他們不知道說到了什麼，陳屹偏頭笑了下，恰好看到正朝著這裡走來的阮眠。

他收回搭在李執肩膀上的手臂，抬腳迎了過去，動作自然地接過她手裡的東西，「這是什麼？」

「粽子。」阮眠拿了其中一包給李執。

陳屹「哦」了聲，「那這包是給我的？」

阮眠顯然沒想到他會這麼說，愣了下，否認道：「不是。」

「……」他不鹹不淡地笑了聲，像是在透露著不滿。

阮眠猶豫了下，試探道：「那不然，這包給你？」

他抬眸，「算了，走吧。」

阮眠抿了抿唇，跟上他的腳步，等上了車，陳屹問她地址。

「華邦世貿城。」阮眠在扣安全帶，沒有注意到陳屹在聽見這個地址時，那一瞬間的停頓。

他問：「在南二環那裡？」

「對。」

陳屹點開導航，歷史記錄裡排在第一個的就是這個位置，他點進去後，驅車離開這處。

晚上車少了很多，晚風涼爽。

陳屹開了一半就關掉導航，剩下那段路對傍晚才走過一遍的他來說不算陌生。

很快到了地方。

陳屹停好車，看著她解開安全帶，聲音不輕不重，「妳高中那時候參加了物理競賽班，對嗎？」

他今天總是提起過去的事情，阮眠按捺著慌亂，扭頭看他，「是啊，怎麼了？」

陳屹戳著方向盤，「我記得周老師說妳比較適合進數學組，為什麼後來又去了物理組，是因為什麼人嗎？」

阮眠呼吸一窒，無意識捏緊了手裡的袋子，唇瓣動了動卻沒出聲，只好吞咽了下，才說：「因為我爸爸是做物理這方面的研究的。」

「妳跟妳爸姓，對吧？」

「……」這話題轉得太快了，阮眠愣了下，「對。」

陳屹像是得到了什麼好消息，自顧自地笑了出來，「我知道了，妳上去吧，時間不早了，早點休息。」

阮眠不明所以地「哦」了聲，從車裡下來走了幾步，想到他今天的莫名其妙，忍不住回過頭，卻不想陳屹還坐在車裡看著她。

她又匆忙地收回視線，很快走進了社區。

陳屹看著她進去後，以最快的速度趕回家裡，卻在一個紅燈口時，忽地想起阮眠在回答他問題時的反應。

之前他只注意到了別的，現在想起來，卻覺得她的答案和反應不像是一回事。

紅燈跳轉，陳屹繼續往前開，在某個瞬間，他隱約覺得阮眠當初選物理的一大半原因，可能都是因為他。

陳屹不敢再往下想，他在深呼吸後加快了速度，到家也已經是半個小時後的事情。

宋景和陳書逾還在客廳，在和出去旅遊的兩老打視訊電話，陳屹坐到一旁的沙發，支著肘、托著臉頰發愣。

過了會兒，宋景起身去漱洗，陳書逾踢了下他的小腿，溫聲問道：「怎麼只是出去一趟就變得無精打采的？」

陳屹回過神，右手捏著左手的大拇指，垂眸問，「爸，我問你一件事。」

「什麼？」

「阮伯父的女兒──」他抿了下唇，一口氣問了三個問題，「叫什麼？在哪裡工作？有照片嗎？」

「……」陳書逾有些不解。

陳屹摸摸唇角，「不是安排相親嗎？起碼得先讓我了解一下對方的情況吧。」

陳書逾覺得好笑，「了解情況做什麼？你走之前，不是硬氣得很嗎？」

陳屹笑嘆，「之前都是我不懂事，您就別為難我了。」

「你說，你早就知道會這樣，還鬧什麼小孩子脾氣？」陳書逾拿起手機，「你阮伯父的女兒是個醫師，在B市協和醫院工作，叫阮眠，我找一下照片啊。」

他翻了下聊天記錄，找到一張，「給你。」

陳屹其實已經能百分百確定是同一個人了，卻還是接過手機看了一眼，那應該是阮眠的工作照。

她穿著醫師袍，白皙乾淨的一張臉，眼眸清澈圓亮，唇邊笑意輕淺，但仔細看還是能看出幾分職業假笑的痕跡。

陳屹笑了聲，把手機還回去，「什麼時候能安排見面？」

陳書逾這會兒得到準話，反而開始擔心他有什麼壞心思，語氣有些懷疑，「你不會是準備胡來吧？」

「既然這樣就算了。」陳屹快刀斬亂麻，「反正我以後都不會再相親了。」

「好好好，我幫你安排。」陳書逾說著，就傳了一則語音訊息給老朋友。陳屹一邊聽著他聊天，一邊傳了一則訊息給阮眠。

CY：『明天有空嗎？』

阮眠始終沒回，直到半個小時後，陳書逾和阮明科定下了明天見面的時間和地點，他才收到一則訊息，點開。

阮眠：『明天可能沒空，我家裡有點事。』

陳屹盯著那幾個字看了會兒，然後彎唇笑了下。

好，家裡有事。

他倒要看看明天到底有什麼事。

第四章　比任何人都幸運

阮眠到家的時候，阮明科還沒休息，她把粽子拿進廚房後走了過去，「怎麼這麼晚還沒睡？」

「白天喝了茶，不太睏。」阮明科折上報紙放在茶几上，等她坐下來才提了句，「妳媽剛才打了通電話給我。」

阮眠不用猜都知道是為了什麼，裝作聽不懂地「哦」了聲，拿起遙控器隨便找了部電影放映。

阮明科跟著抬頭看過去，溫聲道：「你媽這個人一輩子都在操心，妳是她唯一的女兒，著急妳的終身大事也是在所難免的。」

她調低了電視音量，「我明白。」

「所以妳是怎麼想的？」阮明科笑了聲，「妳這麼多年都不找對象，說實話，爸爸看著也有點著急。」

「……」

「我知道妳的工作忙，也不想催妳的婚事，但妳媽這次是鐵了心要幫妳安排相親。」阮明科一臉無奈的樣子。

阮眠抓臉撓腮，一時沒想好該怎麼說。

阮明科提議道：「不如這樣，妳聽妳媽媽的安排，去見一兩個，面試也有不通過的，更何況是相親。妳先去見一下，到時候再說不適合也可以，總好過一個都不見，讓妳媽媽一直念叨。」

「好吧，我再想想。」阮眠打著太極，「我先去洗個澡。」

她跟躲什麼似地鑽回了房間，阮明科搖頭笑嘆，朝著房間那邊說：「奶奶幫妳留了蓮子羹在廚房。」

「知道了。」阮眠抱著睡衣從房間出來，「我等一下再喝。」

阮明科沒再多說，重新拿起桌上的報紙，等阮眠洗完澡出來，他又去了書房。

阮眠從書房門口路過，看他在那裡找東西，問了句：「爸，你在找什麼呢？」

「找份以前的資料。」阮明科開了書架頂上的燈，回頭看她，「妳忙妳的去吧，早點休息。」

「好，你也早點休息。」阮眠擦著頭髮去了廚房，把冰箱裡的蓮子羹拿出來，坐在餐廳邊滑手機邊吃。

孟星闌昨晚創了個群組，把他們幾個都邀進來，打算趁這次放假召集大家一起聚一下。

群組裡這會兒正聊得熱火朝天，她隨便翻了翻就放下了，起身把碗收進廚房。

收拾乾淨出來時，阮眠見阮明科拿著手機在跟人傳語音訊息，也沒在意，擦乾手上的水回到房間。

只是沒一會兒，阮明科忽然來敲她房間的門，「眠眠，妳來一下客廳，爸爸有事和妳說。」

「好，來了。」阮眠趿拉著拖鞋走出去。

阮明科花了兩分鐘把事情原委和她說了一遍，怕她拒絕又提了句，「這個是爸爸朋友的兒子，和妳媽媽幫妳安排的那些不一樣。如果妳去見了，就算不合適也沒什麼問題，而且這樣也算是給妳媽媽一個交代，要是她之後再叫我催妳這件事，我也能幫妳擋兩句。」

「……」

「如何？」

「……」

沉默的時間裡，阮明科又收到了一則語音，他點開，是陳書逾傳來的時間和地點，『明科啊，就明天中午吧，就在我們今天吃飯的那個地方，包廂我都訂好了，你跟眠眠好好說一下。』

阮明科沒急著回覆，而是看著阮眠，像是在詢問她的意見。

阮眠猶如被趕鴨子上架，有些哭笑不得，最後只好妥協道，「好吧，就去見一面。」

之後的事情阮眠沒有再多關心，甚至都沒有多問一句相親對象的姓名。回到房間後，她看到手機裡有陳屹傳來的訊息，問她明天有沒有空。

情。

阮眠拿著手機坐在床邊，回訊息的時候還莫名有些心虛，就好像背著他做了什麼不好的事情。

她嘆了口氣，沒再多想，只想著趕快結束明天的相親。

隔日一早，大概是心裡裝著事，阮眠不到八點就醒了，陪周秀君出去買了菜後回來收拾一下。快十點鐘的時候，才跟阮明科一起出了門。

吃飯的地方離華邦世貿城有一段距離，開車過去得花四十分鐘，阮明科在路上接到陳書逾的電話，說是他們已經到了。

阮明科笑道：「我們也快到了，再十分鐘左右，你們先進包廂吧。」

『好，那你們路上注意安全。』

掛了電話，阮明科看阮眠興致缺缺的，也沒好提陳屹的事情，只想著等到了地方再說。

父女倆差不多十一點左右才下車，進了餐廳直接上九樓，那一層都是包廂配置，長廊鋪著地毯，踩上去非常柔軟。

迎賓人員領著兩人過去，包廂門還敞著，阮眠隔著鏤空的屏風，只看到一人坐在那裡。

大概是聽到了門口的動靜，陳書逾抬起頭，是很英俊的長相，氣質被歲月雕琢，成熟而儒雅。

他笑著起身迎過來，離近一看，阮眠覺得他的眼睛長得有點像什麼人。

「眠眠。」阮明科叫了她一聲，介紹道：「這位是陳伯伯。」

阮眠收起那些胡思亂想，禮貌地朝他笑了笑，「陳伯伯好。」

陳書逾笑著「哎」了聲，眼角和阮明科一樣有著明顯的細紋，他招呼著兩人落坐，包廂裡卻不見第四個人。

服務升上來斟茶，阮眠看著杯口氤氳而散的熱氣，猜測對方會不會是臨陣脫逃了。

正順著想得遠了，旁邊忽地傳來一聲開門的動靜，阮眠下意識扭頭看過去，這一看，人就愣住了。

包廂的洗手間那邊，一個清瘦高大的男人正慢條斯理地擦著手從裡面出來，他穿著質料良好的黑色襯衫和熨得找不出一絲褶痕的黑色西裝褲，皮帶將他精瘦有力的腰線勾勒得清晰無比。

視線對上的瞬間，阮眠看到他朝自己輕挑了下眉，唇角一抹痞壞的笑意稍縱即逝。

「……」

原來搞了半天，不是陳書逾的眼睛長得像什麼人，是他兒子和他的眼睛長得比較像才對。

阮眠顯然被眼前的情況打得措手不及，正愣神間，陳屹已經走了過來，陳書逾拉著他介紹，「陳屹，這是阮伯伯的女兒阮眠。」

陳屹順著父親的話，朝坐在一旁的女人看過去，眼眸裡有光含笑，朝她伸過去的手白皙修長，手背青筋脈絡清晰明瞭，食指靠近虎口處那側的一顆小痣在燈光下一覽無遺。

他笑得不像剛才那樣散漫，就像是真的第一次和她見面一樣，看起來溫和有禮，「妳好，陳屹。」

「……」阮眠也不知道現在是什麼情況，只好硬著頭皮和他握了下手，「你好。」

兩個人手上的溫度相差很大，陳屹不動聲色地收攏了下手指，在鬆手的剎那間，不知是有意還是無意地撓了下她的手心。

阮眠呼吸一頓，下意識抬眼看過去，可他卻格外自然地收回了手，又得體地跟阮明科問好。

阮明科和陳書逾看起來格外喜悅且激動，就差沒把戶政事務所搬過來了，全然沒有注意到兩個孩子不同尋常的反應。

他們聊得熱火朝天，阮眠卻如坐針氈，尤其是坐下來沒一會兒，還收到了陳屹傳來的一張對話截圖。

『明天有空嗎？』

『明天可能沒空，我家裡有點事。』

「……」阮眠簡直無語到崩潰，也不知道怎麼回，恰好這時候孟星闌又傳了訊息過來。

孟星闌：『眠眠，妳在幹嘛啊？』

阮眠：『相親。』

孟星闌：『？？？』

孟星闌：『妳是在做夢吧？妳在和誰相親啊？』

阮眠抬頭看了坐在對面的人一眼，慢吞吞地打下兩個字。

阮眠：『陳屹。』

孟星闌：『？？？？？』

阮眠：『這件事我現在也說不清楚，晚點再打電話跟妳解釋，我現在還有點忙，先這樣。』

傳完這句，阮眠就把手機關上，絲毫不顧孟星闌那一則接一則的訊息轟炸。

看吧，任誰聽到這件事都會難以置信，更別提是她了。

在來之前，阮眠根本沒想過阮明科提到那麼多次同事家的兒子，會跟陳屹扯上關係。在她的認知裡，相親對象可以是任何人，但絕不會是陳屹，可偏偏這麼巧，來的人就是他。

阮眠有些出神地盯著桌布上的暗紋，在回想陳屹剛才從洗手間出來看見她之後的反應時，她像是想起什麼，抬頭往對面看了一眼。

陳屹正在聽阮明科說話，注意到她的視線，抬眸看了過來，微挑著眉，像是在問「怎麼了」。

阮眠卻沒回應他，只是覺得奇怪，陳屹似乎對於她的出現一點都不驚訝，就好像一早就知道來的人是她。

這個念頭一旦冒出來，就如春風吹又生的野草，「嘩」一下鋪滿了整個荒原，怎麼也割不盡。

她低頭喝了口茶，聽見陳書逾在問她，「眠眠以前在哪所高中讀書啊？」

阮眠放下杯子，答得一板一眼，「我高一在六中，高二時轉去了八中，畢業後又回六中重讀。」

聞言，陳書逾有些驚訝，「妳也在八中讀過書？那跟我們家陳屹是校友啊，妳是哪一屆畢業的？」

「……」阮眠頓了下，不著痕跡地看了陳屹一眼。他一副氣定神閒的模樣，像是不著急她的回答。

她抿抿唇，如實道：「我是二〇一〇那一屆的。」

陳書逾臉上的驚訝和驚喜幾乎是肉眼可見的變多，「哎喲，那還真巧，陳屹也是那一屆畢業的，這麼說你們兩個還是同學啊，不會還同班吧？」

阮眠一時不知道要坦白還是說謊，好在陳屹及時把話接下去，「沒有，不同班。」

陳書逾：「那也算有緣分，兜兜轉轉這麼多年還能遇到以前的同學。」

這話說者無心，聽者有意，阮眠和陳屹幾乎同時朝著對方看了過去，眼神交錯間，彼此都有種地老天荒的感覺。

吃過飯，陳書逾和阮明科就說要去茶樓坐會兒，讓兩個年輕人自己安排，不用管他們。

阮眠跟著陳屹從餐廳出來，等坐上車，兩個人都沒說接下來要去哪裡，風從敞開的車窗裡吹進來。

氣氛一時間有些沉默。

阮眠低頭在看手機，孟星闌之前傳了她幾十則訊息給她，就差沒直接殺過來了。

她大概解釋了下來龍去脈。

孟星闌：『靠。』

孟星闌：『太！扯！了！』

阮眠：『……』

她手機開了震動，孟星闌一直傳訊息，動靜有些大，阮眠過了好半天才反應過來，按著手機旁邊的音量鍵調成靜音模式。

陳屹聽不到動靜了，偏過頭來看她，「妳想去哪裡？」

阮眠以前也沒相親的經驗，更沒有跟熟人相親的經驗，隨口道：「我都可以，看你想去哪裡。」

陳屹「哦」了聲，拖著腔調說：「妳看起來還挺——」

他刻意停下，阮眠偏頭看過去，沒忍住問：「挺什麼？」

「挺熟練的。」他笑著說。

「……」阮眠反駁道：「我這是第一次相親。」

陳屹眉梢微揚，唇線也跟著一揚，語調閒閒的，「所以，相親就妳說的『家裡有事』？」

阮眠自知躲不過質問，尷尬到了一定程度反而變得坦然了，「我被我爸拉過來的，為了阻止我媽幫我安排別的相親，而且陳伯伯是我爸的朋友，有什麼問題的話，交涉起來會方便很多。」

陳屹笑了聲，「能有什麼問題？」

「比如——」阮眠挑了個最常見的問題，「兩個人不適合。」

「這樣啊。」陳屹點點頭，指腹搭在方向盤上敲了兩下，忽地問道：「那妳覺得我適合嗎？」

這個問題像是一把利劍，猝不及防地把兩人面前那層曖昧不清給劈開了。

阮眠對上他的視線。

在這樣安靜的環境裡，她似乎能聽見自己心跳的動靜，快得有些嚇人，就好像站在懸崖邊，再退一步就是萬丈深淵。

她眼睫輕顫了下，彷彿失去了說話的能力。

陳屹直直地看著她，他笑、眨眼、呼吸、喉結滾動，每一個小動作都在這狹窄的空間裡被放大。

良久，車外汽笛聲響，阮眠回過神，把問題拋回去，「那你呢？」

兩人仍舊保持著不遠不近的距離對視著，逼仄的空間裡，好像能聽到彼此的心跳。

陳屹看著她的眼睛，喉結小幅度地上下滑動著，「妳知道我今天為什麼會來相親嗎？」

其實阮眠憑著他之前的反應和這個問題，已經能猜出來，但她仍舊順著問道：「為什麼？」

「因為我知道是妳。」陳屹看著她笑了下，「其實昨天知道是妳的時候，我就在賭妳今天會不會來，結果妳真的來了。」

「那要是……」阮眠意識到自己的聲音低得快聽不清了，吞咽了下才說：「那要是我今天沒有來呢？」

「我的人生可能就會留下一個陰影，第一次相親就被人放鴿子。」陳屹收回搭在方向盤上的手臂，格外認真地叫了聲她的名字，「阮眠。」

聽見這一聲的瞬間，阮眠的心跳倏地漏了一拍，氣氛變得異常的靜謐和緊張。

陳屹收回的手臂好似無處可放，他又搭了回去，轉過臉看著她，「我以前沒相親過，也不知道相親有什麼流程，但我想我們都來了，我覺得還是要正式說一下。」

阮眠緊張到連聲線都在發抖，「說什麼？」

「我的個人情況。」陳屹笑了聲，看著她的目光直接又曖昧，「我這個人家世清白，工作穩定，不抽菸，偶爾喝酒，沒有不良習慣，在B市有一套房和一輛車，所以——」

他停了下來，像是在揣摩著一句很重要的話，又像是在等著她的反應。

總而言之，那十幾秒的時間，對於阮眠來說好像被拉長了無數倍，每一秒都走得格外謹慎細微。

那些她期待的，曾經想也不敢想的事情，似乎都將在下一秒成為確切的事情。

短短十幾秒，陳屹收斂笑容，神情變得認真，眼眸裡是藏不住的緊張，看起來似乎也沒什麼把握，「所以，妳要不要考慮一下我這個相親對象？」

平城的夏天很熱，連風都是滾燙的，下午兩點的陽光熱烈而沉悶，風從車廂兩側敞開的窗戶灌進來。

在那樣緊張到近乎每次呼吸都要深思熟慮的重要關頭上，阮眠卻像是失去了說話的本能。

她在過去那場晦澀難明的暗戀裡孤注一擲，曾以為會輸得一敗塗地，可真正到了揭曉答案的那一刻，陳屹卻先向她露了底牌。

那些對於十六歲的阮眠來說，曾經奢望過甚至為之努力過，最後卻不得不放棄的喜歡，在她幾乎已經不再抱有希望能得到的時候，卻又成了突然降臨的驚喜。

就好像這麼多年，她一路跌跌撞撞地往前走，自以為這一生與他再無瓜葛，卻不想原來兜兜轉轉，他早已站在了她的終點。

逼仄的車廂裡，兩人仍舊保持著對視的姿勢。

阮眠也像陳屹看她那樣認真，卻又比他看得更仔細，他的每一次呼吸、每一次眨眼，在意識到這些都是真切的存在後，她鼻子倏地一酸，眼淚瞬間就止不住了。

那是陳屹從未見過的哭法。

無聲無息的，從眼眶溢出來，順著臉頰下頷滴到看不見的地方。

陳屹自詡這前半生比旁人經歷得多、也見得多，可在這一刻，他卻像是束手無策，只能笨拙地伸出手，用拇指將她眼角的淚水抹掉，指腹間沾染上溫熱的溼度。

就好像也能感受到她此時此刻的情緒。

陳屹心裡像是被人用手捏了一把，不是突兀明顯的刺痛，而是緩緩漫開的酸疼，他微低著頭，想要開口說什麼，卻被乍然作響的電話打斷。

兩個人都像是從夢中驚醒，稍稍拉開了距離，陳屹收回手去拿手機，阮眠抹著臉，輕輕吸了吸鼻子，扭頭看向窗外。

之前悄無聲息漫開的曖昧氣氛被風一吹，散了不少。

一通電話的時間，阮眠整理好了自己的情緒，陳屹也不再著急於問題的答案，而是放低聲音道：「沈渝他們準備等今天升學考結束後，回八中去看望周老師，妳想去嗎？」

阮眠剛才哭過，看著他的時候眼角還是紅的，「去吧，我也好久沒回去了。」

「那現在過去嗎？他們在學校附近的手搖店。」陳屹抬頭看她，把話說開之後，他的目光從最初的試探，變成如今的直接坦蕩，像是要將她吞沒。

阮眠耳根發燙，微微偏過臉，看向車前，「那就過去吧，反正等等也沒什麼事。」

「好。」說完這句，陳屹停了下，目光長久地停留在她這裡，而後忽地朝她伸出手。

阮眠餘光注意到，身體的第一反應是往後躲，可空間就那麼點大，根本無處可逃，只好強撐著問，「怎麼了？」

陳屹低聲笑了下，收回手提醒道，「安全帶。」

「……」阮眠臉頰一紅，有些慌亂地去扯安全帶，動作太猛，手指還被勒了一下。

陳屹伸手幫她整理了下，等到車開出去之後，收回視線不再看她，可阮眠卻覺得四周好像全是他的氣息，密不通風地將她包裹在其中。

就像他這個人，從那個夏夜的驚鴻一瞥到如今的兩情相悅，十多年的時間裡，即使曾經相隔千山萬水，卻又好像從未離開過。

下午三點多，太陽正曬著，一輛越野車緩緩停在八中附近一家手搖店門口，或許是因為升學考的緣故，路上沒什麼車，人也少，顯得靜悄悄的。

坐在手搖店裡的四個人幾乎是同一時間看向了窗外，唯一知道這兩人今天去做什麼的孟星闌，就差沒把玻璃敲出個洞，聽聽他們在車裡說些什麼。

但其實阮眠和陳屹在車裡真的沒說什麼，那幾分鐘的時間裡，他們先後接了通電話。

連話都沒說上一句就從車裡下來，陳屹步伐稍快，同色系的衣服將他的身形勾勒得勻稱修長。

他一手拿著電話，聽對方說話的同時還能分心幫阮眠開門，手搖店門口響起電子音的「歡迎光臨」。

陳屹拿手擋住話筒，對阮眠說：「妳先進去，我接完電話再過去。」

阮眠：「好。」

她走進去，店裡就只有孟星闌他們四個人，江讓坐在靠裡面的沙發，兩天前在婚禮上，他說的那些話恍若還在耳畔。

阮眠低不可聞地嘆了口氣，快步走過去。

孟星闌起身攔住她坐下來的動作，笑道：「走走走，我們去點餐，看看要喝什麼。」

「……」

等到了櫃檯，阮眠點了杯珍珠奶茶，孟星闌幫自己加了份甜點，問：「妳真的和陳屹相親了啊？所以他就是妳之前跟我說，妳爸經常提起的同事家的兒子？」

阮眠點頭，視線往外看，陳屹背對著這邊，微低著頭，小幅度地踢著腳邊的石子。

孟星闌問起來沒完沒了，阮眠回答不過來，最後說：「就和我在通訊軟體上和妳說的差不多，沒其他的了。」

說話間，陳屹接完電話從外面進來，徑直朝著窗邊的沙發走去，沒幾秒，站在櫃檯邊的阮眠就收到了他傳來的訊息。

ＣＹ：『轉帳訊息：請你確認收款。』

阮眠：『？』

陳屹沒有再回，阮眠也沒領取，只是覺得莫名其妙。

他們六個人沒有在手搖店久留，等孟星闌那份甜點吃完後，轉場去了建在平江公館裡的籃球場。

沈渝、江讓還有梁熠然在來之前就穿著球衣，只有陳屹還穿著皮鞋和西裝褲，他把車鑰匙和手機交給阮眠，邊解著領口的扣子邊回頭跟他們說，「等一下，我先回去換身衣服。」

動作間，已然露出半邊鎖骨線條，領口停留在一個令人遐想的角度，黑色的暗紋布料格外顯白，阮眠握著手機挪開了視線。

他的好皮囊，十年如一日的勾人攝魂。

陳屹不著痕跡地笑了聲，抬腳往球場外走。

阮眠拿著他的東西和孟星闌坐到球場角落的椅子，場內還有其他人在打球，沈渝過去溝通了下，邀他們等等同打一場。

幾個看起來只有十幾歲的少年欣然答應。

陳屹很快就回來了，他偏好黑色系的衣服，球服也是黑白款，同色系的球鞋，戴著黑色的護腕，劍眉星目，肩寬腿長。

那時候還不到四點，陽光從林蔭大道旁的梧桐樹間穿透而落，他逆光而來，一如既往的耀眼。

阮眠看著他不急不緩地走過來，有那麼一瞬間，她將他的身影和記憶裡的少年慢慢重疊在一起。

她在片刻的怔愣後，扭頭別開了視線，眼眶卻慢慢紅了起來，但她並沒有掉眼淚。

陳屹不知道什麼時候走近了，站在她面前，擋住了身後猛烈的日頭，微皺著眉看她，「怎麼了？」

球場裡灰塵起伏，阮眠揉了揉眼角，「沒事，有灰塵跑到眼睛裡面了。」

她仰著臉和他對視，那目光就好像將要和他分開八輩子那麼久，是那麼的眷戀沉溺。

陳屹心頭一動，想和她更親近一些，可時間地點都不適合，更何況還有別人，到最後也只是克制地滾了滾喉結，語氣像是遺憾，「這好像還是妳第一次看我打球。」

其實不是。阮眠心裡這麼想著，也就這麼說了出來。

陳屹一愣，很快又像是想起什麼，眸光微閃，轉而道：「我們打個商量怎麼樣？」

「什麼？」

「等等應該有比賽，要是我贏了——」他往後退了一小步，笑得意氣風發，「妳就答應我一件事。」

阮眠微抿了下唇角，抱了最壞的打算，「……那要是輸了呢？」

陳屹像是早就想好了回答，「那換我答應妳一件事。」

有來有往，好像也不算太虧，更何況阮眠在陳屹這兩個字上向來偏袒，沒有猶豫地點點頭，「好。」

分組的時候，沈渝還是按照以前一樣，把陳屹和江讓分在一起，「沒問題吧？你們兩個可是老搭檔了。」

江讓看了陳屹一眼，笑得溫和，「做了這麼多年搭檔，不如今天就做一次對手吧？」

陳屹捋著護腕，一口應下，「好啊。」

分完組，一場不怎麼正式的球賽就開始了，陳屹和江讓的勢頭都很猛，彼此又是搭檔，對對方的防守和進攻都很熟悉，一時間場上打得難捨難分。

歡呼聲摻雜著喝彩聲。

坐在場外的阮眠有一瞬間好像被拉回到高中時期，少年在人潮湧動的球場肆意瀟灑，她從球場外路過，目光和腳步都不止一次為他停留。

他在人群裡贏得滿堂喝彩，在她漫長歲月裡的所有心動中，仍然拔得頭籌。

儘管他們之間有時隔九年多的鴻溝不可跨越，可阮眠卻不得不承認，她好像比當年還要更喜歡他。

尤其是在他每一次得分時，向她看過來的目光裡。

那天他們十個人打了差不多四十分鐘，最後的總比分二十比二十三，江讓用一個漂亮的三分球贏得了比賽。

結束後已經是傍晚，沈渝請那幾個小男生一起去附近吃燒烤，一行人浩浩蕩蕩地從平江公館裡出來。

陳屹和江讓一前一後走在人群裡，慢慢地落後了幾步。

阮眠無意間察覺到什麼，回頭看了一眼，他們兩個被人群落在了後面，和當初一樣的形影不離。

本該是很正常的畫面，可阮眠卻有種說不出來的感覺，腳步下意識停了下，走在一旁的梁熠然看見了，低聲說了句：「走吧，不用擔心。」

梁熠然是四個男孩子當中，最早熟也是最成熟的一個，阮眠想他大概是知道了什麼。

可陳屹又是什麼時候知道的，她卻不得而知。

陳屹認識江讓十多年了，過了這麼久，他始終記得他們第一次見面時的場景。

那是高一剛開學那天。他因為通宵，一早到學校找到教室，就隨便找了個角落的座位補眠。他睡得不沉，後來察覺到旁邊有人坐下，下意識醒了過來，一抬頭卻見一張恐怖的鬼臉近在眼前。

「我靠！」他下意識罵了聲髒話，整個人從座位上站了起來，動作大到把椅子都弄倒了。這時候鬼臉面具被揭開，露出張俊俏的臉，笑得有些抱歉，「不好意思，不好意思。」男生起身將他的椅子扶起來，又自我介紹說自己叫江讓，還問他叫什麼。

「陳屹。」他沉著臉從抽屜裡拽出書包，原本想換個位置，結果那時候班裡的人已經來得差不多，只好又坐了回去。

那是個很不愉快的第一印象，以致於後來他們四個熟悉之後，陳屹格外「針對」江讓，但也和他關係最好。

他從未想過會有這麼一天。

兩個人沉默著走了一段路，在一個紅燈口的時候，陳屹打破了這個沉默，「你什麼時候回去？」

江讓懷裡抱著球，卻不像高中時候邊走邊轉，「還要過一陣子，等我爸媽在溪城安定好。」

「溪城？」陳屹抬頭看過去。

「對。」江讓笑了笑，「一直忘了和你們說，我爸的公司在不久前遷到了溪城，他準備在那裡定居，這幾天在忙搬家的事情。」

陳屹點點頭，沒有再開口。

這時候紅燈變綠，他抬腳往馬路對面走，走了沒幾步，身後忽地傳來一陣急促的腳步聲。

陳屹當兵多年，反應力比起當年要快很多，可那時候他依舊不急不緩地走著，沒幾秒，原先落在後邊面的人追了上來，帶起一陣溫熱的風，手臂往他脖頸間一搭，大半個身體的重量直接壓了下來。

陳屹腳步踉蹌了下，直起身後笑罵了句，「江讓，你是豬嗎？」

江讓也笑著，抱著籃球往前先跑到馬路對面，站在那裡，手指頂著球飛快地轉著，笑得囂張而肆意。

一如十多年前，那個穿著紅色球衣的少年，站在人來人往的街角，朝他輕揚下巴，格外嘚囂張地說：「這次我贏了，晚上你請客啊。」

燒烤攤的座位是露天的，初夏燥熱的空氣沉悶黏膩，電風扇開到了最大，也還是出了一層薄汗。

一群十二個人坐了張圓桌，阮眠依舊被孟星闌和陳屹夾在中間，傍晚時候的天空被斑駁瑰麗的晚霞撕成一片一片，夕陽將沉未沉，正不遺餘力地發散著最後一分熱度。

沈渝把菜單上的選項勾了一大半，而後又逐一傳給他們，看看他們還有什麼要加點的，「你們先看一下菜單，我去拿酒。」

菜單傳了一圈，最後只剩下烤青椒和烤豬腦被排除在外，服務生過來拿走菜單，看沈渝搬了箱酒，又提筆在上面加了幾個字。

沈渝一次性撬開了幾瓶酒，其中一個瓶蓋掉到了地上，他撿起來，問，「大家都成年了吧？」

結果一個兩個都應聲「我十六歲」、「我十七歲」、「我沒成年」，最大的一個也差一週才成年。

還真的都是小孩。

陳屹笑了笑，抬手請服務生過來，加了幾瓶飲料，沈渝把酒拿給江讓他們幾個，遞到陳屹這裡，他擋了下，「我不喝。」

沈渝笑罵，「靠，你別跟我裝嫩啊。」

陳屹往後靠著椅背，不動聲色地把手搭到阮眠的椅背上，「我等等要開車。」

言下之意再清楚不過。

沈渝早就習慣他那副德行，就把酒拿給了阮眠，酒瓶放在她和陳屹左右手中間的位置。

阮眠還記得上一次跟他們一起吃飯時的事情，沈渝剛把手收回去，她就把酒換到了自己的右手邊。

陳屹看到她這個動作，驀地笑了出來，用搭在她椅子上的那隻手戳了戳她的肩膀，等人看過來了，才淡淡問道：「做什麼？」

阮眠那就是下意識的動作，這時候反應過來也有些不自在，「……我放這邊順手一點。」

他挑眉，拖著腔，「哦，這樣啊。」

「嗯。」說完，她還點點頭以增加信服力。

陳屹笑得鬆散，眉眼舒展著，懶懶地說：「好了，拿過來放吧，這次不喝妳的酒。」

「……」

考慮到等等還要回學校看望周海，他們幾個也沒怎麼喝，一箱酒只空了一半，陳屹見吃得差不多，起身去結帳。

十幾個人吃了幾千塊，付完錢，陳屹又從桌上拿了兩顆酸梅糖揣在口袋裡，等回到位子上，才發現那幾個小男生都先離開了。

他坐下來，動作自然地拿走阮眠面前還沒喝完的酒瓶，放了兩顆糖在原來的位置，低聲道，「少喝點。」

阮眠咽下嘴裡的東西，沒說什麼，只是伸手把兩顆糖收起來。

吃過飯，幾個人又去附近商場買了點東西，回來路過水果攤，阮眠和孟星闌進去買了點水果。

等到了周老師家門口已經九點了，周海已經是當爺爺的年紀，抱著孫子來開門的時候還愣了下，緊接著就是溢於言表的驚喜和激動，連話都說不好了。

算起來周海只是阮眠、陳屹、江讓還有孟星闌他們四個的班導，但他高一的時候也當過陳屹他們班的科任老師，所以梁熠然和沈渝來看望他，也在情理之中。

他們刻意挑這個時間點過來，就是為了不多耽誤時間，也不想讓周海麻煩，坐下來喝了兩杯茶，聊了一下就撤了。

周海送他們到學校門口，感慨道：「真是，一年又一年，轉眼間你們都要成家立業了。」

幾人應和著，等走到門口，他們讓周海不要再送，周海輕輕頷首，三步一回頭，擺擺手讓他們回去路上注意安全。

剛升學考完的校園空蕩寂靜，一群人在校門口站了會兒，感懷一去不復返的學生時代。

江讓是最先離開的，他接了個電話，然後笑著說：「家裡有點事，得先回去了。」

沈渝和他順路，搭著他的肩膀一起去路邊叫計程車，而孟星闌和梁熠然的新房在平大城大學附近，離這裡還有段路，隨後也離開了。

剩下阮眠和陳屹站在那裡，兩人隔著一點距離，路燈下兩道影子被拉得很長。

吹了會兒風，陳屹提出送她回去，阮眠跟著他穿過馬路，去之前的手搖店門口取車。

沿路都是人。

兩人沒有走得很近，直到迎面跑過來一個小孩，直接從他們兩個中間的空隙擦肩而過。陳屹像是察覺到，腳步不動聲色地朝她靠攏，側頭看她，「妳明天回B市嗎？」

「對。」她訂了中午的機票，「你們什麼時候回去？」

「明天晚上。」陳屹問：「要一起嗎？」

阮眠是後天一早的早班，而且晚上還要替同事值班，她在跟陳屹一起回去和早點回去能多睡一下之間抉擇了下，搖搖頭說：「不了，我後天一整天的班，晚上得早點休息。」

他也沒說什麼，「好。」

兩人到了車旁，阮眠有些口渴，去旁邊的便利商店買了兩瓶水，出來正準備上車，一個人猝不及防地叫她。

「眠眠？」

阮眠下意識抬頭，隔著敞開的車門看見站在不遠處的方如清和趙書陽，對上陳屹詢問的目光，頓了下才說，「我媽媽和我弟弟。」

她有些認命地關上車門，方如清已經走了過來，先是看了陳屹一眼，才問：「妳怎麼這麼晚了還在這裡？」

阮眠：「我過來看望老師，這就準備回去了。」

說話間陳屹也從駕駛座那邊繞了過來，他這個人向來禮數周全，哪怕是這種突發狀況，也能保持著良好的教養，不緊不慢地自我介紹道：「伯母好，我是陳屹。」

此時此刻的方如清對眼前這個男人叫什麼並不感興趣，她維持著作為長輩的禮數，接下他這聲問好，思及阮眠先前的回答，又問：「你們兩個是同學啊，一起回來看老師？」

「對，高中同學。」陳屹看了一旁默不作聲的某人一眼，繼續道：「不過我今天是來和阮眠相親的。」

話音剛落，阮眠猛地抬頭朝他看過去，他行事坦蕩，一沒說謊二沒作假，格外坦然地迎接著她的注視。

一直操心女兒終身大事的方如清心情瞬間變好，「哎呀，你看這時間還早，我們就住在這附近，不如進去喝杯茶再走吧。」

陳屹知進退，格外客氣地道了聲，「不麻煩了。伯母，等下次有機會我再上門拜訪。」

看方如清還要說什麼，阮眠直接打斷她，「媽，時間不早了，妳早點帶書陽回去吧，有什麼事我晚上回去再跟妳說。」

推推拉拉好半天，方如清才被趙書陽拉走了，阮眠鬆了口氣，又立刻想起什麼，回頭看著陳屹，「你其實不用和我媽說那些的。」

「說什麼，相親嗎？」陳屹一本正經，「那是因為我家有家規，不能跟長輩撒謊。」

「……」

後來回程的路上，阮眠不斷收到方如清傳來的訊息，恨不得把陳屹的祖宗十八代都問清楚。可阮眠對於陳屹的了解僅限於目前所知，以及他下午提到的那些「個人情況」。

她有好多問題都答不上來，最後方如清甚至開始懷疑，陳屹是不是阮眠拿來搪塞她的人。

阮眠：「……」

她只好把阮明科搬出來，方如清這才消停，像是轉移了攻擊對象，不再傳訊息給她。

手機終於沒了動靜。

陳屹朝她看過來，很體貼地問：「需不需要我加一下伯母的聯絡方式？」

「嗯？」

「解釋一下。」陳屹說：「順便和她說一下我的情況。」

阮眠微抿著唇，像是難以接受他這份「好心」，好半天才說：「不用了。」

陳屹秉持著專心開車的原則，收回視線盯著前方的路況，剩下半個小時的車程格外順暢。

等到了社區門口，阮眠解開安全帶準備下車時，耳邊卻突然傳來車門落鎖的動靜。

她愣了下，嘗試去開車門，推不動，回頭不解地看著他，「怎麼了？」

「七個小時又二十四分鐘。」陳屹為了確保無誤，說完這句話後又看了手機一眼，阮眠這才發現他在備忘錄上記了個時間。

——下午兩點十八分。

往前推算，正是下午他把話說開的時候，在七個小時又二十四分鐘後，他再次提起，「距離我那個問題已經過去了這麼久，可妳還沒告訴我答案。」

阮眠以為陳屹早就忘了這件事，沒想到他不僅記著，還記得那麼精確仔細，一時間好像又回到下午那個氣氛裡。

她手還搭在車門把手上，保持著那個姿勢看他，和下午在球場看他的那個眼神一樣。

那時不像現在天時地利，可陳屹依舊沒有動作，看著她的時候，眼裡含笑，「妳不要這樣看著我。」他視線意有所指地往下一瞥，又很快收回，低聲道：「不然我會想親妳。」

「……」阮眠回過神，唇瓣動了動卻沒出聲，臉頰漸漸染上害羞的紅，氣氛逐漸被曖昧侵襲。

她扭頭看向窗外，心跳快得無以復加。

那幾十秒過得有些漫長，讓一向胸有成竹的陳屹也隱約覺得有點沒把握，看著她的目光裡全是緊張。

車外人來人往，阮眠看見一對吵架的情侶，手把手散步的一家三口，還有推著老伴遛達的老爺爺。

人間百態，亦是所有人殊途同歸的一生。

她收回視線，輕聲問：「你下午說如果你贏了球賽，就讓我答應你一件事，你想讓我答應你什麼事？」

陳屹眼也不眨地看著她，喉結輕滾，「我現在說了，妳會答應嗎？」

「你先說是什麼事。」阮眠並不上當。

「嫁給我。」

「？」

他唇邊漾開一抹笑，「不行啊，那做我女朋友可以嗎？」

阮眠抬頭看著他，像是不好意思，很快又轉頭看著窗外，幾秒的沉默後，她低聲說：「應該可以吧。」

阮眠說完這句話後，車裡忽地陷入了沉默，她有些說不出來的緊張，甚至不敢回頭去看他。

陳屹盯著她羞紅的耳朵，心裡如同灌了蜂蜜般沁甜柔軟，「妳不轉過來看看我嗎？」

阮眠順勢往他那邊看，卻不想才剛轉過來，原先還離著一段距離的人，忽地近在咫尺，漆黑的眉眼和溫熱的唇瓣，全都是真實的存在。

她心跳停了下，眼睫輕顫。

幾秒後，陳屹稍稍往後退了些，指腹碰了碰他剛才親過的地方，軟綿綿的，如同她的名字。

車裡光影黯淡，他垂著眼眸，直勾勾地看著她，眉眼間深情不減，聲音低沉繾綣，「我喜歡妳。」

阮眠又哭了。

這次陳屹哄了好半天，放手送人回去的時候，已經過了午夜十二點，時間晚到雙方家長都打了電話過來。

兩個人站在大樓前，各自接著電話，路燈下，映在地面上的兩道影子卻是牽著手的。

「在外面，嗯，等等就回去。」

陳屹說一句就往阮眠那裡看一眼，看她紅著的眼眶，溼潤明亮的眼眸，小巧精緻的鼻梁，一張一闔的唇瓣。

明明她就在眼前，可他仍舊試圖在腦海裡拼湊著十幾歲的她，關於她當初的暗戀，李執那天晚上沒有說得太明確，甚至把時間歸在「曾經喜歡過」。

他無從得知準確的時間。

高中時候的陳屹意氣風發，靠著一身好皮囊和令人豔羨的家世背景，在整個同齡圈以一騎絕塵的風姿穩坐當年，甚至是很多年後八中風雲人物的榜首之位。

幾乎是一個前無古人，後無來者的存在。

可那個年紀的陳屹同樣也有著超乎同齡人的清醒，家庭背景和成長環境造就他對於自己人生的選擇永遠都是堅定且明確，想要什麼就為之付出努力，以致於在別人還在升學考這條獨木橋上掙扎時，他已經走上了屬於自己的康莊大道。

也同樣基於此，他在追尋人生的道路上，忽略了很多對於那個年紀的陳屹來說，只是身外之物的東西。

比如阮眠的喜歡和每一次看向他的目光。

畢業後，陳屹因為課業的緣故很少回國，和阮眠的聯絡也止於拍畢業照那次。

災區的重逢對於他來說，更像是計畫之外的事情，他在阮眠不同尋常的變化中，循著蛛絲馬跡察覺到年少時兩人相處間的一些細枝末節。

九年的時間，她跟高中那時的差別不僅僅是性格上，外在也有潛移默化的改變。比那時候更高瘦一些，眉目像是張開了，褪去了稚嫩和小家碧玉，越發落落大方。

陳屹不可否認有被驚豔到，但驚豔的前提是因為她是阮眠，是那個在餘震發生時擋在于舟面前的人，而不是其他人。

後來的心動比起重逢更在意料之外，卻好像也在情理之中，他無從考究從何而起，只知道在回過神的時候，她已經住進來了。

那次救援出現意外，他在生死之際毫無預兆地想起她，末了也慶幸一切都還停留在起點。

那樣就算他出事，她難過也不過一時。

可是後來越相處就越放不下，陳屹自私地把她扯進自己的生活裡，卻不想原來在很久之前，她就把他放進了心裡。

那是他人生中第一次感到無以復加的後悔和遺憾。

可這世上沒有後悔藥也沒有時光機，如今已經二十六歲的陳屹不能回到十六歲，他註定會錯過十六歲的阮眠。

好在冥冥之中自有註定，時隔九年的重逢，對於阮眠來說或許是對過去的一種彌補，可對於陳屹來說，卻是無比珍貴且僅有一次的饋贈，他願意用一生去回饋。

一旁同樣接著電話的阮眠沒有察覺到陳屹的出神，掛了電話後把手從他手心裡抽出來，卻不想下一秒，他又緊跟著牽了過來，修長白皙的手指從她的指縫間穿過去，十指相扣極盡纏綿。

阮眠被他拉到跟前，看著他對電話那頭說「馬上回去」時輕微滾動的喉結，還是有些不好意思地挪開了視線。

陳屹收起手機，指腹從她的眼角掠過，低聲問：「明天幾點的飛機？」

「十二點。」她臉皮太薄了，總是躲著他的視線。

他輕笑，卻也不為難，「我明天送妳去機場。」

阮眠說了聲「好」，想到阮明科的催促，還是把手抽了回來，悶熱的季節，手心和指腹間有一層薄薄的汗意。

她抿唇，「我得回去了。」

「好。」陳屹覺得手上空落落的，心裡也跟著空了一小塊，「快回去吧，醒了再傳訊息給我。」

阮眠「哦」了聲，走得毫不留戀，大樓的門開了又關，身影很快消失在陳屹的視線中。

陳屹兀自笑了笑，在外面站了一會兒後就離開了。

可他不知道的是，在他走了之後沒多久，沒走電梯而去爬樓梯的阮眠，在三樓的窗臺前一直看到他走出很遠才收回視線。

樓道裡光線昏暗，阮眠從逃生門走出去等電梯，被打掃阿姨擦得可以當作鏡子用的電梯壁面上，映著她的身影。

雖然模糊，但也可以看得出她是笑著的。

阮眠走過的二十多年，比平常人經歷得多，卻也比許多人幸運，儘管父母離婚，可她仍舊享有雙倍的愛，甚至更多。

學業有成，朋友不多卻都是真心的，事到如今，曾經喜歡的少年也在兜兜轉轉的九年後，和她的人生重新接軌。

命運到底還是沒有虧待她。

第五章　阻礙

阮眠到家的時候阮明科還沒睡，她和陳屹從下午出去就沒了消息，他原本還以為兩個人是為了應付長輩，出了門後就各走各的，畢竟在去之前，阮眠看起來也不太情願的樣子。

誰知道等他回到家之後，卻接到了方如清的電話，這才曉得兩人可能從餐廳離開後就一直在一起。

雖說他了解陳屹的品性，但怎麼說也是自己的女兒，說不擔心是不可能的。他問方如清是什麼時候碰到阮眠，估算著車程，硬是等到了十二點，才沒忍住打了通電話。

這會兒聽見開門的動靜，阮明科裝作不在意的樣子，等阮眠走過來才問，「怎麼這麼晚？」

那時候阮眠是順著陳屹才沒說實話，這會兒面對父親，想了想還是坦言道：「我們回學校見了以前的同學和老師。」

對上阮明科疑惑的目光，她繼續道：「我跟陳屹以前是同班同學。」

阮明科右邊的眉毛微挑了下，神情驚訝，「那怎麼見面的時候，你們都說不認識？」

「就有點突然。」阮眠直到現在坐在這裡，和阮明科重提這件事，仍舊覺得突然和不可思議。

她想起去年搬家回來那次，阮明科第一次提到同事家的兒子，那時候的她根本沒想過這個人就是陳屹。

阮明科在難以置信之間敏銳地察覺到阮眠有些微紅的眼眶，心思一斂，「是同學很好啊，也比較熟悉。」

阮眠心虛地應和著。

阮明科又問：「那妳今天跟陳屹相處得怎麼樣？如果不合適就不要勉強，畢竟是同學，也不要把關係鬧得太僵。」

饒是從小到大都跟父親無話不說的阮眠，這會兒也說不出「我們已經在一起了」這種大逆不道的話，只能故作平靜地搪塞道：「還可以，可能因為是同學，相處起來會比陌生人好一些。」

阮明科盯著她的眼睛，父女倆長相如出一轍，如果蓋住下半張臉，眉眼幾乎是同一個模子刻出來的。

他沒有多問，叮囑道：「時間不早了，早點休息吧。」

「好。」阮眠伸手去拿包包。

阮明科：「妳明天幾點的飛機？我送妳去機場。」

阮眠拿包包的動作一頓，站起來說：「中午十二點的，不用送了，我自己叫車過去就好了。」

說完這句，她丟下一句「爸爸晚安」，就急匆匆地回到房間。關上門後，阮眠長舒了口氣，把包包掛起來，收拾了睡衣去浴室洗澡。

護膚的時候，她從包包裡翻出手機，看見陳屹在十五分鐘前和十分鐘前前傳了訊息給她。

CY：『我到家了。』

CY：『我爸問了我們的事情，我坦白了。』

阮眠：「……」

阮眠這下真的覺得自己有點大逆不道了，她胡亂拍了兩下精華，手忙腳亂地打了幾個字。

阮眠：『你真的坦白了？』

CY：『嗯？家規擺在那裡，總不能知法犯法。』

阮眠：『……』

CY：『伯父沒問妳嗎？』

阮眠：『問了，我撒謊了。』

CY：『嗯，沒事，我爸正在打電話給妳爸。』

這句話把阮眠嚇壞了，她幾乎是立刻就從房間走了出去，可阮明科已經不在客廳，書房和臥室門都緊關著，聽不見一絲動靜。

倒是一早就睡下的周秀君在半夜起床倒水，碰見阮眠站在那裡，嚇了一跳，「怎麼這麼晚了還不睡？」

「要睡了。」阮眠接過她手裡的水杯，去客廳接了杯溫水送回房間時，手機又跳出了新訊息。

CY：『騙妳的，沒說。』

CY：『早點休息，晚安。』

她鬆了口氣，放下手機在床邊坐下。

周秀君本就淺眠，剛才被那麼一嚇也沒了睏意，問阮眠，「聽妳爸爸說，妳今天去相親了？」

阮眠點點頭，周秀君拉著她手，略有些粗糙的指腹一下一下摸著她的手背，輕聲問：「感覺怎麼樣啊？」

「挺好的。」阮眠笑了笑，像是撒嬌般地在周秀君身旁躺下，「奶奶，妳相信緣分嗎？」

「當然信，人與人之間都是一個『緣』字，萍水相逢也好，念念不忘糾纏一輩子也好，這不都是兩個人的緣嗎？」周秀君笑嘆：「不過是緣深緣淺罷了。」

阮眠「嗯」了聲，往她懷裡靠了靠，「奶奶，我今天晚上跟妳睡吧。」

「好。」周秀君關了燈，祖孫倆念念叨叨聊到後半夜，窗外月明星稀，破曉將近。

隔日一早，阮眠是被自己提前設好的鬧鐘吵醒的，房間裡的窗簾拉了一半，大好的陽光曬了進來。

她摸到手機關掉鬧鐘，點開通訊軟體全是群組訊息，沈渝把他們昨天的幾張合照傳到群組裡。

阮眠依序點了原圖保存，一連好幾張照片，六個人都是同樣的姿勢，連表情都沒什麼變化，直至翻到最後一張。

那一張裡，和前面幾張一樣站在她身後的陳屹，視線卻沒有看著鏡頭，而是落在她這裡。漫無邊際的天空，日暮西沉的晚霞鋪滿了整個雲層，男人的神情卻是說不出來的溫柔。

她笑著存下這張照片。

後來吃早餐的時候，阮眠看到陳屹一早就把那張照片上傳到社群上，並非只限她可見，是所有人都可以看到的狀態。

他給了她明目張膽的偏愛，就像照片裡，他也只看得見她。

吃過早餐，阮眠回房間收拾東西，拖拖拉拉到九點多，接到了陳屹的電話，『還沒起床？』

「啊，起床了。」她單手把充電器放進包包裡。

『那怎麼沒傳訊息給我？』

阮眠愣了下，想起他昨晚的交代，摸了摸鼻子說：「我忘了。」

話筒裡沉默下來，過了幾秒後他低笑了聲，『好吧，什麼時候出門？我在社區門口。』

「十分鐘後。」

『好。』

掛了電話，阮眠仔細檢查了下包包裡的證件，拿上手機準備出門，「爸，奶奶，我走了。」

阮明科：「我送妳。」

「不用。」阮眠在玄關處換鞋，「我叫計程車過去，天氣這麼熱，你們就不要送我了。」

阮明科扶著周秀君走過來，「什麼時候才會回來啊？」

「可能要等到中秋或者國慶。」阮眠笑道：「下半年大概得上手術臺，會忙一點。」

周秀君叮囑：「那也要多注意休息，別老是不吃飯。」

「知道了。」阮眠湊過來抱了抱老太太，又抬頭看著阮明科，「我走了啊，你們在家多注意身體。」

「注意安全，到了之後打個電話給我們。」

「好。」

門一關，阮眠莫名有些失落。長大後回家的次數越來越少，每次離家都有種悵然若失的感覺。

她輕嘆了口氣，眼看著電梯從樓上下來，快步走過去按了下。

從大樓出來到社區門口還有幾分鐘的路程，南方六月份的陽光有點強，那麼一小段路也曬得人出汗。

陳屹沒坐在車裡，而是在社區門口的樹蔭下等她，光影斑駁，掩不住那一副好皮囊。

或許是聽見身後靠近的腳步聲，他回過頭，淡漠的神情像是融化的冰山，變得柔軟溫情，

「沒帶行李？」

阮眠有些莫名，「我回來的時候就沒帶行李啊。」

「哦，那是我忘了。」他在說到最後三個字時刻意加重語氣，像是在暗示著什麼。

「……」

兩個人上了車，車裡的冷氣溫度調的很低，上車之後，陳屹把溫度往上調。

從社區到機場有一個小時的車程，阮眠沒有行李，到機場辦好手續後，還空出了半個小時的時間陪陳屹在咖啡廳坐了一會兒。

兩個人都不是多話的性格，可莫名的，只是坐在一起，哪怕什麼都不說、都不做，也不會覺得尷尬，反而是說不出來的愉悅。

就好像只要是彼此，哪怕是一起浪費時間也值得，只是半個小時實在太短，還不夠喝完一杯咖啡。

「走吧，送妳過去。」陳屹拿起她的包包，順勢牽住她的手，叮囑道：「到了再傳訊息給我。」

「好。」阮眠說完，又補了句，「這次不會忘了。」

他「嗯」了聲，帶著點笑意，嗓音有些低沉，「忘了也沒關係，我會打電話給妳。」

阮眠跟著笑了一下。

從此以後，這世上又多了一個牽掛她的人。

回到B市後的生活對阮眠來說，沒什麼太大的變化。要說唯一的不同，那就是她在離開B市之前還是單身，然後只過了四天的時間，就成了有對象的人。

關於她的脫單，除了身邊親近的好友之外，最先知道的就是住在同一個屋簷下的林嘉卉。

林嘉卉先用了五分鐘的沉默表示自己的震驚，而後便是理所當然的一通盤問，不肯放過任何一個環節。

阮眠自然不會每個細節都說，只是挑了重點回答，比如相親和兩家人的因緣際會。

林嘉卉連說了三個「我靠」，緊接著就用過來人的語氣感嘆道：「我早就說了，從你們重逢的那一刻起，命運就已經把你們兩個綁在一起了，也不知道當初是誰嫌我瞎操心，結果呢——」

她偏頭覷著阮眠，調侃道：「我都不敢想，只是回去過個節的功夫，就被人拐跑了。」

阮眠不好意思地笑著，正要解釋什麼，擱在桌上的手機頓時響起，兩個人順勢看了過去。

來電顯示是陳屹。

林嘉卉很體貼地把客廳的空間留給阮眠，拿著手機回到了房間。

其實下午到機場那會兒，兩個人已經通過電話，還約了這週末出來吃飯，不過陳屹這時卻在電話裡說要臨時出趟任務，歸期不定。

「抱歉，下週不能陪妳吃飯了。」陳屹不知道在什麼地方，話筒裡全是呼嘯的風聲。

「沒關係，你忙你的。」之前斷斷續續的聯絡讓阮眠對這種情況早有準備，一時也說不上多失望。

陳屹「嗯」了聲，旁邊有催促的聲音，他低聲說：「我會盡快回來。」

「好。」掛上電話前，阮眠又想起什麼，叫住他，「陳屹。」

他一頓，問：「怎麼了？」

阮眠看著放在桌角的那把鑰匙，叮囑道：「注意安全。」

「好，我會的。」

電話掛斷，阮眠放下手機，拿起鑰匙把玩了幾下，窗外夜色茫茫，她垂眸輕嘆口聲氣。

短暫的假期結束後，阮眠的生活又回歸到以前的千篇一律，忙碌的工作讓她擠不出太多時間去思念陳屹，只是偶爾沒什麼事的時候，會翻出他的社群看一看。

日子就這樣一天天地過，一眨眼六月就到了盡頭，在B市越來越熱的天氣裡，阮眠接到了李執的電話，在休息的時候和他見了一面。

李執對於她和陳屹的事情從一開始就很清楚，在得知兩人在一起後，也沒發表太多意見，只是說：「妳覺得合適就好，畢竟感情的事情旁人說了也不算數，陳屹好不好也只有妳知道。」

「嗯。」阮眠笑了笑，「不說我了，你這次來B市準備待多久啊？」

「看情況吧。」李執端起面前的水杯，「順利的話短期內大概都不會走，不順利的話，可能也就這幾天。」

「是工作上的事情嗎？」

「不是。」他扭頭看向對面高掛的看板，「我來找人。」

至於找誰，李執沒有細說，兩個人吃完飯，他接了通電話要先走，阮眠開車送他一程。

回來的路上，阮眠路過陳屹的住處，車子在樓下停了會兒，她摸出手機想傳訊息給陳屹，但一想到他沒辦法看訊息，又把手機放了回去。

之後的幾天，阮眠依舊忙得腳不沾地，連偶爾去翻陳屹社群的時間都沒有，往往都是下了班倒頭就睡。

接到陳屹電話的那天，她才剛結束值班，迷迷糊糊睡得正香，摸到電話也不知道說了什麼，手機就從耳邊滑了下去，就這樣人也還沒醒。

這一覺睡到了下午，阮眠被林嘉卉在外面的說話聲吵醒，手在旁邊摸了摸，在兩個枕頭縫隙間摸到手機，拿到眼前一看卻嚇了一跳。

手機停留在她和陳屹的通話介面，顯示的通話時長已經超過五個小時。

阮眠以為自己還在作夢，揉了揉眼睛，什麼也沒改變，除了那不停增加的通話時長。

她將手機放到耳邊，試探著出聲：「陳屹？」

電話裡很快傳來他帶著笑意的聲音，『嗯？醒了啊。』

「……」阮眠抬手將頭髮撥到腦後，嗓音帶著剛睡醒時的沙啞，「你怎麼不叫我？」

『叫了。』陳屹說：『沒叫醒。』

阮眠知道自己睡著時的狀態，一時無言，過了好半天才問：「你回來了？」

『嗯。』陳屹從車裡出來，靠著車門看著眼前的高樓，不緊不慢地說：『我在妳家樓下。』

「？」阮眠這下是真的被嚇到了，猛地掀開被子從床下跳下，赤著腳跑到陽臺。

十五樓的距離，視線並不會被這個高度模糊，阮眠看見陳屹正朝樓上看，與此同時，話筒裡傳來他的聲音，『看見妳了。』

阮眠盯著那道身影，「你一直在那裡？」

『也沒有一直。』陳屹往後站到陰影裡，『中間出去吃了午餐，又去超市待了一下。』

「你怎麼不回去啊，我要是睡一天的話該怎麼辦？」

『來之前沒想那麼多。』陳屹抬頭往樓上看，隔著十幾樓的距離朝她輕笑了下，『等等有空嗎？』

「有。」

『那下來——』他停頓了一下，而後一字一句道：『我們約個會？』

阮眠耳根一燙，收回視線不再往樓下看，「我要先收拾一下。」

她早上回來得倉促，整個人又累又睏，什麼都沒弄就睡下了，要不是林嘉卉，大概真的能睡到晚上。

陳屹語氣溫和：『好，不急。』

外面太陽有點曬，阮眠拿著手機，在回屋前又往樓下看了一眼，「你要不要上來坐一下？」

『不好吧？』陳屹有點不正經地說：『這麼快就單獨共處一室。』

阮眠就是隨口一問，哪想得到這麼多，仗著他看不見，肆無忌憚地紅著臉，嘀咕道：「又不是只有我一個人在家。」

陳屹：『下次吧，現在上去太唐突了。』

「那我盡快。」

『嗯。』

掛了電話，阮眠先去洗了澡，以往能磨蹭半個小時，這次卻只用了十幾分鐘，但等到澈底收拾好，還是花了將近一個小時。

陳屹不知道是等久了麻木了，還是真的不著急，這段期間都沒傳訊息來催她。

反倒是阮眠怕他著急，一收拾好就傳了訊息給他。

阮眠：『我好了，這就下去。』

CY：『好，慢點。』

她收起手機，從衣架上取下隨身包包，走出房間沒看到林嘉卉，卻看見了她男朋友周遠坐在客廳裡。

兩個人打了聲招呼。

阮眠問了句：「怎麼就你一個人，學姐呢？」

周遠笑道：「她在廁所。」

說話間，廁所裡傳來一陣馬桶抽水的動靜，緊接著林嘉卉就從裡面走了出來，視線看向阮眠：「嗯？妳醒了啊？」

「才剛醒沒多久。」

林嘉卉看她的打扮，「要出門啊？正好我們也要下去了，妳要去哪裡，我們順便送妳。」

「不用，陳屹在樓下等我。」阮眠換好鞋子，「一起走嗎？」

林嘉卉：「那妳先下去吧，我再換件衣服，今天好熱。」

「好，我先走了。」阮眠又笑著和周遠示意了下，隨即從屋裡走出去。

等到了樓下，她一眼就看見站在車邊的人影，莫名覺得有些緊張。

她快步走過去，壓著不穩的呼吸說：「走吧。」

陳屹的目光落在她臉上，像是要說些什麼，不巧的是剛好有其他人從旁邊經過，他收回視線後打開車門讓她坐進去，「走吧。」

車裡車外兩個溫度。

等陳屹也坐進來，阮眠才問：「你什麼時候到的？打電話給我的時候就到了嗎？」

「沒有，那時候才剛從醫院出來。」

阮眠捕捉到其中兩個字眼，視線往他身上掃了一圈，有些緊張地問：「你怎麼了？」

「我沒事，去看望一個隊友。」陳屹扭頭看她，「周自恒，有印象嗎？他在你們醫院做康復訓練。」

阮眠點點頭，「我們前段時間還在醫院見過。」

「這麼巧。」

「是啊，正好碰上了。」車開出去了，阮眠說：「我們現在要去哪裡？」

「先去吃點東西。」陳屹將車窗開了點小縫透氣，「妳應該還沒吃飯吧？」

「沒有。」

陳屹點點頭：「想吃什麼？」

「沒什麼想吃的。」

「……」

阮眠說完，覺得這麼說好像有點不給面子，又連忙補了句，「我一到夏天，胃口就不太好。」

陳屹等保全放行的時候，偏頭看了她一眼，「那妳平時上班都吃什麼？」

「醫院美食街的東西，大多時候還是點外送吧。」阮眠沒說的是，她有時候如果真的太懶惰，連外送都不想點，直接用泡麵湊合。

陳屹沒再多問，自作主張地帶她去了一家店。

那是一家藏在巷內的中式餐廳，阮眠之前在辦公室有聽其他同事提到過幾次，好吃是好吃，只是位子比較難訂，而且還要提前一週預定。

停好車進到店裡，陳屹從錢包裡翻出一張卡遞過去，立刻有迎賓人員過來領著兩人往包廂裡走。

沿路都是古色古香的裝飾，錚錚弦樂舒緩悠揚，陳屹邊走邊把那張卡塞到阮眠手裡，「這家店的老闆跟沈渝是青梅竹馬，他有參與投資，今天帶妳嘗嘗味道，妳要是覺得好吃，下次直接過來刷卡就行了。」

卡是訂製的，螺紋燙邊，上面只印了店名、地址和電話，其餘的什麼也沒有。

阮眠倒也沒有拒絕，畢竟來不來還是一回事，大大方方地收下卡，「那我拿了你的卡，你以後怎麼過來？」

陳屹偏頭看她，一本正經道，「刷臉。」

「……」

儘管早有心理準備，但這家店的好吃程度還是遠超過阮眠的意料，以致於在來之前聲稱沒什麼胃口的她，硬是吃到七分飽才停下筷子。

陳屹在她停下來之後沒多久，也放下了湯匙，問：「吃飽了嗎？」

「差不多了。」阮眠喝了口水，眼睛瞄著桌上那道餐後甜點，手指碰著小湯匙，在糾結到底還要不要吃。

其實她沒有吃得很飽，但也很少在這個飽度的前提下再吃掉一份甜點，可如果只吃一點好像不夠盡興。

陳屹注意到她的動作，以為她是怕胖才不敢吃，還挺上道地說：「想吃就吃吧，妳又不胖。」

這話不假，阮眠是真的不胖，她屬於天生吃不胖且骨架偏小的人，哪怕這麼多年過去，身高比起高中要往上竄了五六公分，但體重仍然維持在偏瘦的那一類。

天人交戰一番，她終究還是沒有拿起罪惡的湯匙，「也不是怕胖，主要是吃不下了。」

「那打包吧，留著等等吃。」陳屹按鈴把服務生叫來，只單獨打包了那一份甜點。

從店裡出來已經是傍晚，他們這頓飯吃的時間不上不下，本該有的一天約會時間，也因為彼此的工作性質濃縮到只剩下半天。

北方夏天熱，卻不像南方熱得連空氣都蒸人，只要站到陰涼處，倒也沒那麼悶熱。

車停得遠，兩人沿著林蔭道走過去，傍晚時分，沿路多了不少行人和車流。

在等紅綠燈時，阮眠擠在趕車的人群裡，和陳屹肩膀蹭著手臂，曬了一天的柏油路熱意直竄。

十幾秒過去，紅燈轉綠，周圍人開始走動，摩托車擠著自行車，兩個人走在人群當中，手在無意間觸碰又挪開。

又一次觸碰，陳屹沒再收回手，而是繞過去抓住她的手，手指順著往下，從她的指縫間穿過去，十指相扣。

阮眠心跳一抖，抬頭去看他，男人偏頭注視著來往的車輛，留給她一個精緻漂亮的側臉稜角。

她抬手握緊，低頭笑了一下。

這個季節光是走在沒有遮蔽物的大街上，就已經足夠熱，兩人牽了一路，手心裡沁出薄薄一層汗意，可誰也沒先鬆手，就這樣一直牽到了停車場。

坐進車裡也沒急著走，吹了會兒冷氣降降溫，阮眠手機突然響起，她扭頭看著窗外接電話。

陳屹手握著方向盤，骨節白皙修長，之前殘留在掌心裡的溫度也被冷氣吹得一乾二淨。

他等著阮眠接完電話，關心道：「怎麼了？」

阮眠搖搖頭：「沒什麼，就是我學姐她男朋友的妹妹來找他們了，今晚大概要在家裡留宿，她提前和我說一聲。」

他「哦」了聲，又問：「現在要去哪裡？看電影嗎？」

「都可以，反正沒什麼事。」阮眠說著就拿出手機在看附近影廳的場次，腦海裡莫名想起之前林嘉卉和她說過，下次如果再和陳屹去看電影，就要選一部纏綿悱惻的愛情片或者驚悚懸疑的恐怖片，而且位置也要選好。

——不選VIP廳的情侶座位，就選一般廳最靠後的角落。

那時她還沒想過將來會和陳屹有交集，隨便搪塞了幾句，這件事就過去了。

阮眠下意識扭頭看了坐在旁邊的人一眼，不料卻被陳屹逮了個正著，他打著方向盤，把車開出停車場才問：「怎麼了？」

「沒事。」阮眠關上手機，也斷掉了那些胡思亂想。

附近沒有特別大的影廳，陳屹就在網路上找了家私人包廂電影，直接訂了一個包廂。

他把手機遞給阮眠，「妳想看什麼類型的電影？」

阮眠接過手機，上面有各種類型的電影可以選擇。她選擇困難，最後還是讓系統隨機選擇。

去的路上不算塞，二十分鐘左右就抵達了附近的停車場，上樓進到店裡的時候，陳屹問：「選了哪部電影？」

「沒選，我讓系統隨選擇。」阮眠看著映在電梯鏡面上牽著手的身影，「我也不知道該看什麼。」

陳屹好像並不在意，聞言也沒說什麼。

等到了店裡拿好票後，前臺的服務生帶著兩人往走廊盡頭的包廂走，邊走邊吹噓道：「這部電影，來我們這裡的情侶看完之後都說好看。」

阮眠有些好奇：「什麼電影？」

他一笑：「先保密。」

阮眠看著他那抹曖昧的笑容，忍不住問了句：「要是不好看的話，能換其他部電影嗎？」

「當然可以，我們不是按照電影，是按照時長收費的。」

等到了包廂，服務生弄好播投影機，在臨走前關上包廂裡的燈，腦袋探進來說：「包廂裡是沒有監視器的哦。」

「……」

「……」

好在關了燈，視線變得模糊不少，阮眠仗著這個先天條件，故作鎮定地在雙人沙發的另一邊坐下。

很快，身旁也有陷下去的重量。

儘管兩人之間還隔著一個巴掌的距離，但男人身上清淡凜冽的香味在這一方小小天地，如同藤蛹一般，將她絲絲密密地纏繞其中。

阮眠如坐針氈，整個人僵直著後背，視線緊盯著螢幕，甚至做好如果電影內容很糟糕，就立刻衝過去拔掉電源的準備。好在這家店還算守法，在一段詭異驚悚的旋律結束後，布幕上出現幾個血淋淋的大字。

從背景音樂再到這個標題，就算是再遲鈍的人，也都能看出這是一部恐怖片。

阮眠低不可聞地鬆了口氣，整個人也下意識放鬆，往後靠上沙發，為了舒服還墊了個枕頭在腦後。

看了幾分鐘，她想起什麼：「你想看這個嗎，不行的話，我們可以換其他的。」

「不用。」陳屹往螢幕上掃了眼，又飛快地挪開視線，之後很長一段時間，他都是支著手肘抵著額角，時不時拿手指擋著自己的視線。

期間，店裡的服務生敲門進來送零食和水果，門外明亮的光線透進來，陳屹稍稍緩了口氣。

水果盤上都是當季水果，阮眠沒什麼興趣，伸手拿出之前從店裡打包的甜點，小口小口地吃了起來。

獨屬於甜食的香甜在空氣中漫開。

陳屹偏頭看過去，隔著昏暗的光線看見她左邊的臉頰微鼓著，不知道嚼完了沒，就又往嘴裡塞了一口。

他低頭看她，「好吃嗎？」

「還可以，吃多了有點膩。」阮眠轉頭對上他的視線，唇瓣上有一層水光，果香濃郁。

陳屹垂眸，抬手抹掉她唇角的一點痕跡。

視線不可避免地膠著在一起，一時間曖昧叢生，連不同尋常的背景音樂都不能破壞一絲一毫。

阮眠呼吸微屏，眼睫顫了下的同時，眼前的人忽地將彼此間最後那點距離拉到密不可分。

不同於上一次的淺嘗輒止。

男人的呼吸灼熱，盡數噴灑在她臉側，溫熱柔軟的唇瓣輕吮著她的下唇，極為細緻，卻更像是折磨。

近在咫尺的距離，彼此都未曾閉眼，能夠清晰地感知到對方每一個細小而敏感的變化。

四周的空氣像是被加進了滾燙的熱水，變得燥熱難耐，阮眠輕顫著眼睛，緩緩閉上眼睛，偶爾溢出的幾聲嚶嚀顯得尤為曖昧。

過了好一會，陳屹低聲喘氣，偏頭靠近她頸側，急促的呼吸像是在壓抑著什麼。

阮眠有些渾身發軟，任由他摟著，感受到他衣料之下有些灼人的體溫，恐怖的旋律也變得旖旎起來。

狹窄昏暗的空間裡，衣料和皮質沙發摩擦發出細微的動靜，陳屹鬆開手，卻沒有拉開太遠的距離，語氣一本正經，「不膩，挺甜的。」

阮眠愣了幾秒才意識到他說的是什麼，不自然地往後躲。

陳屹也沒攔著，只是把手臂放到了她身後的沙發靠背上，像是在跟空氣宣誓主權。

電影還剩下半個多小時，阮眠之前被打斷了，再接著看覺得有些沒頭沒尾的，直至結尾也沒搞懂男二為什麼成了幕後凶手。

不過她也沒太在意這些，電影播放結束後，她和陳屹從包廂裡出來，臨走前，店裡員工還格外敬業地讓他上網給個五星評論。

那時已經是八點多，夜幕降臨，城市高樓大廈燈光粼粼，街道上車燈與路燈交相輝映，連成一條燈帶。

附近有一條商街，陳屹牽著她的手，「過去逛一下吧。」

阮眠沒拒絕，和他漫無目的地在街頭走著，隨口問了句：「你這次一樣休兩天嗎？」

「嗯，就這兩天，週末要去分區開會。」陳屹問：「下次休息時間應該是在八月份。」

現在才七月，距離八月還有大半個月，路口有交警在值班，兩人走過去，阮眠問：「我一直都很好奇，你以前不是對物理感興趣嗎，怎麼後來又回國當兵？」

「想通了。」陳屹無意識捏著她的手指，和她提到對物理的初心，也提到當初跟教授在拉塔基亞遇險的事情，「人活這一輩子，有些事情總得經歷過才知道是不是想要的。」

拉塔基亞的暴動不是第一次也不是最後一次，在這個世界的角落，每天都會有同樣的事情上演，陳屹不希望他永遠是被保護的那一個。

那天晚上兩人順著這個問題聊了一路，明明是在談戀愛，非得弄得像學術研究一樣，正經得不得了。

後來，陳屹送阮眠回去，在走之前問了句，「妳明天要上班嗎？」

「要，一早的班。」阮眠站在車外，樓層的光交織著路燈落在她身上，拉扯出一道修長的影子。

「好，我明天要去看望外公跟外婆。」陳屹想了想還是從車裡下來，「晚一點再來找妳。」

「你先忙你的吧。」阮眠說：「我不知道到時候有沒有空。」

「……」

她又補了句，「空下來的話，我再打電話給你。」

陳屹低笑了下，「好。」

樓道裡有人進出，陳屹不好做出什麼太親密的舉動，捏了捏她的臉，讓她趕快上去休息。

「好，你回去注意安全。」

「嗯。」陳屹看著人進去後，才上車離開這裡。

阮眠回到家裡，一個人都沒有，她洗完澡簡單收拾了下，設好工作鬧鐘，等陳屹跟她說到家了，才放下手機睡覺。

長夜無夢。

隔日一早，阮眠照例在平常那個點到醫院，開完早會去巡房寫病歷，一整個上午沒有手術也沒有突發狀態，難得清閒。

快到吃飯時間的時候，阮眠突然接到外送電話，在仔細確認過姓名、地址和手機號碼無誤後，她問了下店家的名字，恰好是她昨天和陳屹去吃的那家中餐廳。

下樓拿外送的時候，阮眠打了通電話給陳屹，第一次沒人接，後來他又回電，『怎麼了？』

阮眠進了電梯，「你幫我點外送了？」

陳屹：『嗯，已經拿到了？』

「沒，現在去拿。」

『還挺準時的。』陳屹說：『你們辦公區能讓外人進入嗎？可以的話，下次我讓他直接送到樓上。』

她一愣，「下次？」

『嗯？』他語氣漫不經心：『哦，昨晚忘了跟妳說，我在這家店幫妳訂了半年的餐，以後每個工作日都會送去給妳。』

「……」

他像個老父親，『少吃外送。』

七月二十五號是何澤川的生日，按照往年的慣例，阮眠只要不忙都會去他的生日聚會。他人緣好，以前在學校，一個生日聚會能邀請到二十多個人。畢業後，學校那夥人奔向大江南北，每年的生日聚會也就剩下留在B市的那幾個人，今年也不例外。

阮眠提前一星期就收到了今年聚會的地點，是Q大附近的一家老餐館，他們以前還在同一間學校讀書的時候，就經常去那裡吃飯。

二十四號那天，阮眠傍晚下班前十分鐘跟孟甫平上了一臺手術，快八點才從醫院出來。從醫院過去餐館也還有一兩個小時的車程，她趕不上飯局，直接去了他們續攤的KTV。

一路上緊趕慢趕，到目的地也快十一點，阮眠從停車場過去，何澤川收到她的訊息，提前下樓在門口等她。

阮眠老遠就看見他站在那裡吞雲吐霧，加快了腳步，語氣帶著幾分笑意，「抱歉啊，何總。」

何澤川掐滅手裡的煙，沒在意她的遲到，「走吧，他們已經在樓上玩起來了。」

阮眠和他並肩朝裡面走，「今年來參加的人有誰啊？」

「還是去年那些人。」何澤川按了電梯，看她兩手空空，開玩笑道：「我的禮物呢？」

「啊！」阮眠一拍腦袋，「我剛才只顧著回你訊息，把禮物忘在車上了，我去拿。」

何澤川揪住她的手臂，把人拉住又撒開手，「等等散場我跟妳去拿，先上去吧。」

「好。」

包廂在二樓，一整個走廊都是鬼哭狼嚎的動靜，何澤川帶著阮眠進去，滿屋子都是老朋友，也沒什麼好客套的，起身打了招呼又坐回去接著玩。

阮眠跟何澤川坐在旁邊的沙發上聊天，過了會兒，又另起了一桌牌局，他們兩個被叫過去湊人數。

鬧哄哄玩了大半個小時，阮眠擱在桌上的手機亮了起來，她看了來電顯示一眼，抓起手機把牌塞給旁邊看熱鬧的人，「林立，你幫我玩一局，我出去接個電話。」

「好。」

何澤川看著她走出去，又收回視線盯著手裡的牌，想起剛才看到的名字，有些心不在焉。

電話是陳屹打來的，他這段時間又去了西南那邊演練，平常只有晚上才有時間，但也不是每天都能拿到手機，聯絡很隨機。

他聽見阮眠這邊的動靜，問了句：『在外面嗎？』

「是啊，有個朋友過生日。」阮眠繞過走廊，去到洗手間那邊，周圍的聲音小了很多，「我下班時間晚，沒趕上飯局，現在在KTV等十二點一過幫他慶生。」

陳屹沒有多問是哪個朋友，拿起手機看了時間一眼，又湊到話筒旁：『還能聊十分鐘。』

一旦有了限制，任何東西都顯得彌足珍貴，兩個人聊完那十分鐘，阮眠有些捨不得掛電話，總是無厘頭地東問一句西問一句。

「你那邊很冷嗎？」

『現在是夏天。』

「……」過了幾秒，她又問：「你晚上不用訓練嗎？」

『不用。』

「沈渝沒和你在一起？」

『他在二隊。』

「哦。」阮眠嘆了口氣。

陳屹察覺出她的心思，低聲說：『不是幫朋友過生日嗎？都已經五十五分了，再不回去十二點都過了。』

阮眠「嗯」了聲，人往包廂門口走，「那我先掛了。」

『去吧。』

掛了電話，阮眠重新進到包廂，先前的牌局已經散場，幾張桌子拼成一張放在中間。

何澤川見她回來，不著調地問了句，「男朋友查勤？」

這兩個月阮眠跟何澤川很少聯絡，也就偶爾他會傳幾個和遊戲有關的連結過來，她再轉傳幾篇醫學養生的文章給他，不常聊天。談戀愛這件事阮眠之前也就提了一次，沒怎麼細聊。

這會兒她也沒否認是陳屹打來的電話，何澤川聽了，笑道：「那怎麼不多聊一下？」

阮眠：「還不是為了幫你慶生。」

「好，等等多分一塊蛋糕給妳。」

「……」

十二點一到，包廂滅了燈，林立他們推著蛋糕車唱著生日歌從外面走進來，阮眠記著之前幫何澤川過生日的教訓，往旁邊挪了幾步。

流程大同小異，許完願吹完蠟燭，何澤川還沒來得及說話，就被人一頭按進了蛋糕裡。

包廂裡鬧成一團，澈底消停後，一行人坐在一起拍了張合照。

散場時已經是凌晨，何澤川送完朋友，跟著阮眠去她車上拿禮物，是一雙限量版的球鞋。

他坐在副駕駛座，拆完禮物很不用心地道了句謝：「破費了，阮老闆。」

「嗯，不客氣。」阮眠低頭在看之前拍的合照，看完挑了張最清晰的上傳到社群上。

『祝何同學二十八歲生日快樂。（蛋糕.jpg）。』

『（圖片.jpg）。』

第一個點讚的人就是何澤川，阮眠刷新了下，前幾則貼文全是今晚一起聚會的幾個朋友上傳幫何澤川慶生的動態。

她依序點完讚，把手機關掉後放到一旁，「你有開車嗎？沒開車我送你回去。」

「不用，妳回去吧，我讓司機過來了。」何澤川收起禮物，「我走了，妳路上注意安全。」

「好。」阮眠笑著看他從車裡走下去，盯著他背影看的時候，才發覺他今晚穿著稍微正式的襯衫和西裝褲，比起以往的運動褲加T恤，顯得成熟很多，那雙球鞋和如今的他似乎有些格格不入。

不過阮眠也沒在意太多，很快驅車離開這裡，到家已經凌晨兩點，她拿著手機上樓，看到陳屹在半個小時前，幫她那則貼文點了讚。

她點開陳屹的頭貼，傳了一則訊息過去。

阮眠：『睡了嗎？』

這則訊息傳出去如同石沉大海，一直到半個月後的某個深夜，阮眠在值班的時候才收到他的回覆。

CY：『還沒。』

阮眠忍了又忍，還是沒忍住問了句他怎麼麼現在才回覆，結果下一秒他就打了語音電話過來，主動解釋道：『手機前段時間摔壞了。』

她「哦」了聲。

陳屹問：『妳現在在哪裡？』

「醫院，在值班。」阮眠說：「你回來了嗎？」

『嗯，我等等過去找妳。』

阮眠下意識抬頭看了桌角的時間一眼，斟酌了幾秒，說：「已經很晚了，不然你明天再來找我吧。」

陳屹語氣戲謔，『怎麼，現在見女朋友還要提前預約嗎？』

「我不是這個意思。」阮眠說不清，放棄掙扎，「那你來吧，到了我下樓去接你。」

『好。』

陳屹來得很快，半個小時左右，阮眠下樓把人帶上來，路過值班櫃檯，陳屹把剛買的消夜分了一部分給值班櫃檯的護理師，成功博得一句稱讚：「阮醫師，妳男朋友對妳真好啊，這麼晚了還送吃的給妳。」

阮眠笑著客套了幾句，帶著人回到值班室，「你什麼時候回來的啊？」

「晚上才到的。」陳屹把手裡的東西放在桌角，搬了張椅子在旁邊坐下，「先吃點東西吧。」

「等我把這些寫完。」這個月科室的論文數量沒達標，阮眠白天沒什麼空，只能利用晚上空出來的時間寫。

陳屹「哦」了聲，慢條斯理道：「那妳寫，我餵妳吃。」

「……」

這話驚得阮眠動作一抖，手不小心碰到刪除鍵，把剛才寫好的一段話刪了大半。

她連按了幾下復原鍵，在腦海裡設想了下他說的畫面，明明還沒什麼，卻已經有了臉紅耳熱的跡象。

沉默了幾秒，阮眠抬眸對上他的視線，一本正經道：「我在寫論文的時候，不太能分心做其他事。」

陳屹被她的回答弄得忍俊不禁，卻也不再打擾她，「妳寫吧，我去下廁所。」

「出門右轉走到底就是。」

趁著他出去的時間，阮眠很快把剩下的內容收尾。

陳屹買的消夜口味比較清淡，搭配也很不倫不類，既有中式的粥，也有日式的壽司。

阮眠先拆了粥吃了幾口，陳屹從外面推門進來，見她一邊吃還一邊看著電腦，抽了張紙巾擦手說：「醫師吃飯也這麼不專心嗎？」

「……」

阮眠瞬間有種見到了阮明科的感覺，抬手鬆開滑鼠，「沒有，我只是在檢查有沒有錯字。」

陳屹沒接話，而是拖著椅子坐到她旁邊，語氣不容反駁，「先吃，吃完再弄。」

「哦。」

兩個人靠得太近了，阮眠甚至能聽見陳屹沉穩低緩的呼吸，她埋頭吃了小半碗粥，像是忍不住似地，偏頭朝他看過去，「你要不要吃點東西？」

陳屹側著身，手臂搭著桌角，另一隻手放在她椅子扶手處，旁邊的落地燈襯得他模樣輪廓清晰。

「東西就不吃了。」他微低著眼，邊說邊拉著她的椅子朝自己這邊靠近，聲音低沉又溫柔，「其他的倒是可以考慮考慮。」

他的話語和行為直接且曖昧，阮眠還是有些克制不住的緊張，尤其是在對上那雙曾經讓自己念念不忘又魂牽夢縈無數次的眼眸，更是有滿腔說不清、道不明的喜歡。

陳屹低頭蹭了蹭她的鼻尖，眼睫微垂著，密長的睫毛幾乎要觸碰到她的臉上。

只差一點。

一通毫無預兆的電話打破了這久違的旖旎。

她從這氛圍裡清醒過來，伸手拿起手機。

陳屹還握著她的手腕，指腹貼著脈搏跳動處，有一下沒一下地摩挲著，視線落到阮眠拿到眼前的手機。

來電顯示，媽媽。

他抬手捏了捏鼻梁，先前被打斷好事的不快散得一乾二淨，起身去外面把空間留給她接電話。

阮眠也沒想到方如清會在這個時間點打電話給她，在鈴聲結束前一秒接通了，「媽媽？」

『哎，我還以為妳睡了呢。』方如清像是剛睡醒，聲音有些沙啞，『怎麼還沒睡？』

阮眠：「我在醫院值班。妳怎麼會在這個時間點打電話給我？」

『沒什麼，就是晚上睡覺夢到妳了，醒了就想打個電話給妳，也沒注意到時間。』

阮眠被這瞬間的溫情弄得有些鼻酸，「那等我過幾天休息，我再回去一趟。」

『不用，就週末兩天，還不夠妳來回跑的。』方如清也沒說什麼，問了些她的近況後，忽地提了句，『妳跟妳之前那個相親對象處得怎麼樣了？』

阮眠頓了下，還沒想好怎麼說，又聽方如清開口道：「我聽妳爸說他是軍人，工作也挺忙的，你們是不是不怎麼見面？」

阮眠「嗯」了聲，「差不多吧。」

『如果實在處不來就別勉強，妳也不要因為媽媽催妳，就病急亂投醫。』方如清嘆了口氣，『妳爸也真是的，幫妳介紹相親之前也不跟我說一聲，我也好幫妳把把關。』

阮眠聽出母親的話外之音，試探性地問了句：「媽媽，妳是不是對陳屹不太滿意啊？」

話筒裡沉默了幾秒，方如清言簡意賅：「是的。」

第六章　坦白

凌晨的醫院仍舊燈火通明，頂部的紅十字在黑夜裡閃著希望。

陳屹在外面等了十幾分鐘，正準備回去的時候，卻見阮眠從值班室走出來。

他收起手機迎上去，剛要開口說話，阮眠忽地伸手抱住他，手臂從他腰側穿過去，手交叉著掛在那裡。

晚上走廊沒人，陳屹也抬手摟回去，下巴抵著她腦袋蹭了蹭，低聲問：「怎麼了？」

阮眠的臉貼著他的胸膛，沒吭聲，腦海裡卻不斷回想著方如清剛才說的那些話。

──「我聽妳爸提到關於陳屹的職業，我自己也在網路上做了不少功課，對於國家人民來說，他的工作確實很偉大，可如果是作為丈夫、妳一生的伴侶，媽媽其實是不太認可的。」

──「之前妳在洛林的那段日子，我每天晚上都睡不著覺，生怕第二天醒來就收不到妳報平安的訊息，媽媽嘗過擔驚受怕的苦，不希望我女兒將來都活在這種擔憂之中。」

──「我知道媽媽這樣想很自私，陳屹是個好孩子，在這件事情上他沒有錯，但我也只是希望我的女兒能夠過得快樂幸福。」

陳屹由著阮眠安靜地抱了會兒，抬手在她腦後揉了揉，而後順勢滑下去，輕捏了下她的後頸，「跟伯母鬧不愉快了？」

阮眠的臉貼著他的胸膛，低聲說：「沒有。」

方如清的出發點沒錯，可她不知道陳屹對於阮眠來說有多重要，也不清楚兩人之間那些所謂的「緣分」。縱使阮眠有千萬句可以替陳屹說的話，在那個時候卻也不知該從何說起。

陳屹沒再多問，手有一下沒一下地捏著她，過了會兒，他看到走廊那頭走過來的人影，拍了拍阮眠的肩膀，「有人來了。」

「嗯？」阮眠順勢從他懷裡扭頭往後看，下一秒，立刻撒手乖乖站好，「孟老師。」

孟甫平點頭應了聲，神情疲憊卻溫和，「怎麼站在這裡說話，值班室又沒其他人。」

阮眠稍顯拘謹，「我們出來透透氣。」

孟甫平沒再多問，交代了幾句後就回到辦公室。陳屹看著阮眠明顯鬆了口氣的模樣，想起高中那會兒她見到國文老師的反應，和現在如出一轍，沒忍住笑了出來。

阮眠不解：「你笑什麼？」

「沒什麼。」陳屹半推半摟把人帶回值班室，門一關，他又把人抱在懷裡，動作間不知道是誰碰到了牆上的開關，屋裡只剩下從窗戶落進來的朦朧光亮。

陳屹靠著門板，下巴磕著她的肩膀，溫熱的唇瓣在她頸側輕啄了幾下，抬頭問：「妳剛才和伯母說了什麼？」

阮眠被他這樣抱著親著，整個人有些發軟，卻還是沒說實話，「沒什麼，就是有點想她了。」

「那我呢？」

「嗯？」她愣了幾秒才反應過來他話裡的意思，抬眸對上他的視線，忽地踮腳仰頭，親吻他的唇角，軟聲道：「也想你。」

陳屹沒在醫院留到天亮，快四點多就回到了軍區。

關於方如清說的那些話，阮眠自始至終都沒和他提過，只是在考慮著什麼時候和父母坦白自己跟陳屹的關係，至於以後的事情，還是要交給時間去處理。

日子在B市越發炎熱的天氣中一天天度過，很快就到了八月的盡頭。二十四號那天是陳屹的生日，正好也在週末，更巧的是那段時間梁熠然陪著孟星闌在B市出差，幾個人就約了二十三號那天晚上的飯局。

五個人都不是愛玩的性格，加上孟星闌懷有身孕，一群人吃完飯就回到了陳屹的住處。

到家後，陳屹把鑰匙拿給沈渝讓他帶著梁熠然和孟星闌先上樓，「我和阮眠去超市買點吃的。」

「好。」

等他們三個上樓，陳屹轉而看著阮眠，「走吧。」

「好。」話音落下，阮眠自顧自地朝前走著，錯過了陳屹朝她遞過來的手，等意識到他沒跟上來的時候，人已經走出好遠。

她回頭，陳屹還保持著伸手的姿勢站在那裡，看起來有點呆還有點好笑。

阮眠沒忍住笑了出來，快步走回去，乖乖牽住他的手，還不忘替自己解釋一句，「抱歉，我只是還沒習慣。」

陳屹抬了下眼，「習慣什麼？」

「還沒習慣——」阮眠握著他的手往上一抬，一本正經道：「跟男朋友牽手走路。」

陳屹被「男朋友」三個字取悅，指腹捏了捏她的手背，淡淡道：「沒事，我會讓妳慢慢習慣的。」

阮眠彎了下唇，說了聲「好」。

超市在社區外面，是一家大型生活超市，分三樓，陳屹在門口推了車，阮眠挽著他的手臂跟著往超市裡走。

晚上人有點多，兩人從外圍繞到零食區，阮眠站在放洋芋片的貨架前，拿了幾包她和孟星闌以前愛吃的口味放進推車裡，又問陳屹：「沈渝和梁熠然他們喜歡吃什麼口味的？」

「不知道，應該都可以。」

「那你喜歡什麼？」

「妳。」

「嗯？」阮眠抬頭看他，幾秒後，她眼神晃了晃，不自在地挪開視線，沒再問過他喜歡什麼。

兩個人在超市逛了半個多小時，排隊結帳的時候，阮眠收到孟星闌的訊息，說是想吃話梅。她傳訊息過來的時候，陳屹剛好也看到了，說：「妳在這裡排隊，我去買。」

阮眠：「還是我去吧，你不知道她喜歡吃什麼口味的。」

陳屹納悶話梅還分什麼口味，但也沒說什麼，推著車從人群裡出來，排到了隊伍後面，「妳去吧。」

「嗯。」

晚上人本來就多，收銀檯也排著長長的隊伍，陳屹走到隊伍末尾，沒一會兒後面又有幾個人排過來。

差不多過了十幾分鐘，陳屹才看見阮眠從不遠處走過來，只是走路的姿勢看起來有些奇怪。

他神情一斂，將推車放到旁邊，快步朝她走過去，「怎麼了？」

「被撞了一下。」說起來也是倒楣，阮眠在零食區那邊拿了幾包話梅，剛從貨架那邊走出來，旁邊兩個小孩在玩推車，一個來不及剎車，一個躲閃不及，直接撞到了一起。

推車裡坐了一個小孩，阮眠被撞倒後，推車的輪子直接從她腳踝處蹭過去。

兩個小孩的家長匆匆趕過來道歉，阮眠被超市裡的工作人員扶起來，彎腰檢查了下，沒傷到骨頭。

她接受了道歉，沒再追究其他責任。

這會兒，陳屹聽了原委，直接蹲了下去，拎起她的褲腳看了一眼，踝骨那裡被蹭破了一層皮。

他用手碰了下四周，阮眠輕「嘶」了聲後往後躲。

「別動，我看一下。」陳屹握著她腳踝的上方，掌心微涼，碰到的那一片肌膚很快被捂熱了。

阮眠有些站不穩，一方面是痛，一方面是癢，扶著他肩膀，小聲說：「沒事，應該沒傷到骨頭。」

陳屹也很快得出這個結論，站起身，托著她的手臂，目光一寸寸從上到下將她看了一遍，確定沒其他傷之後，才說：「怎麼不打電話給我？」

阮眠抬眸，「因為看起來也不是很嚴重。」

陳屹沒跟她爭論這種問題，將人扶到一旁，掏出手機打電話給沈渝，讓他來超市一趟。

沈渝來得很快，幾乎是一路小跑，看到他們兩個，問了句：「這是怎麼了？」

阮眠解釋：「不小心被推車撞了一下。」

陳屹接過話頭，「你去結一下帳，我帶她去醫院看一下。」

「好，那你們快去吧。」

阮眠其實覺得沒必要這麼小題大做，但為了讓陳屹放心，也就不好說不去。

兩人從超市裡出來，來來往往都是人，陳屹看了下她的腳踝，發現已經有些紅腫。

馬路對面就有一家醫院，他想了想，直接伸手將人打橫抱了起來。

突如其來的失重感讓阮眠嚇了一跳，她下意識伸手去找著力點，等到回過神，手臂已經摟在他肩頸處了。

她眼睫顫了顫，入目是他時而滾動的喉結，以及稜角分明的下頜線條，男人身上的溫度隔著一層薄薄的衣料傳遞出來。

忽地，陳屹低頭，目光落在她臉上看了幾秒，又抬頭看著前方的路，低聲說：「這也要習慣。」

阮眠嘴唇動了動，半天沒想起該說什麼，只是偏頭靠得更近了些，耳畔是他沉穩起伏的心跳。

兩人安靜地走過這段路，等到醫院一番檢查下來，沒其他大問題，陳屹才稍稍鬆了口氣，等醫師替阮眠處理完傷口，才扶著人從醫院裡出來。

夜晚的溫度不似白天那麼炎熱，偶爾還有微風吹過，帶來幾分涼意。

阮眠這會兒已經沒有之前那麼痛了，她沒讓陳屹抱也沒讓他背，「只是破了點皮，不影響走路。」

她抓著陳屹的手，剛開始還有些一瘸一拐，到後面差不多就可以正常行走，只是太吃力了會有點痛。

到家已經快十一點半，本該是快快樂樂地留在家，等著十二點到來，卻因為這突如其來的意外，十二點到來得格外倉促。

沈渝從冰箱裡拿出一早就訂好的蛋糕，點上蠟燭，五個人圍坐在沙發旁，屋裡燭火閃動。

梁熠然把蛋糕店贈送的王冠遞給陳屹，「來吧，壽星，許個願。」

陳屹接過王冠，沒往自己頭上戴，而是戴在阮眠的腦袋上，「不許了，直接切蛋糕吧。」

「幹嘛不許？一年一次的生日。」沈渝笑道：「說不定今年的願望就能實現了呢。」

陳屹看了阮眠一眼，壓了壓眼底的笑，還是堅持不許了，「早點弄完休息吧，這裡還有孕婦和傷患呢。」

「好好好。」沈渝把刀遞給他，「那你來切。」

「好。」

幾個人八九點才吃完晚餐，這會兒都不是很餓，蛋糕意思意思吃了兩口，五個人一起拍了張合照。

拍完後，陳屹又讓沈渝幫他和阮眠單獨拍了張合照，弄好這些，懷有身孕的孟星闌準備回房休息。她目前是懷孕初期，孕吐反應都很嚴重，偶爾晚上還會醒來，為了方便照顧，梁熠然和她睡在同一間房。

還剩下一個客臥，是沈渝的，他之前每次來這裡都會睡那間房間，大家按照需求找房，到最後只剩下一間沒床的書房和陳屹睡的主臥室。

有房的都回去休息了，沒房的阮眠和屋主陳屹坐在客廳，阮眠還沒意識到什麼，坐在那裡看照片，偶爾一次抬頭，看見陳屹在看自己的個人檔案。

正好是她幫何澤川慶生的那則。

阮眠像是意識到什麼，挑了張他們五個人的合照發了一則貼文，沒署名，只寫了「生日快樂」四個字和一個王冠表情。

她還沒完全跟父母公開自己和陳屹的關係，加上方如清如今的態度，阮眠也還沒想好該怎麼跟她坦白。

陳屹很快又看到了她最新的那則貼文，抬手點了讚，收起手機抬頭看著她，「妳今晚要睡哪？」

阮眠還沒反應過來，「什麼？」

幾秒後，她扭頭看了身後房門緊閉的兩間客臥一眼，吶吶道：「我睡書房也可以。」

陳屹捏著她的手指，沒說好也沒說不好。

兩個人沉默地坐了會兒。

陳屹起身將剩下的蛋糕放回冰箱，出來時，見阮眠還坐在那裡，關了餐廳的燈走過去，「要不要先洗個澡？」

「啊？」阮眠回過神，「好。」

陳屹剛想說話，梁熠然拿著衣服從房間裡出來，直接進了外面那間廁所，他抿了下唇，低頭看著阮眠，「我房間還有間浴室。」

「……」阮眠想著只是洗個澡而已，沒必要那麼矯情，更何況他們現在已經是情侶，也就沒說什麼，拿了換洗衣服去了主臥室。

阮眠來過陳屹這裡幾次，但還是頭一次進主臥室，房間面積明顯比其他兩個房間大很多，裝修簡單大方，風格偏冷淡。

她把衣服拿進浴室，想起忘記帶卸妝水，又出去找孟星闌，路過書房，陳屹看見她，走出來問了句，「怎麼了？」

「忘記帶卸妝的了。」阮眠沒和他多說，敲了敲孟星闌的門，進去拿了東西就出來。

洗完澡是十分鐘後的事情，她擦著被水沾溼的頭髮，找到手機傳了一則訊息給陳屹，說弄好了。

主臥室和書房的門是相對著的，這會兒門都沒關，阮眠很快看到陳屹從對面走了出來，而後徑直朝著主臥室走來。

她放下手機，兩人視線對上，陳屹目光落在她臉上停了幾秒，而後順著往下，「傷口有沾到水嗎？」

「沒有。」阮眠在洗澡之前用保鮮膜裹了一層，而且洗的時候也很注意，除了邊緣的紗布有點溼，其他地方都沒碰到水。

陳屹「嗯」了聲，走到衣櫃旁拿了自己的衣服，「晚上妳就睡這裡，記得吃消炎藥，水已經幫妳倒好放在外面客廳了。」

「哦。」阮眠擦頭髮的動作停了下來，猶豫了幾秒問：「那你晚上睡哪裡？」

「還能睡哪？」他意有所指地笑了下，「這不是我的房間嗎，我當然是睡在這裡了。」

阮眠一愣，「……」

陳屹看她被嚇到的反應，走過來揉了揉她的腦袋，「開玩笑的，我睡外面的沙發，妳早點休息。」

阮眠說不上到底是鬆了口氣還是怎麼，半天都沒說話，倒是陳屹怕她忘記吃藥，出去後又回來了一趟，把水和藥都拿了進來，好像她是個記性多不好的人，又提醒了遍，「別忘了。」

她點點頭，「知道了。」

陳屹道了聲「晚安」後走了出去，阮眠在那裡站了會兒，走到桌子旁吃完藥，在床邊坐下，看見床頭櫃上擺了一個相框。

那是張全家福。

她拿起來看了一眼，像是又想起什麼，扭頭往另一個床頭櫃看，那裡也擺了個相框，是高中畢業那年，他們六個人在教室外的走廊拍的那張合照。

阮眠將手裡的相框放回去，起身走過去，那張照片被保護得很好，他們六個人的笑容和眉眼依舊清晰無比。

她盯著照片看了會兒，想到過去的很多事情，恍神間沒有聽見敲門聲，陳屹站在門口，門沒關，一眼看見她所有的動作。

他突然想起拍畢業照那天，兩個人為數不多的兩句對話。

陳屹記得那是個特別晴朗的一天，烈日無雲，悶熱聒噪，一群人站在圖書館前，氣氛傷感卻熱鬧。

拍完大合照後，沈渝他們幾個把梁熠然叫過來，六個人在理組一班的教室外拍下了那張合照。

孟星闌和沈渝搶著看照片效果，陳屹和阮眠在走廊站了會兒，後來有其他班的朋友叫他過去拍照。

他走之前，像是想起什麼，回過頭對她說：「升學考加油。」

記憶裡的她應該是笑了一下，然後才說：「好，謝謝。」

後來陳屹再見到阮眠，是在升學考結束後的聚餐上，但他那天比較晚到，也沒有在包廂裡久留，他們沒能說上話。

從那之後的九年裡，陳屹再也沒見過阮眠，一次也沒有，直至在洛林的那一晚。

重逢來得猝不及防，也在意料之外。

後來陳屹不止一次想過，如果他和阮眠沒有在洛林遇見，而是在梁熠然和孟星闌的婚禮上重逢，會不會又像之前一樣，匆匆一面之後，又是幾年甚至是更久的空白。

這是個無解的命題。

就像他和阮眠錯過的這幾年，如果年少時的他心思更細膩些，會不會也有不一樣的結局。錯過的結局已然無從得知，但值得慶幸的是，他們的現在、將來，乃至百年之後，都會成為彼此的牽掛和唯一。

良久後，阮眠放下相框，回過頭才看見陳屹站在門口，神情愣了一下，才說：「我好久沒看到這張合照了。」

「怎麼，妳的那張呢？」陳屹記得沈渝後來將照片洗出來，給了他們一人一張。

「丟了。」阮眠說：「幾年前和朋友去外地玩，連錢包都被人一起偷了。」

「想要嗎？我那裡應該還有備分。」陳屹走進來，從抽屜裡翻出充電器，「在之前那個通訊軟體內，妳可以去翻翻。」

「好。」應完這句，阮眠忽地想起什麼，問：「你的舊帳號ＩＤ是什麼？我重考那年帳號被人盜用了，後來找回來，結果好友都被刪除了，我就沒再用那個帳號了。」

「難怪。」陳屹想起她重考那年，他回國過暑假，奶奶在書房裡翻出當初幫她補習作文的資料，隨口問了他阮眠如今的情況。

當時大家幾乎沒在用那個軟體了，陳屹也很少使用，聽了奶奶的話，點開舊帳號準備問一句，可翻遍了好友清單，也不見她的名字。

他當時沒怎麼在意，轉而去問了李執，才知道她是那一年的升學考榜首，去了北方的城市讀大學。

人在錯過的時候，失去的從來都不會只有一樣東西，那些當初不在意的事情，如今全都成了遺憾。

陳屹的帳號和以前一樣，阮眠用自己後來一直在用的帳號加了他好友，他的頭貼和網名都沒有變過。

阮眠在他動態裡找到那張照片，存下來後，直接在聊天室傳訊息給他。

阮眠：『你頭貼的那隻橘貓，和你現在頭貼的貓是同一隻嗎？』

陳：『不是，舊帳號的那隻在幾年前去世了，新帳號這隻是牠的孩子，叫小小橘。』

阮眠：『哦，很可愛。』

陳：『今年過年可以帶妳見見牠。』

這話裡的意思已經很明顯了，按照他們兩家現在的關係，到年底見家長其實也不算太快。

陳屹等了會兒，收到她的回覆。

阮眠：『好。』

兩個人在通訊軟體上聊了會兒，很快就有了幾頁的聊天記錄，在湊足十頁之前，陳屹讓阮眠早點休息。

陳：『明天想吃什麼？』

阮眠：『你下廚嗎？』

陳：『嗯。』

阮眠：『明天再說吧，我現在想不到。』

陳：『行，晚安。』

阮眠：『晚安。』

房間裡，阮眠傳完最後一則訊息後，放下手機捲起被子，接著翻了個身，把腦袋埋在枕頭裡，聞見一點淡淡的香味，和她身上的沐浴乳是同個味道。

她明明很睏，卻翻來覆去怎麼也睡不著，就這麼醒著到了兩點多，阮眠覺得口渴，起身出去倒水。

客廳裡還點著夜燈，陳屹躺在沙發那裡，長腿舒展不開搭在外面，聽見開門的動靜，他聞聲坐了起來，「怎麼還沒睡？」

阮眠：「有點口渴。」

陳屹掀開毛毯站起來，走過去開了餐廳的燈，找到水壺幫她倒了杯水，阮眠接過去，問：「你怎麼也還沒睡？」

「不習慣。」

「……」她「哦」了聲。

喝完水，阮眠放下杯子往回走，「你早點睡。」

「好。」

阮眠走了幾步，回頭見他在沙發坐下，人站在那裡猶豫不決，過了好一會兒，陳屹沒聽見關門的動靜，回頭見她站在那裡，「怎麼了？」

「沒事。」阮眠輕吸了口氣，像是做了什麼重要的決定，抬眸看過去，「陳屹。」

「嗯？」

「不然……」她撓了下臉，「你來房間睡吧。」

原先能連著翻兩個身的床，多了個人之後，突然顯得有些擁擠，只是動個手臂都能碰到彼此。

阮眠原本還有些睏意，在不知道多少次不小心碰到陳屹的手臂後，澈底沒了睡意。

幾分鐘之前——

她在說完那句話後，客廳倏地陷入一陣微妙的沉默，陳屹直接幽深的目光像是帶著溫度。

阮眠眼眸閃了閃，著急解釋還差點咬到舌頭，「我不是，我就是——」

話還沒說完，被陳屹出聲打斷，「好，妳先回去睡，我馬上就來陪妳。」

「……？」

阮眠呆了好幾秒，才把他這句話裡的幾個字完整拼湊到一起，讀出其中的意思。

我馬上就來陪妳？

嗯？

她是這個意思嗎？

她！不！是！啊！！

阮眠抿了下唇，一時說不出反駁的話，只能欲言又止地看了他好幾眼。

陳屹卻好像不在意自己這句話的不對勁，彎腰撿起掉在地上的毛毯，直起身的時候見她還站在那裡，微挑了眉，正要開口說什麼，阮眠猛地回過神，快步走回了房間。

他笑著放下手裡的毛毯，跟著走了進去。

這會兒，兩個人似乎都沒什麼睏意，陳屹睡姿好，躺下來後就一直維持同一個姿勢。反倒是睡在旁邊的人，翻來覆去的，幾下動作就把他那邊的被子扯過去大半，還一點都沒意識到。

在被子快要完全被扯過去之前，陳屹忽地伸手把人撈進自己的懷裡，下巴抵著她的腦袋，低聲道：「睡不著？」

阮眠哪會想到他會做出這個動作，一時間僵在那裡說不出話，整個人從上而下都能感受到他的體溫，耳朵開始發燙。

陳屹久等不到回答，抬手捏了捏她的臉，「怎麼不說話？」

「沒有。」阮眠慶幸自己是背靠在他懷裡，臉往枕頭上埋了埋，低聲說：「我有點認床。」

陳屹放下手臂，順勢握到她的手腕，指腹停留在那裡摩挲著。雖然她很瘦，骨架也小，但不管哪裡摸起來都軟綿綿的，手感很好，讓他有些愛不釋手。

房間裡沒有一點光亮，其他的動靜就顯得更清晰。呼吸起伏、衣料摩擦、甚至是彼此間的每一次心跳。

兩人用的是同一款沐浴乳，周身圍繞的氣息是一樣的，陳屹有一下沒一下地捏著她的手腕，時不時往下捏捏手指。

阮眠在這樣溫情的氛圍中逐漸放鬆下來，指尖偶爾戳一下他的手心，工作原因，她十根手指的指甲都剪得圓潤乾淨，戳過去只有柔軟的指腹觸感。

陳屹捉住她作亂的手指，「妳想在什麼時候和妳父母說我們的事？」

「我一直都想說。」阮眠轉過來面朝著他，在昏暗的光線中，即便離得那麼近，也不太能看清彼此的樣子，「但我一直沒找到合適的時機去說。」

他們兩個的關係從一開始就對雙方長輩做了隱瞞，以致於如果現在坦白，可能會讓父母意外他們在一起的速度，從而對這段感情產生懷疑，更何況，現在還有方如清這個難關。

她突然想到一個絕妙的點子，「那不然你先說？我等我爸來問了，我再跟他說。」

陳屹笑了聲，鬆開她的手腕，坦然應下，「好啊。」

說著，他就要回頭去拿手機，阮眠哪想得到他這麼著急，慌忙抬手攔了下，嘀咕道：「都這麼晚了，你明天再說吧。」

「不如這樣，我明天晚上回去吃飯，你跟我一起過去？」陳屹說：「也算是公開關係。」

「……」

阮眠不說話了，陳屹也不著急，靜靜等了會兒又說：「不想去嗎？」

「不是。」她嘆了口氣，「是緊張。」

陳屹捏捏她的後頸，「那就不去了。」

「真的嗎？」

「……」他笑出聲，也不想太勉強她，「還是等下次吧，我也沒提前告訴他們。」

「哦，那你下次也要提前跟我說。」阮眠想了下，「提前半年好了。」

陳屹笑了兩聲後，重新勾起她的手指把玩，像是無意問起，「妳上次是幫哪個朋友過生日？」

「何澤川，就是之前在洛林去找我的那個。」阮眠說：「他是我重考班的同學，後來我讀大學，我們……唔。」

沒說完的話被陳屹用一吻截斷，他的手停留在她後頸處，不輕不重地揉捏著，滾燙的唇舌帶著不容質疑的力道，撬開她的牙關，一點一點地咬過去，帶起輕微的刺痛感。

阮眠嗚咽了聲，向後退縮著，又被他勾回來更深地吻著，呼吸都帶著纏綿。

不知過了多久，他的親吻變了方向，一點點向下挪著，停留在那一截白皙的頸間。

阮眠失控地揪住他的衣服，像是有些難以自持地叫了聲他的名字，「陳屹……」

像是一道警鈴。

陳屹倏地從意亂情迷中回過神，低頭埋首在她肩側，慢慢平復著呼吸，另一隻手將剛才不知何時揉亂的衣服扯平。

兩人沉默了一會兒，等到先前那點曖昧的氣息散去，陳屹起身出去喝了杯水，再回來時，又將人摟進懷裡，有些幼稚地說：「我不喜歡聽妳聊別的男人。」

阮眠還沒意識到問題的嚴重性，下意識反駁道，「我跟何澤川認識很久了，只是朋友，以前是、現在是，以後也只會是這樣。」

她的嗓音還沒完全恢復，帶著些嬌嗔，格外勾人。

陳屹腦海裡那些旖旎又在蠢蠢欲動，他不動聲色地拉開兩人之間的距離，「哦。」

阮眠卻毫不知情，轉而又滾進他懷裡，撇開這個話題，「你晚上為什麼不許願？」

「嗯？」陳屹又往後挪，淡淡地說：「沒什麼想要的了。」

她又擠過來，「完全沒有嗎？比如升官發財這些，你都不想要嗎？」

「不想，做人不能太貪心。」陳屹這下沒得躲了，把人圈在懷裡，溫聲說：「畢竟想要的，我已經得到了。」

阮眠還沒反應過來，「什麼？」

他低頭親了她耳側，聲音壓得很低，尾音帶著淺淺的笑意，「妳呀。」

隔日一早，陳屹在生理時鐘的作用下，六點多就醒來了。但眼前的畫面並不像他想像中得那樣溫情。

原先躺在他懷裡的人，不知道在什麼時候滾到了床邊，不僅如此，她還捲走了大半床被子，將自己裹得嚴嚴實實。

陳屹四點多被凍醒，抬手將被子拽回來一角，等到早上又只剩被角搭在腿上。

他有些好笑地看著一旁睡得昏天暗地的某人，輕手輕腳將她抱回床中間，起身下床才覺得有些鼻塞，像是感冒的前兆。

陳屹怕吵醒阮眠，去了外面的廁所漱洗，卻不想梁熠然和孟星闌比他起得還要早，正坐在客廳吃早餐。

陳屹走過去，「你們怎麼這麼早，孕婦不用多睡一點嗎？」

「就是孕婦才睡不著覺啊。」孟星闌眼下帶著一點青色，「累死了，一整晚都沒怎麼睡。」說著，梁熠然又剝了個雞蛋放到她的盤子裡，「吃完再睡一會兒。」他又看著陳屹，「我也幫你們買了早餐，阮眠呢，還沒起床嗎？」

「嗯，還沒醒。」陳屹進了廁所漱洗完出來，沈渝也從旁邊的房間走出來，四個人坐在桌邊一起吃了早餐。

自從孟星闌當媽媽之後，心思細膩了很多，聽出陳屹聲音裡的不對勁，問他：「你是不是感冒了啊？」

陳屹低頭喝了口粥，「大概吧。」

她像是想到什麼，笑道：「是不是阮眠跟你搶被子？」

他點頭「嗯」了聲。

「我就知道，我上次和她一起睡，我一整晚都在和她搶被子。」孟星闌覺得好笑，「也不知道她怎麼會有這種習慣。」

「……」

四個人吃過早餐，孟星闌回房間睡回籠覺，三個大男人收拾完垃圾，準備出門去買菜。

陳屹想起什麼，回了趟房間，被他在起床之前抱回床中間的人，這會兒又裹著被子睡到了邊邊角角。

他走過去蹲在床邊，叫了聲：「阮眠？」

第一聲她沒回應，後來又叫了幾聲才有反應，聲音帶著散不盡的倦意，「……嗯？」

「妳中午想吃什麼？」

她又是一聲「嗯」。

陳屹覺得好笑，也不再打擾她睡覺，臨走前還想著把人抱回去，想了想卻還是作罷。

就這樣吧。

後來去買菜，陳屹讓梁熠然問了下孟星闌關於阮眠的喜好，她只說了一道菜：紅燒排骨。

孟星闌：『有這道菜，勝過一桌山珍海味。』

孟星闌：『味道好不好大概也不重要，畢竟以前在學校，學生餐廳那麼難吃的排骨她都能吃下去。』

陳屹：「……」

後來買完菜回來，陳屹在家裡翻出感冒藥吃了兩粒，見時間還早，準備回房間再睡一會兒。

阮眠仍舊睡得很熟，但因為他在走之前把空調往上調了亮度，她這會兒沒有把被子裹得太嚴實，只是從這一邊滾到了他昨晚睡的那一邊。

陳屹換了睡衣，掀開被子的一角躺下去，過了會兒，她像是察覺到什麼，慢慢挪進他懷裡。

他不敢動得太厲害，加上吃了藥之後頭有些昏沉，很快就睡著了。

房間重歸安靜，外面的日頭越升越高，厚實的窗簾擋住了所有光芒，屋裡仍舊暗沉無光。

突然乍響的手機鈴聲打破了這片靜謐。

阮眠是最先被吵醒的，她伸手往旁邊摸，沒摸到手機，皺著眉睜開眼的時候，陳屹已經從他那邊拿到電話，啞著聲道：「喂。」

話筒裡沒了動靜。

陳屹拿下手機，看到來電顯示是爸爸，還沒回過神，阮眠也已經起身湊過來，這時話筒裡緩慢而遲疑地傳來一聲——

『眠眠？』

陳屹前段時間不小心把手機摔壞了，沒時間去修，就翻出了以前的舊手機，恰好和阮眠是同型號同款式的，兩人的來電鈴聲又都是系統預設。

更不巧的是，昨晚阮眠是睡在左邊，手機也放在床頭左邊，但陳屹第二次進來的時候，她卻睡到了右邊。

陳屹沒想到會有這麼一齣，隨手將手機一放，就在左邊的空處躺下了。

這會兒，兩人聽見話筒裡傳來阮明科疑惑的聲音，互相看了彼此一眼後，阮眠倏地回過神，拿過手機說：「爸爸是我，給我幾分鐘，我等下再回撥給你。」

說罷，她立刻掛斷了電話。

屋裡陷入一陣尷尬的沉默，陳屹睡了一覺後，頭已經沒那麼昏沉，起身坐起來，只是聲音有些低啞，「我打電話跟伯父解釋一下？」

「算了，我打吧。」阮眠把手機往被子上一丟，彎腰埋了下去，脊背因為這個動作緊貼著睡衣，露出筆直嶙峋的輪廓，一截細腰也露在外面。

陳屹抬手捏著她睡衣下襬往下扯了扯，抬手捏了兩下鼻梁，「我出去等妳，妳先回電給伯父吧。」

阮眠應了聲「好」，慢吞吞地直起身，陳屹抬手撥開沾在她臉上的頭髮，搆到手機遞給她，「有什麼問題我擔著。」

「嗯。」

陳屹又揉了揉阮眠的腦袋，起身下床，在出房門前拿走了自己的手機。

屋裡伴隨著開關門的動靜又安靜下來，阮眠拿著手機想了會兒，才撥通阮明科的電話。

幾秒後。

「爸爸。」她張口喊完這聲，沒了下文。

阮明科反應尋常，也沒提起剛才那件事，『剛起床啊？』

阮眠摸著被子上的紋路，低頭「嗯」了聲。

父女倆沉默了會兒，阮眠低不可聞地嘆了口氣，鼓足勇氣提道：「爸爸，剛才接電話的人是陳屹。」

阮明科：『我猜出來了。』

「我們……」其實阮眠剛才已經想到好幾個理由，打算解釋為什麼是陳屹接的電話，但當她真的要說出口時，卻又變成了坦白，「爸爸，我和陳屹已經在一起了。」

阮明科像是一點也不驚訝，『什麼時候的事情？』

「上次端午節回去的時候。」阮眠說：「我跟陳屹之前在洛林就已經見過面了，我沒想到他就是陳伯伯的兒子，我也不是故意想瞞著你們的。」

『難怪，那天我看你們兩個都有點不對勁。』阮明科笑笑：『在一起就好好在一起，這又不是什麼壞事。』

「嗯。」阮眠揉著額角，想了想還是把方如清的顧慮跟阮明科提了下，「爸爸，你能不能幫我跟媽媽溝通一下?」

『好,我之後再跟妳媽聯絡。』阮明科像是突然想起什麼,『眠眠,雖然妳已經不是十幾歲的小女生了,但談戀愛歸談戀愛,有些事情還是要做好保護。陳屹是爸爸朋友的兒子,照理來說,人品方面是不會有什麼問題的,但妳是爸爸的女兒,我作為父親,唯一的要求就是希望妳在這段感情中,無論是情感還是身體上都不要受到任何傷害。』

阮眠聽到阮明科前半句話的時候,還覺得不好意思,等聽到後面,卻覺得眼眶發熱,怕被他聽出哭腔,只是重重地「嗯」了聲。

『好了,妳不用太擔心妳媽媽那邊。』阮明科沒再多說什麼,叮囑了句「就算天氣熱,也不要不吃飯」就掛了電話。

沒了後顧之憂,阮眠低頭掉了兩滴淚,但很快就抬手抹掉了,她點開通訊軟體傳了一則訊息給陳屹。

阮眠:『我跟我爸說了我們的事情。』

陳屹沒有及時回訊息,阮眠起床踩著拖鞋進了浴室漱洗,洗臉的時候,她聽見外面拉窗簾的動靜,想扭頭看一眼,卻不想洗面乳的泡沫跑進眼睛裡面,雖然是不刺激型的,但總歸還是有些難受。

她連忙低頭洗乾淨,腰上忽地多出一雙手,緊接著肩上就多了大半重量,男人溫軟的唇落在耳畔親吮著。

阮眠下意識縮了一下。

陳屹咬了下她的耳垂，抬起頭從鏡子裡看著她，「伯父說了什麼？」

「沒說什麼。」阮眠從包包裡翻出單獨包裝的面紙，抹掉臉上的水珠，「他好像不是很驚訝我們在一起的事情。」

「我剛才也打了通電話給我爸，說了我們的事情。」不僅如此，陳屹還找陳父要了阮明科的聯絡方式，特地打電話過去解釋了一番。

他低頭看見她眼尾的紅，把指腹貼過去，「哭了？」

「沒有，剛才洗面乳跑進眼睛裡了。」阮眠沒想到昨晚還在擔憂的難題，只是早上一通電話的功夫，就全都迎刃而解，雖然解決的方式有點尷尬，但起碼是解決了。

陳屹沒再多問，下巴搭在她腦袋上，抬手從兩邊捏了捏她軟乎乎的臉頰，「那晚上跟我過去吃飯？」

「……」

他勾勾嘴角，「中午想吃什麼？」

「隨便點嗎？」

「嗯。」

「紅燒排骨？」

「好。」陳屹爽快應下，又摟著阮眠往外走，讓她在床邊坐下後，蹲下去檢查了下她腳踝處的傷口。

沒沾水沒發炎也沒腫起來，萬事大吉。

他鬆開手，站起身，低垂著眼看她，「妳慢慢弄，我先去廚房收拾。」

阮眠點頭說「好」，轉身去找自己的手機，在被子上摸索了半天也沒找到，見狀，陳屹走過去，幾乎沒怎麼費神就找到了。

她笑著伸手去接，而陳屹順勢握住她的手腕，低頭親了下去。

窗外陽光正好，屋裡纏綿悱惻。

陳屹沒有和阮眠說自己跟阮明科聯絡的事情，阮眠也沒有和他提起方如清的態度。

兩個人都瞞著著彼此，在為這段感情付出努力。

中午吃過飯，孟星闌要回之前下榻的飯店參加臨時會議，梁熠然陪著她一起過去了。

沈渝被短住在B市的父母叫回家，不出意外又是相親，上次為這件事鬧過一通後，沈父被沈渝的叛逆氣到高血壓，在醫院住了大半個月，後來又和妻子回到平城調養了一段時間。

前不久回來之後，夫妻倆和沈渝促膝長談了一夜，雙方都退讓了一步，相親還是會有，但都要經過沈渝同意，才會安排見面。

成年人總是逃不過這樣的命運。

一群人離開之後，原先熱鬧喧騰的屋子瞬間安靜了不少，陳屹洗了葡萄和草莓端到客廳茶几上，見阮眠正在打電話，沒湊過去打擾她。

幾分鐘後通話結束，陳屹見她臉色沉沉，低聲詢問：「怎麼了？」

阮眠低頭找拖鞋，邊走邊說，「學姐那邊出了點問題，現在在醫院，我得過去一趟。」

陳屹跟過去，「我送妳。」

阮眠昨晚過來沒開車，這會兒外面日頭正曬著，光是走出家門就已經能感受到熱意，也就沒拒絕。

上車之後，阮眠把定位傳給陳屹，又打了通電話給林嘉卉，「我已經出門了，大概再一個小時就能到妳那裡。」

陳屹看了導航的目的地一眼，是B市一家婦產科醫院，他隱約猜出了什麼，但畢竟是人家的私事，也沒有過問太多，只握了握阮眠的手，安撫道：「已經在醫院了，應該不會有事。」

阮眠嘆了口氣，「嗯。」

到醫院確實是一個小時後的事情，陳屹陪著阮眠進了醫院，但沒有跟著一起上樓，「我在大廳等妳，有什麼需要就打電話給我。」

「好。」上樓之後，阮眠直奔林嘉卉所在的病房。那是雙人房，旁邊躺著一個剛做完手術的年輕女人，臉色慘白，床邊坐著好幾個女人，一群人顯得躺在另一張病床上的林嘉卉格外形單影隻。

阮眠走過去，「學姐。」

「妳來了。」林嘉卉被旁邊那個女人嚇著了，臉色和她相差無幾，「我本來沒想麻煩妳的，但我找不到其他人了。」

林嘉卉和男友周遠戀愛十年，從大學走到現在，本該是談婚論嫁的年紀，卻因為各自的工作和家庭因素，一直拖到現在都還沒結婚。

上週她在醫院做體檢，被查出懷有身孕，原想著有了孩子就能考慮結婚的事情，但周遠卻想要林嘉卉把這個孩子拿掉。

他跟林嘉卉說：「嘉卉，妳看看我們現在過的是什麼生活，妳覺得我們還有條件去撫養一個孩子嗎？」

「妳再給我兩年，等我坐上了專案經理的位子，我們就結婚，到時候妳想生幾個孩子我們就生幾個，好嗎？」

林嘉卉自然是不願意，兩個人因為這個問題大吵了一架，已經瀕臨分手的邊緣。

今天上午，周遠在出差前傳了一則訊息給林嘉卉，大致意思就是如果她非要生這個孩子，那他們就分手。

林嘉卉捂著臉哭起來，阮眠不知道怎麼安慰，等她哭好了，才問：「那妳現在是打算拿掉這個孩子嗎？」

「我沒有辦法了。」林嘉卉哽咽著，「我一個人怎麼養得了孩子？」

手術早在阮眠來之前就安排好了，時間也比想像中還要短，阮眠替林嘉卉忙前忙後，安頓好之後，她才想起陳屹還在樓下等她，見林嘉卉還在睡，她跟護理師交代了聲，去了一樓大廳。

陳屹見她跑得滿頭大汗，起身攬住人，回頭拿起旁邊一瓶沒喝過的水拆開遞給她，「情況怎麼樣？」

阮眠喝了一小口，抿抿唇，「不太好。」

陳屹沒有多問，他抬手抹掉她額角的汗，「那妳現在是要留在醫院嗎？」

「差不多吧，等學姐醒了，我再問問她要不要回去拿什麼東西。」阮眠嘆了口氣，一副愁雲慘霧的模樣。

幾秒後，她像是想起什麼，鬆開手催促道，「你走吧。」

「嗯？」陳屹把人拽回來，覺得有些好笑，「這麼沒良心？好歹今天還是我生日。」

阮眠就是因為想到今天是他生日，才想著催他早點離開，他這麼一提，她更覺得有些對不起他，補償似地湊過去在他唇角親了一下，「生日快樂，陳屹同學。」

第七章　親一下就不痛了

陳屹的車在院子裡停下的時候才下午四點，外婆柳文清驚訝地從屋裡出來，「不是說晚上才過來嗎？」

他從車裡下來，隨手關上車門，朝前走了幾步後扶住老人的肩膀，「沒什麼事就先過來了。」

林嘉卉暫時需要住院療養，他走之前人還沒醒，阮眠著急回去照看，和他沒說幾句話就走了。

「女朋友呢？」柳文清笑意溫和，「之前不是說有喜歡的女生了，怎麼到現在都還沒定下來？」

陳屹這次沒再遮遮掩掩，「定了，我下次會帶她回來吃飯。」

「真的啊？」

「當然是真的，我騙您做什麼？」陳屹扶著柳文清走進屋裡，客廳裡沒開空調，頂部吊著一臺吊扇，正緩緩送著風。

柳文清喚來傭人幫陳屹盛了碗降溫的綠豆湯，清湯寡水裡飄著幾瓣百合葉子，好在沒加冰，陳屹端過來喝了幾口。

老太太在桌旁坐著，「你舅舅陪你外公去療養院看望以前的戰友，大概五六點鐘才能回來，你舅媽帶著寶兒去逛街了。」

寶兒全名宋寶兒，陳屹舅舅家的小孩，宋淮為了培養女兒獨立，從國中起就把人送到了寄宿學校，寒暑假小女孩還自己報了各種夏令營和冬令營，一年到頭回家的次數寥寥無幾，這次也是湊巧，前兩天才剛結束夏令營回來，再過幾天也要開學了。

陳屹陪著老太太聊了會兒天，門口又傳來一陣汽笛聲，沒過一會兒，便有急促的腳步聲從外跑進來，「奶奶，是哥哥來了嗎？」

下一秒，宋寶兒看見坐在沙發的人影，激動得連英文都飆了出來，被母親安虞拍了拍肩膀訓了句「好好說話」，才收斂了幾分。

陳屹和安虞打了聲招呼，女孩跑到他面前，「哥，生日快樂，二十七歲囉。」

「妳不提年齡，我可能會更快樂一點。」陳屹從小就寵這個妹妹，雖然差了十幾歲，但兩人相處起來幾乎沒有代溝。

宋寶兒調皮一笑，非要拉著陳屹去玩自己存的遊戲光碟，兄妹倆玩了一整個下午，晚上吃過飯，陳屹去廚房找阿姨，要把雞湯盛出一份打包帶走。

阿姨找出一個保溫罐，柳文清聽到動靜走過來，「這麼晚了，是要幫誰送晚餐？」

「女朋友。」陳屹摸了下鼻尖，「她在醫院值班。」

「你這孩子，也不早點跟我說你要去送吃的給人家。」柳文清走進廚房，又洗了兩盒草莓放在另一個保鮮盒，「不然我煮點餛飩，你一起帶過去？」

「不用，消夜也吃不了那麼多。」陳屹接過阿姨打包好的東西，「那我先過去了。」

「好，路上注意安全。」

「知道了。」

陳屹在門口換鞋，宋寶兒洗完澡從樓上下來，看他要出門，急匆匆地跑下樓，「哥，你不是說晚上要住在這裡嗎？怎麼又要走了。」

柳文清笑說：「你哥不走，他是要去送消夜給妳未來的大嫂。」

「哇！」宋寶兒來了興趣，「我也要去！哥！你帶我一起去吧？萬一下次你帶大嫂回來，我不在家的話，豈不是虧大了？」

她不依不饒，陳屹拿她沒轍，在上車之後傳了訊息給阮眠。

CY：『我送點消夜過去。』

CY：『我妹妹跟我一起。』

阮眠：『好，你來吧。』

這則訊息存在的時間不過幾秒，陳屹眼睜睜地看著它從白色聊天框變成「對方已收回一則訊息」。

陳屹：「……」

他覺得好笑，藉口說要接個電話，讓宋寶兒在車裡坐著，自己從車裡下來打電話給阮眠。

對方接得很快，隱約還能聽見那邊的關門聲。

陳屹走到院子裡人工修築的水池邊，泉水順著假山溝壑徑直而下，灌入池中。

他故意裝傻，「收回什麼了？」

『啊，沒什麼，點錯了。』阮眠的聲音壓得很低，『你已經過來了嗎？和你妹妹一起？』

「嗯，在路上了。」

『我以前怎麼沒聽說過，你還有個妹妹呀？』

「舅舅家的。」陳屹低頭看著池水裡的魚，「她今年升高三，平常比我還要忙，我也很少能見到她。」

阮眠「哦」了聲，『那你到了的話傳個訊息給我，我下去找你。』

「好。」

去醫院的路上，宋寶兒臨時接到同學的電話，沒空追著陳屹問東問西，等到醫院門口，她還在那裡拿著手機講電話。

陳屹停好車，傳了訊息給阮眠，站在車外等著人，聽宋寶兒跟電話那頭說：「誰說我在外面鬼混，我跟我哥一起來送消夜給我大嫂。」

他低頭勾了勾唇角，看到阮眠的回覆，收起手機靠著車門。

夜晚涼風寂靜，高樓大廈撐起一片天。

幾分鐘後，一道身影出現在大樓底下，一開始還是跑著的，等看見了人，反而慢了下來。

宋寶兒趴在窗口，語氣激動，「是那個嗎？是那個嗎？」

陳屹「嗯」了聲，回頭看著她，「妳大嫂臉皮比較薄，妳等等安分點，別嚇到人家。」

宋寶兒笑咪咪地不說話，等人走近了，沒等陳屹招呼，就先開了口，「大嫂好！」

她人長得漂亮生動，一眼看過去就讓人心生歡喜，但嗓門失了控制，聲音在寂靜的夜裡格外響亮。

阮眠被她這一聲嚇了一跳，緩了幾秒才朝她笑了笑，「妹妹好。」

宋寶兒連忙從車裡下來，一百七十三公分的高個子，硬是比阮眠高了大半個頭，不認生地挽著阮眠的手臂說個不停。

到最後還是陳屹把人重新趕回車裡，連門帶窗把她鎖在車內，才算消停了一會兒。

礙著有小朋友在，陳屹也沒做出太多親密動作，把手裡的保溫罐遞給她，「妳學姐怎麼樣了？」

「現在還好，剛才我下樓的時候就醒了。」阮眠扭頭看到宋寶兒在車裡對著陳屹的背影張牙舞爪，沒忍住笑出聲，「你妹妹挺可愛的。」

「可愛？就是個魔王。」陳屹回頭看了一眼，宋寶兒瞬間偃旗息鼓，乖巧地朝著兩人笑著。

兩個人說了會兒話，快十點的時候，陳屹看著她進了醫院大樓後才回到車上，宋寶兒從後排擠過來，「哥，你跟大嫂是怎麼認識的啊？」

「高中同學。」陳屹說到這裡，像是想起什麼，「我們認識的時候，和妳現在差不多大。」

「哇！那你們那個時候怎麼沒有在一起啊？」

聞言，陳屹沉默了會兒，像是開玩笑又像是自嘲地說，「因為妳哥那時候太笨了。」

笨到看不見她的喜歡，讓彼此白白蹉跎了這麼多年。

宋寶兒卻曲解了他的意思，「你這樣還笨？沒天理啦，難不成我大嫂是無所不知的神童？」

「算不上神童。」陳屹與有榮焉道：「不過妳大嫂是當年升學考的榜首。」

「……」

宋寶兒被打擊到了，躺在後座上不吭聲，不過沒一會兒，她又坐起來問陳屹：「哥，姑姑在群組裡問你大嫂為什麼去婦產科。怎麼？姑姑不知道大嫂在醫院上班嗎？」

就在十分鐘前，宋寶兒把偷拍阮眠的照片傳到家族讀群組裡，並附上說明——

『我哥的女朋友。』

宋景一早就從丈夫陳書逾那裡了解過阮眠的一些情況，也知道她在協和上班，看到照片的第一反應就是疑惑，阮眠為什麼會在婦產科醫院的門口。

她想到上午陳屹打給陳書逾的那通電話，思維不可避免地往別處發散。

陳屹自然也明白宋景的疑惑和擔憂，拿著宋寶兒的手機在群組裡傳了一則語音訊息，『在開車，我晚點回去跟您解釋。』

另一邊，阮眠拎著保溫罐回去的時候，林嘉卉正在打電話，言辭之間盡顯激烈，不難猜出對方是誰。

她在門口站了會兒，等到屋裡沒了動靜，才走進去，「學姐，妳要不要吃點東西？」

林嘉卉紅著眼，臉色蒼白，「我不餓，妳吃吧。」

「多少吃點吧。」阮眠盛了一小碗雞湯遞過去，「不管怎麼樣，自己的身體才是最重要的。」

林嘉卉沒再拒絕，接過來勉強喝了兩口，問：「陳屹呢，回去了嗎？」

「剛走。」阮眠也端著碗坐在一旁。

「真羨慕你們。」林嘉卉說著，一滴淚掉在湯碗裡，自顧自說道：「我跟周遠認識十年了，我把我最好的青春、最寶貴的時間全都給了他，結果到頭來，他卻因為孩子要跟我分手。可這明明也是他的孩子，我如果真的怕吃苦，又怎麼會跟他在一起這麼久？我從來沒想過要他多富有、事業有多成功，我只是想要和他有個家而已，只要那個人是他，其他的我都不在乎。」

林嘉卉捂著眼睛，阮眠怕她把湯弄灑，伸手接過碗放到一旁。

對於她的羨慕，阮眠不置可否，雖然比起林嘉卉和周遠的這十年，她和陳屹只能是有過之而不及。

就像過去那些年她不為人知的暗戀，因他而起的心酸而難過，在八中的那兩年甚至後來的很多年，都一直是她一個人的獨角戲。

但命運始終沒有虧待阮眠，她曾經的可望而不可即，無數的遺憾和難過，在如今終歸被歲月一筆勾銷。

林嘉卉發洩完後，整個人像是被抽光了所有精神，很快又重新昏睡過去，阮眠喝完剩下的雞湯，在臨睡前收到陳屹傳來的訊息。

CY：『到了。』

她翻了個身，敲下幾個字。

阮眠：『早點休息。』

CY：『嗯，晚安。』

陳屹傳完這則訊息，等到阮眠回覆晚安後，從通訊軟體裡退出來，回電給母親。

三言兩語解釋完事情的來龍去脈，宋景放寬了心，『雖然你們是成年人了，但有些事情還是要注意，還有，別忘了你曾祖父訂下的規矩，儘管現在時代不同了，但好歹是長輩的話，別不當回事，你爺爺很在意這個。』

陳家算是百年家族，從古至今都是名門望族，到陳爺爺那輩，陳家只出了一兒一女。

本來是個好字，但陳家這個女兒在私下和學堂裡的教書先生私定了終身，未婚先孕在那個年代是大忌也是家族恥辱，儘管陳屹的曾祖父護著這個女兒，但她到最後也沒落下什麼好結局。

從此，陳屹的曾祖父就訂下了家規，無論往後多少年，家裡的後輩都不允許未婚先孕。

雖說現在的時代比以前開放，像這種事情也都已經是很普遍的現象，但陳爺爺作為當時眼睜睜看著妹妹因為未婚先孕，最終走向死亡的人，對這些事情總歸是不同於常人的在意和介懷。

自從陳屹成年後，就被父母灌輸了這種思想，後來也一直遵循這規矩。

為了讓母親放心，這會兒更是再三保證了一番，宋景也了解自己的兒子，這邊放了心，又提起另一件事，『你爸今天上午跟阮伯伯通了電話，你跟眠眠現在也算是定下來了，我想著等中秋或者國慶你們回來，你去阮伯伯那裡一趟，怎麼說也要正式拜訪一下。』

本來就是水到渠成的事情，陳屹自然沒什麼意見，更是樂在其中，「好，沒問題。」

宋景又交代了一些別的，在掛電話前說：『你平時工作忙，沒多少時間，休息的時候要多陪陪人家，不要跟朋友在外面玩，眠眠要是為了這件事跟你鬧，你也不要和她起爭執，本來就是你的問題。』

「好。」陳屹替自己也替阮眠辯駁了一句，「您放心好了，她不會因為這種事情跟我鬧的，再說了，我也不捨得跟她吵。」

第二天，B市接連放晴了幾日的悶熱天氣，被突降的一場大雨澆得一乾二淨，陳屹在家裡吃過早餐，望著窗外的瓢潑大雨，拿起手機傳訊息給阮眠，問她還在不在醫院。

阮眠過了十幾分鐘才用語音訊息回覆他，背景音是很明顯的雨聲，『不在，我現在正要回去幫學姐拿點東西。』

陳屹撥了通電話過去，「妳上車了嗎？」

『還沒，下雨天很難叫到車。』阮眠說：『我準備去搭捷運。』

陳屹當機立斷，不容拒絕，『在捷運站等我，我過去接妳。』

雖然從家裡到醫院的距離不算遠，但因為下雨，路況變得複雜，比昨晚過來時多花了二十幾分鐘。

接到人，陳屹拿起出門前泡好的薑湯遞過去，「喝一點。」

「什麼？」阮眠揭開蓋子，薑味撲鼻而來，她又立刻闔上，將窗戶開了條細縫，才覺得呼吸間的窒息感少了很多。

她把杯子放回去，解釋道：「我不喜歡有薑味的東西，而且我剛才也沒有淋到雨，喝不喝都不會感冒的。」

陳屹沒說什麼，目光從她溼淋淋的肩膀上挪開。

車外大雨傾盆，砸在車頂玻璃上發出沉悶的動靜，阮眠昨晚沒怎麼睡好，這會兒聽著雨聲睏意上湧，很快就靠著椅背睡著了。

陳屹在等紅燈時抽空看了她一眼，抬手將空調調高幾度，又把她那邊的車窗關上。

抵達後，車子開不進去，陳屹叫醒了阮眠，核對了資料才放行。幾分鐘後，車子在大樓下停穩。

阮眠解開安全帶，「你等等有事嗎？」

「沒事，怎麼了？」

「學姐有個朋友在今天早上從老家趕過來，我下午再過去，你要不要跟我上樓坐一下？」

上次有人，陳屹沒好上去打擾，這次天時地利人和，沒有拒絕的理由，「好啊。」

兩個人下了車，阮眠看到陳屹把保溫罐也拿下來，眼皮忍不住跳了跳。

家裡好幾天沒人住，顯得有些冷清，阮眠從鞋櫃裡找出一雙乾淨的棉拖鞋，「沒有夏天的拖鞋了，你將就一下。」

「沒事。」陳屹換了鞋，跟著阮眠往裡面走，客廳沙發上放著幾個玩偶和印有卡通頭貼的抱枕，屋子雖小，但處處可見溫馨。

兩間臥室是對通的，中間隔著一個客廳的距離，互不打擾。

「妳隨便坐，我去把手機充一下電。」阮眠進了臥室很快又出來，聞見空氣裡有股淡淡的薑味，視線往茶几那裡一看。

陳屹正在喝他自己帶來的薑湯。

阮眠恨不得離他遠遠的，可陳屹卻蓋上杯蓋，回頭看著她，聲音低且具有磁性，「過來。」

她猶豫了下，最後還是走了過去，但心裡仍舊抗拒那股嗆人的味道，強調道：「我不——」

話說到一半，阮眠就被陳屹拉了過去，直接跌在他懷裡，呼吸間的薑味摻雜著男人身上特有的清冷調，莫名被壓制了幾分。

她不得已撐著他的身體坐起來，掌心裡殘留著他胸膛的溫度，客廳的窗簾拉了一半，昏暗的光線裡，這個距離顯得格外曖昧。

陳屹欺身靠近，抬手捏著她的後頸，唇瓣從她額角一點點吻下來，「不喜歡有薑味的東西？」

「嗯……」阮眠差不多是坐在他身上，因為親吻的動作，微低著頭，手下意識揪著他的衣服，尾音輕顫，分明是膽怯卻平白像是在勾引。

陳屹輕滾了下喉結，仰頭咬住她的下唇，牙齒微磨，嗓音低沉似是在蠱惑，「那我呢？」

屋外狂風驟雨，伴隨著屋內時而溢出的曖昧動靜，讓氣氛更添幾抹繾綣旖旎，阮眠手掛在他脖子上，呼吸變得灼熱滾燙，後頸被陳屹揉捏著，那一塊也像是沾染上他的溫度。

長驅直入的攻勢讓她毫無防備，溼熱的舌尖糾纏在一起，嗆人的薑味在唇齒交融間漫開。

她想要向後躲，卻被他捏著下頜牢牢扣在懷裡，他手按著她的後頸，不斷加深這個吻。

阮眠難以自持地喘息著，眼尾泛著紅，舌尖的薑味在逐漸加深的親吻中消融散盡。

她近乎被陳屹完全掌控著呼吸，耳邊是他有些急促的喘氣聲，像是帶著某種不可言喻的情緒。

睜開眼，男人的眼眸微闔著，睫毛長而密，皮膚毛孔極小、紋理細膩，透著情欲的紅，像是察覺到她的注視，他緩緩抬眸對上她的目光，眼眸又黑又亮，深邃而多情，幾乎讓她溺斃其中。

下一秒，滾燙的唇逐漸吻上她的雙睛，唇瓣上的溼熱在眼皮上留下痕跡。

他一點點往下，而後偏過頭含住她的耳垂，舌尖緩慢舔咬著，牙齒順著耳廓弧度，輕而慢地咬過去。

——「咚！」

伴隨著陽臺重物落地的聲響，近乎貼合著的兩個人從旖旎的氛圍中回過神，陳屹鬆開她，向後靠著沙發，手垂落在她腿間。

阮眠依靠在他懷裡，急促的呼吸全部留在他頸窩附近，帶起一陣微妙的酥麻。

良久後，阮眠逐漸平復下來，直起身赤腳踩在地上，嘴唇的顏色在這樣昏暗的環境下顯得格外豔麗。

屋外的雨勢不減，豆大的雨滴砸在玻璃上，發出叮叮噹噹的動靜，緊接著又是一聲重物落地的動靜。

「我出去看看。」阮眠低頭穿上拖鞋，正準備往陽臺走，陳屹倏地拉住她的手腕，從沙發上站了起來。

他身上關於情欲的痕跡褪去不少，但襯衫上多處的皺褶依然能窺見前不久的旖旎，說話時喉結輕微滑動著，「我去吧。」

陽臺有一扇通風的窗戶沒關，花架上有兩個空花盆被風刮落在地，瓷片碎了一地。

陳屹關了窗戶，拿掃帚把碎片打掃乾淨，又把垃圾袋綁起來，這才轉身走進屋裡。

阮眠看到他手裡提著的東西，問了句，「什麼東西掉了？」

「花盆。」陳屹走到門口，將垃圾放在門邊，叮囑了句，「不要不穿鞋去陽臺，不知道還有沒有其他的碎片沒處理乾淨。」

「哦。」阮眠走進廚房燒了壺水，打開冰箱，滿滿都是食材，但有些擱置太久都已經枯敗發黃。

她把不能吃的蔬菜挑出來，又從冷凍庫裡找出大半包雞翅，放在水池裡解凍。

弄完這些，阮眠走出去，「陳屹。」

「嗯？」陳屹抬眼看她。

「你中午要留下來吃飯嗎？」

聞言，陳屹看了牆上掛著的時鐘一眼，已經快十一點，他扭頭問：「妳什麼時候要去醫院？」

「三、四點左右。」

「那吃吧，吃完我送妳去醫院。」

「好。」阮眠沒說什麼，隨手將頭髮綁起來，又進了廚房。

兩房的屋子，開放式的廚房正對著客廳，沒有任何遮擋，陳屹彎腰撿起垂在地板上的毛毯，起身走了過去。

阮眠正在削馬鈴薯，陳屹站在那裡盯著看了幾秒，察覺出了不對勁，也不知道是刀鈍還是她手法不嫻熟，一顆本就不大的馬鈴薯被她削完皮後，近乎小了三分之一。

在她伸手去拿第二顆的時候，他輕聲問了句，「會做飯嗎？」

阮眠停下動作抬頭看他，眼眸清澈透亮，一臉天真，「我不知道你對『會』的概念是什麼。」

一聽這話，陳屹也不打算繼續問下去了，走過去接過她手裡的活，「還是我來吧。」

阮眠原本就不怎麼下廚，沒跟他推讓，很快洗了手站到他先前的位置。

男人的指節白皙修長，手背筋絡紋理分明，拿著馬鈴薯和削皮刀格外賞心悅目，動作也很嫻熟，沒幾分鐘就把馬鈴薯和其他蔬菜收拾乾淨，清理完這些，陳屹轉身朝她舉著手臂，「幫我捲一下衣袖。」

阮眠回過神，抬手幫他把衣袖捲上去，怕掉下來還往上推了推，直至露出整個手臂，「可以了嗎？」

「可以。」他盯著她，忽地俯身親在她嘴角，聲音含笑，「謝謝。」

「……」

陳屹出菜的速度很快，半個多小時的功夫，就炒了兩個素菜和一盤紅燒雞翅，另外還煮了一鍋紫菜蛋花湯。

兩個人吃飯也不怎麼說話，自己吃自己的，等到差不多了，陳屹先放下筷子，「妳中秋節會回平城嗎？」

「不確定，看有沒有班吧。」阮眠還有些意猶未盡，舀了一小碗湯，「你有假嗎？」

「應該沒有。」

她「哦」了聲，低頭喝了口湯，突然想起什麼，「你們國慶日是不是還要參加閱兵儀式？」

「我們今年不用，前年參加過一次。」陳屹說：「妳有看過嗎？」

阮眠搖搖頭，話裡不知真假，「我很忙的。」

陳屹和她視線對上，很輕地笑了下，也沒說什麼，阮眠安靜地喝完一碗湯，兩個人一起收拾了下殘局。

外頭雨勢不減，烏雲遮天蔽日，整片天空昏沉沉的，陽臺的推拉門沒關，雨滴砸在玻璃上的動靜不小。

阮眠昨晚在醫院租的陪床床椅硬邦邦的，不怎麼好睡。這會兒聽著這雨聲，睏意直翻滾，坐在沙發那裡連打了幾個哈欠。

她扭頭看向陳屹，他靠著沙發，坐姿挺直，眼眸微闔著，屋裡電視閃動的畫面在他臉上映出斑駁的光影。

阮眠不確定他有沒有睡著，俯身湊近，「陳屹？」

「……嗯？」這聲音倦怠慵懶，像是從胸腔深處溢出來的，他掀眸，眼神有些渙散，「怎麼了？」

「你去房間睡一會兒吧。」阮眠向後一指，「那是我的房間，你要不要換睡衣，我這裡有一套男士睡衣。」

陳屹往後仰著頭，喉結因為這個動作完整地露了出來，鋒利分明，弧度輪廓格外清晰。

過了幾秒，他又坐了起來，說了聲「好」。

阮眠帶他回自己的房間。

她住的是主臥室，面積大一點，房租相對來說也比較好，裡面還有一間獨立衛浴，陽臺是個凸窗，上面堆的全是工具書。

屋裡布置簡約而溫馨，床邊丟了一張懶人沙發，書桌擠著凸窗那一角的牆角，衣櫃是內嵌式，書桌旁還立了一個書架。

地板上鋪著絨毛地毯，踩上去軟綿綿的。

阮眠從衣櫃裡翻出那件睡衣，「這是我去年買東西的贈品，一次都沒穿過，你先換衣服，我去洗個澡。」

「好。」陳屹接過衣服，就開始當著她的面解開襯衫扣子，阮眠愣了下，回過神立刻轉身走了出去。

陳屹勾勾唇角，動作利索地換上了睡衣。

他確實是睏了，昨晚留在家被宋寶兒抓著玩了一宿的遊戲，到早上四點多才睡下，又因為外公外婆的生活作息，七點不到就被叫起來一起吃了早餐，整個週末都沒怎麼睡。

房間裡沒有開燈，昏沉黯淡，伴隨著窗外的雨聲，催眠效果極佳，陳屹掀開被子躺下去，沒一會兒睏意就重新湧上。

半夢半醒間隱約聽見開門聲，他微瞇著眼，看見阮眠進了浴室又輕手輕腳地走了出去，懷裡還抱著一堆衣服。

他沒作聲，翻了個身繼續睡。

阮眠是刷過牙、洗完臉後才想起自己忘了拿換洗衣服，小心翼翼地進去一趟後，才出來快速洗了個澡。

吹完頭髮，她又回了臥室。

陳屹的睡姿很好，只占了床的一半，阮眠走到凸窗那邊，動作緩慢地拉上窗簾，屋裡完全暗了下來。

她摸索著到床邊，掀開被子躺了下去，原先睡在旁邊的人立刻靠過來摟著她，「設好鬧鐘了嗎？」

「嗯，三點半的。」

「嗯。」他聲音又小了下去，阮眠起身將他的手臂往上挪，拽著枕頭墊在腦後，調整了一個舒適的姿勢重新躺回去。

屋裡逐漸安靜下來，窗外的雨勢也漸漸變小，夏季暴雨過後的天空飄著幾朵零散的雲，陽光曬得空氣悶熱。

猛烈的日頭漸升，到了六點多卻又被暮色渲染，西邊的雲層拉扯，大片的晚霞鋪滿整片天空。

陳屹是在夕陽落下的最後一刻醒來的，那會兒臥室只有他一人，遮光窗簾不夠厚，漏了些光在被子上。

他捏了捏鼻梁，掀開被子坐起來，手邊的床頭櫃上放了張字條——

『我先去醫院了，記得幫我關門。』

陳屹手往被子上一攤，瞇著眼靠著牆緩了會兒，起身撈起一旁的西裝褲，從口袋裡摸出手機。

晚上六點四十七分

他撥通了阮眠的電話，第一次沒人接，後來等他換好衣服，她剛好回電，『我剛剛去幫學姐裝水了，你起床了沒？』

陳屹：『起床了，妳怎麼不叫我。』

她「啊」了聲，『我看你睡得挺沉的，而且我起床的時候外面已經沒下雨了，我就自己開車來醫院了，這樣我晚上回去也方便。你是不是要回去了？』

『嗯。』陳屹這一覺睡的時間超過了他的預期，距離歸隊時間也沒剩下多少，『妳家的門是不是只要關上就好了？』

『對。』阮眠說：『我把剛才忘記丟掉的垃圾放在門口了，你順便幫我帶下去扔掉吧，裡面有那個碎瓷片，你小心點。』

『知道了，還有別的嗎？』

『我想想……』停了幾秒，她又說：『廚房裡好像還有袋垃圾，就在流理臺上。』

陳屹走出去，『看見了，還有嗎？』

『還有——』阮眠兀自笑了聲，猝不及防地坦白道：『其實我不會做飯。』

『看出來了。』陳屹聲音懶懶的，似是調侃，『馬鈴薯都快被妳削到不見了。』

『我太忙了，沒時間學這個。』雖然阮眠從小父母感情不和，但也算是十指不沾陽春水，錦衣玉食長大的小公主，自小沒為生活操心過，後來學了醫參加工作，更是沒時間去折騰這些，偶爾能下個麵就已經算得上是大展身手了。

『以後也不用學。』陳屹把那包垃圾拎出來，『家裡有一個人會就行了。』

阮眠拿著手機笑，視線往走廊那裡一掃，『我先不和你說了，我看見學姐的男朋友了。」

『好。』陳屹想了想，叮囑道：『別起爭執。』

『知道了。』

掛了電話，阮眠朝著前面走過去，周遠剛才找護理師問了林嘉卉的病房，一扭頭看見阮眠，朝護理師道了聲謝，急匆匆地朝她跑過來，神情擔憂，「阮眠，嘉卉她還好嗎？」

「你覺得呢？」阮眠看著他捧在懷裡的花和果籃，「你是來看望病人還是來見女朋友的？」

「我……」

阮眠轉身要走，周遠急忙跟上來，「嘉卉她不接我電話也不回我訊息，我真的很擔心她。」

「你如果真的擔心她，就不會讓她一個人來做手術。」阮眠停在病房門口，回頭看著他，語氣冷淡，「學姐見不見你我做不了主，但她如果不想見你，我是不會讓你進來的，所以麻煩您在外面等一下。」

周遠抿了抿唇，「好。」

阮眠扭頭進了病房，林嘉卉正在和母親通電話，林母不知道她做手術的事情，照常噓寒問暖一番，又問她什麼時候有空回家。

林嘉卉：「媽，妳又不是不知道我工作很忙，等我下次放假，我一定回去。」

『好好好，工作忙也要注意身體。』林母又關心了幾句，電話才剛掛電，林嘉卉低頭沉默了一會兒，才抬頭看著阮眠，「周遠來了，是嗎？」

「嗯。」

「讓他進來吧。」林嘉卉笑了笑，「這兩天辛苦妳了。」

「你跟我客氣什麼。」阮眠說：「那我幫妳叫他進來，你們好好談談。」

「好。」

那天傍晚，周遠跟林嘉卉在病房裡談了很久，阮眠下去吃了晚餐回來，又在樓下閒逛了大半個小時，才看見周遠從醫院裡出來，懷裡空蕩蕩的，神情也不似來時頹喪。

阮眠猶疑著回到病房，卻見那束嫣紅的玫瑰被丟在垃圾桶裡，林嘉卉拆了果籃，「正好，這個妳帶回去吃吧。」

她有些不明白，「學姐，妳跟周遠……」

「分手了。」林嘉卉剝開一個橘子吃了一瓣，不是當季的水果，又澀又酸，「但我又讓他覺得，我們還能回到從前。」

阮眠這下是真的聽不懂了，但林嘉卉卻不再多說，「好了，妳明天不是還要上班嗎？早點回去休息吧。」

「那妳請好假了嗎？」

「請了。」林嘉卉笑道：「把年假都用完了。」

阮眠沒再多問，「好，那妳有什麼事就打電話給我。」

「嗯。」

後來那幾天，阮眠再去醫院總能看見周遠的身影，但每次他人一走，林嘉卉就會把他帶來的花丟進垃圾桶裡。

就這樣過了一個星期，出院那天，周遠特地請了假過來，中午他和林嘉卉還請阮眠吃了飯。

等回到家裡，周遠又趕回公司，阮眠在客廳打掃，過了會兒，林嘉卉從房間裡收拾了一堆東西出來。

阮眠認出其中一些東西都是周遠以前送她的禮物，林嘉卉從前拿它們當寶貝，這會兒卻全都棄若敝屣。

「學姐，妳這是？」

「都是周遠以前送我的東西，我打算還給他。」林嘉卉從陽臺找了個紙箱，坐在地墊上一樣樣往裡放，「我準備離開B市了。」

阮眠一愣。

林嘉卉說：「我參加了我們科跟S市醫院的交流學習研究，為期兩年，下個月就要過去了。」

「那妳交流結束之後還會回來嗎？」

「不回來了，這次交流結束後，我打算申請留在那邊的醫院。」林嘉卉笑道：「妳知道的，我的家鄉就在S市，當年如果不是因為周遠，我是不會來B市讀書的，更不會留在這裡，講真的，我一點都不喜歡這裡。」

說著，一滴淚猝不及防地掉了下來，她低下頭，看著手裡曾經視若珍寶的音樂盒，喃喃道：「我甚至討厭過去的自己。」

阮眠心裡難受，偏頭看向別處，抬手抹了下眼角，故作輕鬆地笑了聲：「既然決定了，那就走吧。還有啊，不管現在的林嘉卉怎麼樣，我都覺得過去的林嘉卉是個很勇敢的女生。」

她為了喜歡的人不顧一切的勇氣，是十六七歲的阮眠曾經最渴望擁有的一樣東西。

林嘉卉要離開B市並不是說走就走的事情，她在這座城市讀書生活了十幾年，幾乎將人生裡最重要的十年都留在了這裡，除了愛情和事業還有其他方方面面的瑣事。

其中一件便是和阮眠合租的房子。

這間房子當初是阮眠租下來的，兩個人住在一起一方面是為了分擔房租，但更多的是想彼此互相有個照應，現在她臨時說要走，心裡難免有些愧疚。

不過阮眠倒是不怎麼在意，天下無不散的筵席，這些年她經歷過太多的分別和離散，反而安慰林嘉卉不要有負擔。

不過這套房一年的租金，兩個人分擔下來還好，一個人卻有點壓力，加上不久後租約就要到期，阮眠決定重新在附近租一套小一點的，那陣子她除了上班，空閒時間還要跟仲介去看房。

到中秋節那天，阮眠休了一天假，早上起來接到方如清的電話，母女倆聊了一會兒。

說來也奇怪，方如清之前對陳屹其實是不太滿意的，但不知道阮明科和她說了什麼，她在知道這件事情後，沒再跟阮眠提過什麼反對的話，這會兒還問到了陳屹的情況，『陳屹今天沒放假嗎？』

阮眠愣了下，才答話，「沒有，他大概要到國慶日才會放假。」

『這樣啊。』方如清沒再多問，『我看妳的動態說要租房子，怎麼，跟妳一起合租的女孩呢？』

「她調回老家的醫院了。」

『好，那妳一個人租房子要多注意一些。』方如清又老生常談地叮囑了幾句，才掛了電話。

阮眠索性又約了仲介去看房，正好林嘉卉也在家，兩個人就一起出了門。

看房的時候，林嘉卉問：「妳怎麼不搬過去跟陳屹一起住？」

「他住的地方離醫院太遠了，上班不方便。」阮眠下意識應了句，說完才覺得不對勁。

她對和陳屹同居這件事的反應是不是有點太自然了？好像如果距離合適，就真的會搬過去一起住一樣。

「那你們也可以考慮一起在這附近租個房呀，或者妳讓陳屹直接住到我們現在這套也可以，畢竟妳一個人，我有點不放心。」林嘉卉扭頭看她：「我覺得陳屹也會認同我的話。」

阮眠抿唇，變得有些含蓄，「就算真的同居，他平時也不常在家，到時候不還是我一個人。」

林嘉卉笑道：「也是。」

同居的話題暫時擱到一旁，那天看完房回去，阮眠跟林嘉卉在客廳討論哪一套比較合適。正聊得起勁，林嘉卉收到媽媽打來的電話後起身回了臥室，阮眠抱著筆電坐在沙發上，和仲介在網路上溝通。

剛問了兩句，她手機也響了。

來電顯示，陳屹。

阮眠開了免持放在沙發扶手上，一邊聽他說話，一邊回仲介訊息，陳屹說了兩句，聽見敲鍵盤的動靜，停下所有話頭，問：『在忙？』

「沒有，我在和仲介聊天。」阮眠拿起手機關掉免持，湊到耳旁解釋道：「學姐過陣子就要去S市交流，而且以後不打算回B市，我跟她合租的房子十月份合約就要到期了，我打算重新租房，今天就跟仲介出去看了幾套房，但我還沒想好要選哪一套，不然你給我一點建議吧？」

陳屹「嗯」了聲，『好，妳跟我說說是什麼情況。』

「等一下。」阮眠摸了張便條紙，把剛才跟林嘉卉列出來三套房的優缺點，依序跟他說了一遍，「其實我比較中意第三套，但距離遠了點，開車要四十分鐘，萬一塞車的話大概還要更久。第二套也還可以，但學姐說物業管理不行，沒安全保障，第一套中規中矩，我找不到不好的地方，也找不到喜歡的地方。」

她絮絮叨叨說了一大堆，陳屹安靜聽完，沉默了幾秒才出聲，『妳為什麼不打算續租現在這套房子？』

阮眠垂眸看著電腦，答得漫不經心，「我覺得一個人住兩房有點浪費，而且以我現在的薪水，租金會讓我有點壓力，要不然我也不想搬走。」

陳屹低聲問：『那妳怎麼不再找個室友？』

她還在分心跟仲介溝通，聲音忽遠忽近，「我跟學姐是熟人，相處起來沒什麼問題，如果找個陌生人，住起來我會覺得有點尷尬。」

他步步設下圈套，『那找個熟人？』

「現在也沒辦法馬上找到合適的熟人呀，而且我也不想跟同事住在一起。」在醫院人情往來已經足夠複雜，阮眠不想再把這些摻雜到私人生活裡。

『那——』陳屹拖著腔，聲音含笑，『男朋友，考慮嗎？』

「嗯？考慮什——」等到阮眠反應過來到底是考慮什麼後，整個人直接愣在原地。明明是之前才和林嘉卉討論過的事情，但當真的被拎到檯面上的時候，她還是有些猝不及防。

『我現在住的地方離我上班的地方太遠了，妳目前的租屋處就挺合適的，況且，我女朋友也住在那裡。』陳屹有理有據，嗓音沉穩低沉，『所以，還請阮醫師好好考慮一下。』

阮醫師。

阮眠莫名被這個稱呼燙了耳朵，欲蓋彌彰似地將手機挪遠了些，壓著心跳強裝鎮定，「你真的要搬過來？」

『妳要是覺得不合適，我就租了但不住進去。』陳屹低聲說：『妳不是在那裡住了很久嗎？不想搬的話就別搬了。』

聞言，阮眠心裡像是被敲碎的蜜罐，又軟又甜，軟聲道：「也不用這麼麻煩。」

陳屹以為這話是拒絕，不想下一秒，她又說了句，「你什麼時候休息，過來看看房子吧。要是覺得合適，你住進來也可以。」

後面幾個字的音量明顯小了很多，陳屹隔著螢幕都能想像得到她此時此刻的模樣，壓低聲音裡的笑意說：『好，那我這週末過去。』

「星期幾？幾點過來？」阮眠這會兒彷彿真拿他當過來看房的租客，「我這週只休星期日。」

本就是走個過場的事情，陳屹沒怎麼在意，「那就星期天。」

「好。」

掛了電話，阮眠看了看電腦上仲介回覆的訊息，又看了草稿紙上的文字一眼，莫名笑了下。

過了會兒，林嘉卉接完電話從屋裡出來，坐回到之前的位置，「好了，來吧，我們繼續討論。」

阮眠回完仲介的訊息後闔上筆電，「學姐，我不租其他房子了，打算繼續住在這裡。」

「怎麼了？」林嘉卉轉過頭來，神情驚訝，「妳不是說一個人住兩房有點浪費嗎？」

她抬手撓了撓臉，「我找了個室友。」

「誰呀？」

阮眠看著她，眨了下眼睛，「陳屹。」

「……」林嘉卉「呵呵」了兩聲，「妳這個室友還挺有特色的。」

阮眠：「……」

很快到了週日那天，林嘉卉一早出門去見朋友，走之前還特意把房間收拾了一遍。那會兒阮眠正在餐廳吃早餐，她把門開著透氣，調侃道：「祝你們今天看房順利。」

「……」

吃完早餐，阮眠還真有種等人來看房的心情，看著散亂的客廳，又開始忙碌起來。

陳屹來的時候，她剛把洗好的衣服晾起來，聽見敲門聲，把正在運轉的洗衣機暫停後，走過去開了門。

然後，人愣在了那裡。

陳屹今天不是以往黑衣黑褲的造型，而是一身軍裝，熨燙妥帖的襯衫和軍褲，襯得身形修長挺拔。

他皮膚底子好，這一身橄欖綠更襯得人清秀俊逸，以往漆黑冷淡的眉眼，此刻摻了點笑意，反倒多了些溫柔。

陳屹唇角一鬆，抬手在她鼻尖不輕不重地刮了下，「怎麼了？」

阮眠倏地回過神，欲蓋彌彰似地挪開了視線，「沒，我只是在想你是怎麼進來的，上次不是還要門禁卡嗎？」

「可能看我穿著這身衣服，覺得我看起來不像是壞人吧。」

阮眠看著他那張白皙清俊的臉，忍不住反駁道：「你就算不穿這身衣服，看起來也不像壞人。」

「那他上次怎麼不讓我進來？」陳屹解開袖口的扣子後，緩步朝她靠近，將她抵在鞋櫃旁，懶散道：「不然……阮醫師去幫我討個公道？」

又來了。

阮眠不受控制地耳熱，轉身要走，胡亂搪塞道：「下次吧。」

陳屹卻截住她的手腕將人帶回來，兩手撐在她身側，微微低著頭，「躲什麼？」

「沒躲。」饒是阮眠一而再、再而三地迴避，卻還是忍不住把目光落在他臉上，而後一點點往下。

從額角、眉眼、鼻梁再到薄唇，而後是弧度明顯的喉結，再往下，他的襯衫扣子扣得工整，恰好停在喉結下方的位置，以致於什麼也看不見，腰間一束黑色的皮帶，勾勒著精瘦的腰身。

阮眠重新抬眸看他，抬手攥著他的手臂，聲音柔軟，「你今天怎麼穿這身衣服？」

「早上跟舅舅出去辦事，不能穿便服。」陳屹撥開垂在她臉側的碎髮，低頭有一下沒一下地親著她，呼吸溫熱，「怎麼，不喜歡嗎？」

她的呼吸和心跳都緊繃著，「沒有。」

「那就是喜歡了？」陳屹咬了咬她的下唇，抬眸對上她含羞帶澀的眼眸，喉結輕滾了滾，又低頭親了下去。

唇齒摩挲間，他低著聲，似是蠱惑，「那我以後來找妳都穿這身衣服，好不好？」

「……倒也不用。」實在是美色誤人，阮眠一不留神就將心裡話說了出來，「看多了，容易審美疲勞。」

這話一出，屋裡瞬間安靜了幾秒。

陳屹停下親她的動作，稍稍直起了身，眼眸裡的情緒還未抽離，嘴唇在剛才的親吻中沾上了水漬，為這張臉平添了幾抹豔麗。

「嗯？」他拖著尾音，一字一句道：「審、美、疲、勞？」

「……」阮眠說完才發現自己說錯話了，目光不自在地躲閃著，故意裝傻充楞，「啊？什麼？」

陳屹抬手捏了捏她的臉，手下帶了點力道，本想著興師問罪，結果阮眠輕「嘶」了聲，他又被轉移了注意力，「弄痛妳了？」

阮眠有些得寸進尺，手掛上他的脖子，撒嬌道：「有一點。」

她皮膚又白又軟，稍稍用點力就能留下印子，陳屹想起之前在災區那一次，他不過是輕握了下，她的手腕就受傷了。

這會兒臉頰也是，兩個指印清晰分明，像是沒抹勻的腮紅，看起來滑稽可愛。

陳屹低頭湊過去親了下，唇瓣和臉頰觸碰，發出很輕的「啵」聲，他嘆氣，「怎麼這麼嬌氣？」

「哪有。」阮眠嘀咕著，手勾著他的脖子，手指不安分地戳著他頸後那一片，摸到他堅硬的脊椎骨，還搭在上面揉了兩下。

陳屹怕再摸下去會出事，握著她手臂拉開了些距離，意有所指道：「別動手動腳的，我怕妳把持不住。」

「……」阮眠不想和他說下去了，甩開他的手臂朝屋裡走，語氣不鹹不淡，「不是要看房嗎？走吧，就那間。」

這還是陳屹頭一次見阮眠耍性子，一時間竟然覺得有些可愛，快步跟過去，從後面把人抱住，「生氣了？」

阮眠學著他之前的話，「別動手動腳的，我怕你把持不住。」

陳屹樂不可支，順著這個姿勢低頭在她頸窩輕啄了幾下後，含糊不清地笑了聲，「嗯，是我把持不住。」

「……」

兩個二十多歲的人了，鬧起矛盾還挺幼稚的，「冷戰」了十幾分鐘就又和好了，手牽手在看房。

「學姐的臥室比較小，不過光線挺充足的。」阮眠帶陳屹看完次臥，又看了廚房和外面的廁所，最後跟走流程似地，順帶看了主臥室一眼。

「誒。」陳屹站在門口，指了下臥室裡的床，「次臥的床能換成這麼大的嗎？」

「應該不能吧，房間就那麼小，一百五十公分已經是極限了。」阮眠看著他，提醒道：「你一個月也只回來兩天。」

「也對。」他氣定神閒，「那到時候我就在主臥室湊合兩天吧。」

「……」

兩個人折騰了一上午，說看房也不過是推辭，到最後還是變成了約會，但兩個人都挺懶惰的，出去吃完飯，想到明天是週一，又只想回去癱著，兜兜轉轉約會地點還是換到了家裡。

進了家門，阮眠去廚房燒水，扭頭和陳屹說：「我把你的睡衣放在臥室的凸窗上了，你自己進去換吧。」

陳屹「嗯」了聲，低頭在回訊息，人往臥室裡走。

阮眠在廚房等到水開，又在外面廁所稍微漱洗了下，想著時間差不多，也準備回臥室。

陳屹先前進屋門沒關嚴，留了條縫，她一推開，原先以為早就換好衣服的人，正弓著腰在穿褲子。

他隨著開門的動靜直起身，手往上一提，褲子鬆鬆垮垮地掛著，上衣敞開，露出大片胸膛和腹肌，人魚線沒在褲腰之下。

阮眠登時愣在那裡，視線猝不及防地接觸到這麼刺激的畫面，一時也忘了挪開。

陳屹也不出聲，就這麼慢條斯理地扣著上衣的扣子，畫面從靜態轉為動態，阮眠猛地回過神，有些慌不擇路，一頭栽進了裡面的浴室。

浴室燈的開關在外面，這會門一關，裡面暗沉沉的，阮眠借著那點微弱的光從鏡子裡瞧見一張紅到炸的臉，忽地抬手捂住了臉。

真的是，太丟人了。

她像是羞憤至極，又像是不知所措，人往馬桶蓋上一坐，在那裡冥想靜心，說白了，也是逃避。

屋外的動靜彷彿被放大了無數倍，忽遠忽近的腳步聲就像踩在她心上，它快一些心跳就快一些，它慢了心跳也跟著慢了。

過了會兒，腳步從忽遠忽近變成逐漸靠近，阮眠抬眸看見一道黑影映在玻璃門上，心跳忽地一提。

陳屹站在門外，手搭在門把上，「阮眠。」

沒人回應。

他又開口，這次帶了點笑意，「我進來了啊？」說完，手順勢往下壓了壓，發出細微的動靜。

「……別，我要上廁所。」裡面頓時有聲音傳出。

陳屹收回手，人站在那裡沒動，扭頭看了旁邊的開關一眼，按下寫著「開」字的那一邊。

裡面亮起冷白的光。

他也沒催促，過了幾秒，眼前的門從裡面被拉開，阮眠躲著他的視線，「我去倒杯水。」

陳屹抬手拉住人，「阮眠。」

她心一提，被迫對上他的目光，「嗯？」

「妳好像——」他唇角慢慢勾起，漫不經心道：「沒沖馬桶。」

「……」阮眠胡亂應著，又走進去壓了下沖水鍵，最後還欲蓋彌彰似地洗了手。

陳屹越發覺得好笑，起了逗弄她的心思，故意拖著腔問：「剛剛，看見什麼了？」

他話說完，阮眠腦海裡又開始重播之前看到的畫面，嘴上卻不誠實，「什麼都沒看見。」

他頗為遺憾地「啊」了聲，「既然這樣——」

陳屹刻意停了下來，阮眠抬眼看他，「……怎麼？」

他似笑非笑地看著她，忽地抬手自上而下地解著上衣的扣子，慢悠悠地說了句，「不如我現在脫了，讓妳再好好的、仔細地看一遍？」

阮眠差點要點頭說好，未出口的話被回過神的理智牽絆，牙齒猝不及防地咬到了舌尖，痛得她眉頭緊蹙。

這次是真的痛，跟上午在客廳撒嬌那種痛差了很多。

陳屹也能看出來，立刻又被轉移了注意力，抬手捏著她下頷讓她張嘴，語氣寵溺又無奈，「我看看，怎麼說個話還能咬到舌頭？」

阮眠伸出一點舌尖，右側被咬破了一個小口，正往外冒著血，「沒事，等等就——」

剛開口，陳屹倏地俯下身在她舌尖上舔了下，而後咬住她的唇，舌頭慢慢伸了進去，「親一下就不痛了。」

阮眠微仰著頭，承受著這個吻。靜謐的房內，柔軟的床墊忽地發出一聲動靜。

促。

陳屹收緊手臂抱著阮眠，被子在動作間被踢到地板上，枕頭被擠到一旁，呼吸逐漸變得急促。

周圍一片寂靜，只剩下接吻時發出的水聲、彼此的喘氣和嚶嚀，還有心跳。

第八章　無數個下一次

良久後，陳屹倏地起身下床，赤腳踩過地板上的被子，腳步匆匆地離開了房間。

阮眠手臂橫在眼前，抬手將被推了一半的衣服拉下來，躺在那裡慢慢平復著呼吸。

過了一會兒，她坐起來捋好衣服，起身撿起地上的被子，又將枕頭擺好，屋外的水聲透過沒關的門傳進來。

阮眠抿著唇將房門輕掩，走進裡面的浴室，從鏡子裡瞥見自己頸側的紅印，領口往下拉，發現鎖骨上也有。

她拍拍臉後低頭用冷水洗了把臉，將之前那些旖旎的畫面從腦海裡剔除。

等到收拾好，阮眠抽了張紙巾擦掉臉上的水，走出浴室後在門邊站了會兒，想了想還是沒出去。

她拉上窗簾，重新躺了回去。

屋外。

陳屹衝進了浴室後開了水池的水龍頭，往臉上澆了幾次水，冰涼的冷意將身體某處的熱意澆下去幾分。

考慮到還有別人住在這裡，陳屹沒在浴室做什麼過分的事情，只是站在那裡等著平靜。

差不多過了十幾分鐘，他又洗了把臉才從浴室出來，等回到臥室，阮眠已經快睡著了。

他掀開被子躺進去，阮眠翻了個身，手指感受到他臉上的涼意，都是成年人，不難想到什麼。

她低頭埋在他頸窩處，輕聲道：「陳屹……」

陳屹捏了捏她的耳垂，「怎麼了？」

「算了，沒什麼。」阮眠換了個舒服的姿勢，「睡覺吧。」

「好。」

那天陳屹沒在阮眠那裡留到太晚，傍晚的時候就回到軍區。當他確定好要搬過來後，林嘉卉也開始陸陸續續將一些大型行李打包寄回S市。

等到月底的時候，她已經將房間收拾得差不多，只剩下一些隨身行李，離開B市的前一天，林嘉卉又把周遠以前送的一些東西打包寄到了周遠的住處，晚上和阮眠在外面吃了飯。

第二天一早，她留了兩封信給阮眠，拖著行李在霧色瀰漫的秋日離開了這座城市。

十多年前那個為了喜歡的人，孤身一人來到陌生城市的林嘉卉，在二十八歲這年，又兜兜轉轉回到了最初的起點。

『小學妹，很抱歉用這種方式和妳道別，我不想把離別弄得大張旗鼓，就這樣靜悄悄的最好。桌上還有封信是留給周遠的，要是他來找妳，妳就幫我轉交給他，沒有的話就算了。我走啦，妳要好好照顧自己，祝妳和陳屹早日修成正果，我們更高處見。』

落款，學姐林嘉卉。

B市秋日的早晨陽光薄薄一層，帶著不怎麼明顯的暖意，空蕩蕩的客廳，陽光鋪滿了每個角落。

阮眠站在餐桌旁，看完林嘉卉留給自己的信後沉默良久，深深嘆了口氣。

她拿起另外一封信，信封上只寫了「周遠」兩個字，力道很深，像是要把這個名字深深刻進去。

阮眠又嘆了口氣，將這封信收好。

等到下午，她正準備出門去醫院，卻不想周遠突然找上門，男人的神情落寞又著急，「阮眠，嘉卉她……」

「學姐她已經離開B市了。」阮眠看著他，卻不覺得同情，「你等一下，她留了一封信給你。」

阮眠進屋把那封信拿給他。

周遠沒急著拆開來看，而是問道：「她怎麼突然離開B市，還把以前的東西寄給我？」

阮眠語氣冷淡，「等你看了這封信，或許就會明白了。」

周遠忽地一哽，微微攥緊手裡的信，像是不敢面對，遲遲沒有打開。

阮眠沒跟他說太多，把信給了，人就下樓了。

之後的幾天，周遠聯絡不上林嘉卉，醫院科室裡的同事也都幫她隱瞞了去處，他找不到人，就每天堵在阮眠家門口。

二號晚上，陳屹開始休國慶連假，回去收拾了些行李，準備搬到阮眠的住處，八點多到社區門口，阮眠把一串鑰匙留在門口的智能櫃，他下車拿了鑰匙，登記完把車開進去，刷卡上了十五樓。

一出電梯，看見蹲在門口的男人，神情愣了下，他推著行李箱走到那人旁邊，淡聲說：「麻煩讓讓。」

周遠扶著門從地上站起來，嗓音有些啞，「你是？」

「這句話不該是我問你才對嗎？」陳屹抬眸盯著他，「三更半夜，你蹲在我家門口做什麼？」

「你家？」周遠皺著眉，「阮眠把房子租給你了？」

「跟你有關係嗎？」陳屹從口袋裡摸出鑰匙，那是之前林嘉卉用的那串鑰匙，上面還有她留下的一個吊飾。

周遠下意識伸手要去拿，陳屹反手扣住他的手臂，將人壓在牆上，冷聲道：「做什麼？」

他挺著脖子說，「你那個鑰匙是我女朋友之前用的。」

陳屹看了鑰匙一眼，猜出他應該是林嘉卉的前男友，鬆開手往後退了一步拉開門，「你也說了，是『之前』。」

他提著行李箱走進去，把人關在門外，任由他將門板敲得砰砰響。

陳屹把行李放進次臥，從冰箱裡拿了瓶水，用門口的對講機請大樓的管理員上來把人帶走了。

等消停了之後，他又出門開車去了醫院。

阮眠今天值晚班，十點多才從科室出來，在醫院門口找到陳屹的車，走過去敲了敲車窗，「我不是說不用來接我嗎？」

「反正也沒事。」陳屹偏頭，「上車吧。」

阮眠點點頭，從車前繞過去，拉開車門坐進來，陳屹看著她扣上安全帶，說了句，「我剛剛回去放行李，碰見妳學姐的前男友了。」

「周遠嗎？」阮眠有些無奈，「學姐走的時候沒跟他說，也沒跟他說去哪裡了，他找不到人，就天天堵在我家門口。」

「天天？」陳屹看著她，「多久了？」

「我也不清楚，反正我每次值晚班回去他都在那裡，有時候早點回家反而碰不到。」

陳屹點點頭，神情若有所思。

阮眠怕他擔心，又說道：「別擔心，他只是想找我要學姐的聯絡方式，不會對我怎麼樣的。」

他「嗯」了聲，沒再多問。

等兩個人到家，卻又在家門口撞見周遠，阮眠之前跟值班的警衛打過招呼，也不知道他到底是怎麼混進來。

「阮眠……」周遠著急上前，見到站在一旁的陳屹，腳步又停了下來，「妳能不能告訴我，嘉卉她到底去哪裡了？」

阮眠看著他，「既然學姐選擇瞞著你，我想自然有她的道理，我沒有權利也沒有義務告訴你她的去向。」

周遠還想再說些什麼，陳屹側身擋過來，拿鑰匙開了門，推著阮眠往裡走，「妳先進去，我和這位周先生聊聊。」

「別太衝動……」阮眠擔心道，

他笑道：「不會，就聊兩句。」

關了門，陳屹回過頭看著周遠，慢條斯理地捲著衣袖，垂眸看著他，「怕痛嗎？」

「……什麼？」

「沒什麼，就是等等我下手可能會比較重。」陳屹笑了下，笑意卻不達眼底，「希望你能忍忍。」

屋裡，阮眠卸完妝，聽見開門的動靜，從浴室裡伸了個腦袋出去，「他走了嗎？」

「走了。」

「你跟他說了什麼？」

「沒說什麼，就隨便聊聊。」陳屹瞧她，「和平地聊了一下。」

陳屹沒有跟周遠動手，嚴格來說是他根本就沒想過要動手，對周遠說的那番話是因為他看穿了周遠的懦弱和膽怯，直接用言語擊潰了他內心的黑暗面。

他也許是愛林嘉卉的，只不過在愛林嘉卉之前，他還是更愛他自己，對於林嘉卉的不辭而別他是愧疚的，但這份愧疚不足以支撐他為了林嘉卉放棄眼前的一切。

他自以為是的深情只能騙得過他自己，如果真的想要挽留，林嘉卉和他有那麼多共同好友，她的父母，甚至是她的家鄉，哪個不能成為他去尋找的線索？何必苦苦死守在這一方小小天地？

不過陳屹還是做了點不怎麼和平的事情，他動用關係託朋友查了下周遠的個人資料，像個惡霸似地把自己知道的內容一點點說出來，而後威脅周遠不要再來這裡，否則就別想在B市混下去。

也不知道是不是這句話起了作用，周遠當時一句話也沒說，慘白著一張臉進了電梯。

這會兒，陳屹站在浴室門口，想到周遠臨走之前的模樣，越發覺得好笑，這人還真是好騙。不讓他在B市混下去？居然連這種混話也相信。

他嘲弄似地笑了聲，一旁的阮眠看著他，「你在笑什麼？」

陳屹還是那副正義凜然的模樣，眉目慢慢舒展，笑意從嘲弄變得溫柔，「沒什麼。」

阮眠微不可察地撇撇嘴，「我已經幫你整理好床鋪了。明天一早的飛機，我要去睡覺了。」

「好，到時候我送妳去機場。」陳屹明天要回外公和外婆那裡一趟，晚一天才回平城。

「那，晚安？」

「嗯。」他揉了下她的腦袋，「晚安。」

阮眠趿拉著拖鞋回到房間，關燈躺在床上的時候，還能聽見陳屹在外面的動靜，不輕不重的，卻不覺得吵，反而還有種溫馨的感覺。

就好像兩個人不是同居，而是真切地擁有了一個家，是她曾經渴望過也幻想過無數次的家。

伴隨著陳屹忽輕忽重的動靜，阮眠逐漸有了睏意，半夢半醒間，隱約聽見房門被推開的動靜。

她還沒完全醒過來，身旁的空位就被突如其來的重量壓著陷了下去，男人身上帶著沐浴過後的潮溼，身上的水珠滴到她的頸側，那股涼意讓阮眠澈底清醒。

她抬眸，看見陳屹近在咫尺的臉龐，聲音睏倦，尾音帶著點笑意，「你是不是走錯房間了？」

「嗯。」他躺下來，抬手在她頸後捏了兩下，一本正經道：「我認床，比較習慣睡在這裡。」

了。」

「……」阮眠笑出聲，睏意抵過一切，在快要睡著之際，嘀咕了句，「早知道就不幫你鋪床

陳屹低頭親了親她的額頭，而後像是哄小孩那樣，有一下沒一下地拍著她的後背哄道：「睡吧。」

隔日一早，陳屹送阮眠到機場，兩人在停車場耽誤了會兒，差點錯過航班，阮眠氣得一天都沒理他。

晚上八點多，阮眠在家裡吃過飯，陪著周秀君去樓下散步，回來時才知道阮明科和陳書逾約好了，明天他們一家人過來家裡吃飯。

阮明科掛了電話後，問她陳屹喜歡吃什麼，想請阿姨提早準備。

她搖頭，「不知道。」

她是真的不知道。

兩個人在一起之後，就自動進入了細水長流的階段，平時在一起的時間和機會都很少，吃飯偶爾能知道對方忌口什麼，卻很少去關注喜歡吃什麼。

阮明科：「那妳問問他。」

「哦。」阮眠回房間拿了手機，剛敲了幾個字，想起來自己還在和他鬧脾氣，又把打好的幾個字都刪了。

沒過一會兒，她卻收到了陳屹傳來的一則訊息。

CY：『嗯？』

阮眠：『？』

CY：『剛剛不是準備傳訊息給我嗎？』

阮眠不知道他是怎麼知道的，但這時候仍然嘴硬不承認，就像不肯承認自己已經不生氣了一樣。

不過很快她就不得不承認了，因為陳屹傳了一張截圖過來，是他們兩個的聊天頁面。

只不過左上角，她的狀態變成了「對方正在輸入當中……」，這是實打實的證據，阮眠反駁不了，但她卻被另一件事情吸引了注意。

她看了自己和陳屹聊天頁面的左上角一眼，自從加了他通訊軟體的好友開始，她就沒幫他改過暱稱，一直都是用他自己設定的名字。

阮眠有點好奇陳屹幫自己取的暱稱是什麼，但也不好直接問，亂七八糟地和他聊了幾句，就把正事給忘了。

後來是阮明科提醒，她才想起來，但那時候已經很晚，她隨便報了幾個菜名。

阮明科聽完，琢磨出不對勁，取笑道，「這到底是陳屹愛吃的，還是妳愛吃的？」

阮眠拖長音「啊」了聲，心虛道：「都一樣。」

「……」

父女倆難得有空，坐下來聊了會天。

阮明科又開始煮茶，阮眠坐在那裡，看著水氣在空中氤氳，有一瞬間好像回到了高三畢業那年暑假的某個晚上，她也是坐在同樣的位置，和阮明科聊起陳屹的事情。

那時候的她，以為自己和陳屹的結局已然註定，言辭之間盡是遺憾，卻不曾想在多年後還能與他重逢，有新的故事和結局。

第二天一早，阮眠還在睡夢中就被周秀君叫起來，秋日的早晨霧濛濛的，還有些涼意。

她用冷水洗了把臉，散去了幾分睏意，坐在客廳聽周秀君和阮明科商量著陳屹第一次上門，要包多少紅包給他。

她忽地有了些不真實的感覺，這種感覺一直持續到陳屹他們一家人的到來。

陳書逾和宋景跟阮明科年紀相仿，但宋景保養得當，穿著身素雅的長裙，頭髮盤起，身材曼妙高挑，看起來比兩個父親年輕幾歲。

阮眠喊了聲「伯父伯母好」，宋景和陳書逾都笑著應下，眉目溫和，仔細一看卻有些相像。

阮明科招呼人，「快進來坐。」

阮眠扶著門，等宋景和陳書逾都進來後，才擠出空閒時間和陳屹說話，「你昨天幾點到平城的？」

「四點多。」陳屹往裡邁了一步，客廳和玄關是個死角，裡外都看不見，他兩手提著禮物，猝不及防地彎腰親了她一下。

阮眠嚇了一跳，猛地把人推開，小聲道：「你幹嘛！」

說完，還扭頭朝裡面看了一眼，生怕屋裡的人看見他們兩個剛才的動作，好在幾個長輩都在忙著寒暄，沒把注意力放到這裡。

她微紅著臉，威脅道：「你今天離我遠一點。」

陳屹樂不可支，越發覺得害羞又生氣的阮眠可愛，但也沒再火上澆油，點頭說，「我盡量。」

「……」

兩個人沒在門口那裡磨蹭太久，進了客廳，陳屹朝著周秀君問好，「奶奶好，我是陳屹。」

周秀君笑著應了聲，眼角細紋漫布。

長輩們聊天，兩個晚輩坐在一旁聽著，只有偶爾被問到什麼，才會開口應一聲。

阮眠還記得陳屹之前做的事情，一邊聽他們聊天，一邊分心提防著陳屹，生怕他下一秒又有什麼舉動。

不過一直到中午吃飯，陳屹都沒和她表現得太過親暱，阮眠也就逐漸放鬆警戒。

家裡的阿姨中午炸了牛肉丸，阮眠之前沒吃過，夾了一個，一口咬下去吃到裡面的餡，嘗到了洋蔥的味道，忍不住皺了皺眉，但也不好往外吐，硬是沒嚼直接吞了下去。

陳屹看她神情不對，稍稍往她這邊側了側臉，「怎麼了？」

阮眠放下咬了一口的牛肉丸和筷子，邊伸手去拿水邊解釋道：「這裡面放了洋蔥。」

「那給我吧。」陳屹動作自然地夾過她碗裡的那顆丸子，阮眠甚至來不及反應，就已經察覺到桌上交談的聲音像是停了幾秒。

她整個人僵在那裡，不敢抬頭去看坐在對面的四個長輩，只能在桌底踩了陳屹一腳。

陳屹面不改色地吃著東西，桌底下，他把腿往旁邊挪了挪。

吃過飯，宋景和陳書逾又留了一會兒，阮明科特意拿出自己珍藏的茶葉，在那裡忙著煮茶。

阮眠和陳屹坐在客廳，各自低頭玩著手機，茶香味逐漸順著空氣的流動飄過來。

陳屹輕嗅了下。

阮眠聽見動靜，抬頭看他，「能聞出來是什麼茶嗎？」

陳屹轉過臉，阮眠現在警惕性百分百，下意識往旁邊挪了些，他勾勾唇角，「不能，我又不是狗鼻子。」

她動了下椅子，和他拉開了些距離，但一抬頭看他眼睛紅著，又心軟了，「你要不要去房間睡一會兒？」

「不用。」陳屹用指腹壓了壓眼尾，「等等應該就要回去了。」

「哦。」

說話間，陳屹手機螢幕亮了下，他拿起來，利用臉部辨識解鎖螢幕，畫面直接跳轉到螢幕滅掉之前的頁面，是他的通訊軟體畫面。

阮眠和他坐得很近，一眼就看見了他的置頂聊天室是自己的頭貼，同時她也看見了陳屹幫她改的暱稱。

不是想像中一本正經的全名，也不是情侶間各種甜蜜的代稱，更沒有像她一樣省事，直接用本人自己設定的名字。

他幫她改的暱稱很簡單，是她從來都沒想過的三個字——軟綿綿。

她捏了下耳垂，湊近問他，「你為什麼幫我改這個暱稱，是因為我的名字嗎？」

「嗯？軟綿綿嗎？」陳屹側頭，「不是。」

「那是為什麼？」

「因為——」他看著離得很近的人，抬手捏了捏她的臉頰，低笑了聲，「妳捏起來手感軟綿綿的。」

「……」阮眠有點忍不了了，狠狠掐了下他的手臂，差點掀桌暴走。

陳屹痛得皺眉，卻也沒攔著她的動作，只是有些好奇她幫自己設定的暱稱，「那妳呢？妳幫我取了什麼暱稱？」

阮眠覷著他，三個字像是從牙縫裡擠出來的——

「臭、流、氓。」

傍晚時分，薄暮籠罩大地，車如流水的城市迎來了日復一日的高峰期，冗長的車流停滯不前。

距離阮眠從家裡出來已經過了將近四十幾分鐘，車窗外大片晚霞鋪滿雲層，此時卻沒了欣賞的心情。

下午送走陳屹一家人後，阮眠收拾了兩件衣服，準備去趟方如清那裡，出門前阮明科見她拿了車鑰匙，建議她這個時間出門還是去搭車比較好，不然到時候碰上下班高峰，會在路上塞很久。

但是從華邦世貿城到平江西巷沒有直達車，阮眠嫌麻煩，還是選擇開車，結果這會兒真的塞在路上了。

還真是不聽老人言，吃虧在眼前啊。

阮眠開了半扇車窗，晚風夾雜著車子的廢氣，味道難聞，她又關上了，與此同時車流也開始緩緩移動。

等到平江西巷，日暮已經降臨，夜色來得悄無聲息，這一片繁華與老舊交錯的痕跡越發明顯。

阮眠把車停在離巷子幾百公尺遠的停車場，步行往回走，一路上沒碰見熟人，到家方如清正在廚房準備晚餐。

「媽——」

「哎。」方如清聞聲立刻關了火，擦著手從裡面走出來，「我剛才還在跟書陽念叨，妳怎麼這麼久還沒到呢。」

「路上有點塞。」阮眠放下手裡的東西，「趙叔叔還沒回來啊？」

「早就回來了，一聽說妳晚上要回來吃飯，下午就推掉所有事情趕回來了。」方如清笑道：「他帶書陽出去買菜了。」

「趙書棠呢？沒回來嗎？」

方如清幫她倒了杯水，「回來了，今天林承他媽媽叫她過去吃飯，大概要晚點才會回來。」

阮眠「哦」了聲，捧著水杯跟方如清往廚房走，「她跟林承打算什麼時候結婚啊？」

「明年春天。」方如清重新開了火：「林承的父母打算在元旦那天約兩家人一起吃頓飯，把日子訂下。」

「那也快了。」

「是啊。」

阮眠又喝了口水，正要提起陳屹，門口傳來趙書陽的聲音，「媽！我姐回來了沒啊？」

她將杯子往旁邊一放，往外走了幾步，先和趙應偉打了招呼，「趙叔叔。」

「眠眠回來了啊。」趙應偉笑著應聲，一旁的趙書陽邊叫「姐」邊跑了過來，幾個月不見，他又長高了些。

阮眠比劃了下，「趙書陽，你現在多高？」

「一百七十六公分。」小男生一臉得意，「我們班最高的。」

「厲害了。」阮眠穿著平底鞋，比他矮了小半個頭，想到每次和陳屹站在一起時的壓迫感，她不動聲色地往後挪了一小步。

唉。

個子高的人有那麼多，偏偏就是沒有她。

晚上吃過飯，阮眠陪趙書陽回八中拿試卷，他在今年夏天考完升學考，以高分考入了八中的重點班。

巧的是，帶他的班導是阮眠以前在八中的國文老師趙祺，在趙書陽幾次週考都把作文寫離題後，他把人叫到辦公室，無意間聊到自己過去的一個學生也和他一樣，什麼都好，唯獨國文和英文差得要死。

後來趙書陽一聽名字，差點叫出來，憋笑道：「不好意思趙老師，這個學姐是我姐。」

趙祺：「……」

阮眠之前都沒聽趙書陽提過這件事，這會兒聽他說：「你都不知道，趙老師一聽到妳是我姐，那張臉頓時『嘩——』地瞬間黑了下來，好半天才說了一句話。」

他故意模仿著趙祺的腔調，「不是一家人，不進一家門啊。」

阮眠：「……」

拿完試卷回去後，阮眠晚上和陳屹通電話時，也提起了這件事，笑嘆：「你說，要是趙老師知道你正在和我在談戀愛，會不會覺得自己的寶貝學生被糟蹋了？」

陳屹漫不經心道：『趙老師會不會這麼想我不知道，但他肯定會覺得趙書陽是接替妳過去折磨他的。』

阮眠坐在書桌旁，從窗戶看見對面的光亮，嘀咕道：「我那時候的國文成績也沒這麼差勁吧？」

他笑了一聲，『能把同一個範例用在六篇作文裡，確實沒那麼差勁。』

「……」

高中那會兒，阮眠剛跟著陳屹學寫作文，唯一學到的就是要在作文裡引用範例實例，後來學了一段時間後，陳屹發現只要是跟勵志奮鬥有關的作文，她用的都是貝多芬的故事。

一學期加上考試幾十篇的作文，他找出六篇一模一樣的，甚至連描寫順序和字數都沒有任何變化。

阮眠反駁：「趙老師不是也說了嗎？一個例子只要能用得上，就算是用一百遍都沒問題。」

陳屹低笑，『那妳覺得閱卷老師在改考卷的時候，會喜歡看同一個故事看一百次嗎？』

她引用的貝多芬範例在高中算是典型，基本上人人都會引用，再好的故事看多了也覺得乏味，更何況是本就不出彩的文章。

『當時讓妳買了那麼多書，寫了那麼多讀後心得，怎麼一點都不會用？』

話筒裡男人低沉的嗓音，逐漸和記憶裡少年懶散調侃的語氣重疊，阮眠像是在恍惚間回到了高中時代。

喧鬧嘈雜的教室，男生拿著她的作文本越過人群，走到她面前，身形如松竹般挺拔，儘管談話的內容說不上多好聽，但那張臉乾淨清爽，眉眼生動鮮活，以致於讓她念念不忘了這麼多年。

和陳屹打完電話，阮眠拿著衣服去樓下洗澡，出來時碰見方如清往她房間裡拿被子。

「我剛才看天氣預報說夜裡會降雨，我怕晚上會冷。」方如清跟著她進去鋪床。

阮眠站在一旁，低頭看見母親頭上摻著幾根白髮，這才驚覺時間已經過了這麼久。

十多年前，她跟隨方如清剛搬來平江西巷的場景恍若還是昨天的事情，卻不想歲月不饒人，它在每個人身上都留下了或深或淺的痕跡。

阮眠突然出聲：「媽媽。」

「嗯？」方如清鋪好床，回頭看她，「怎麼了？」

阮眠搖頭，「沒事，就想叫妳。」

「妳這孩子。」她彎腰捋著被角，一旁的床頭櫃上擺著阮眠當年在八中的畢業照。

方如清拿起來後在床邊坐著，感慨道：「時間過得真快啊，一轉眼妳都二十六了，我像妳這麼大的時候，妳都會滿地走了。」

「是嗎？」阮眠這幾年很少歸家，也難得和方如清坐下來敞開心談論過去的事情，她大概意識到方如清有話要說，說完這句便沒再吭聲。

「妳小時候發育慢，比別人還要晚才會說話，我和妳爸又擔心又害怕，妳是我們的第一個孩子，我們生怕妳會有什麼問題。」方如清說了很多過去的事情，那些全都是在阮眠七歲之前的事情。

也在方如清和阮明科還沒離婚之前。

「我和妳爸離婚之後，我知道妳對我的不滿大過妳爸爸，妳以為我們有機會能重新走到一起，卻沒想到我很快就帶著妳嫁給了別人。妳來八中之後，也不像以前在學校發生什麼事情就和我說，我不知道妳在學校交了哪些朋友，也不知道妳的鄰座同學是誰，妳去其他學校參加考試的事情我不知道，拿獎了我也不知道。」方如清低著頭，看著照片裡的阮眠，「我甚至不知道我的女兒，在學校有了喜歡的人。」

阮眠眼眶一酸，「媽……」

「妳爸爸和我說這些事情的時候，我真的覺得很羞愧，我自以為能好好照顧妳，所以不顧一切地把妳帶到我的新生活裡，卻沒有考慮過妳的感受，甚至連妳現在談戀愛，我也要干涉那麼多。」方如清掉著淚，自我厭棄道：「我是個很失敗的母親。」

「沒有。」阮眠趴在方如清的腿上，「我沒有怪妳，離婚是妳跟爸爸的事情，那個時候妳跟爸爸要我的撫養權，我其實是很開心的，因為我知道妳沒有放棄我，也不會丟下我一個人。」

雖然那時候阮眠有想過要和阮明科一起生活，但方如清堅定的選擇也成了她成長裡不可或缺的一分底氣。

「趙叔叔對我很好，我也沒有在這裡受到太多委屈，反而還因此得到了更多的愛和保護。」阮眠看著方如清手裡的相框，看見那個站在人群裡笑得肆意明朗的男生，紅著眼卻還是笑著的，「我甚至還在這裡遇見了我喜歡的人。」

「媽媽，我和陳屹在一起了。」她笑起來，「我覺得我好幸運，我和喜歡了十幾年的男孩子在一起了。」

方如清看著她，又低頭看著相簿裡那張已經有些模糊，卻依然能看出清俊模樣的男生，聲音有些啞，「我那天從妳爸爸那裡知道妳跟陳屹談戀愛的事情，我其實是很驚訝的，這幾年除了大學那個，身邊就一直沒有過其他人，一提倒找對象妳就老是拿忙碌來搪塞我們，我不知道妳怎麼會突然談起了戀愛。」

「後來妳爸和我說起妳高中的事情，說到妳喜歡的人，也說到妳和陳屹是同學，我那時就在想啊，妳喜歡的人該不會就是陳屹吧。」方如清看著阮眠，「我回來之後，來妳房間看見這張畢業照，我想了想，終於想起第一次去妳學校參加家長會那次，妳讓我幫妳找手機，我無意間在妳抽屜看見張寫了好多山和乞的草稿紙，我當時沒想那麼多，以為妳只是胡亂寫的，現在想想，那應該是個『屹』字。」

不是山也不是乞，而是屹。

陳屹的屹。

陳屹接到阮眠電話的時候，他剛洗完澡出來，話筒裡的哭腔讓他沒時間思考，直接穿著睡衣和拖鞋就往外跑。

家裡的大門開了又關。

坐在客廳的宋景抬頭看了一眼，又看著丈夫陳書逾，淡淡道：「你兒子這是什麼情況？」

陳書逾一笑，「年少氣盛。」

「……」

陳屹一口氣跑到了公館門口，隔著不遠的距離看見了站在路燈下的那道身影，腳步未歇。

阮眠只聽見腳步聲，一抬頭看見男人的裝扮，低聲說：「我也沒有那麼著急。」

「我著急。」陳屹靠近了，藉著路燈將泛紅的眼角看得一清二楚，眉頭微蹙，「怎麼了？」

晚上果然在降溫，秋風捲著城市的五光十色，捲著路邊枯敗的落葉，捲起陣陣漣漪。

阮眠將插在口袋裡的手拿出來，往前走了一小步，伸手從他腰側摟過去，手指交叉著貼在他背後，「陳屹。」

「嗯？」

「我好像還沒有和你說過。」

陳屹捏著她的後頸，強迫人抬起頭來，「說什麼？」

她仰著頭，看著他的時候眼睛是有光的，寫滿了熱烈的愛慕，「我好喜歡你。」

在你不知道的時候，比你想像中的還要喜歡你。

秋天的星光璀璨，卻不足她眼裡的一分，霎時間，陳屹的胸腔像是被擠滿了。

他垂著眼，漆黑的眸子直直地看著她，喉結稍稍滾動著，像是難以自持，「我也是，好喜歡妳。」

他低頭親下去。

周圍全是來往的路人，可陳屹依然不管不顧，儘管這已經打破他以往不在公眾場合有親密行為的原則。

他抬手托著她的腦袋，加深了這個吻。

路燈昏黃，路面上映著兩道纏綿悱惻的影子，這一次沒有陰錯陽差，也沒有所謂的視角錯覺。

兩道影子無聲無息地接著吻，一如旁邊的兩個人。

良久後，陳屹鬆開手，有那麼一瞬間的衝動想把人拐回去，秋風瑟瑟，將所有起伏的情緒和衝動吹散了幾分。

他往後退了一小步，拉著人從風口走到一旁的角落，「你什麼時候過來的？」

「傍晚。」

「來伯母這裡吃飯？」

「嗯。」阮眠勾著他的手指，「我爸之前和媽媽說了我們的事情，我晚上也和她聊了這件事。」

陳屹想著她今晚的反應和明顯哭過的眼眶，心裡咯噔了下，用著開玩笑的語氣去套她的話：「妳該不會是因為伯母不同意我們在一起，過來找我私定終身吧？」

「你在想什麼啊？」阮眠又好氣又好笑，「我媽又不是什麼不講理的人，她就是想見見你。」

陳屹在心裡鬆了口氣，「現在嗎？那我得先回去換身衣服。」

「不用這麼著急，我媽這幾天都在家。」阮眠說：「你看看你哪天有空。」

「我現在就有空。」

「……」

他揉著她的腦袋，「明天晚上可以嗎？」

「可以。」阮眠鬆開勾著他的手指，「不早了，我先回去了，你也回去吧。」

陳屹卻捉著不鬆，「走吧，我送妳回去。」

「好。」

兩個人從網咖那條巷子穿過去，等走到家門口，阮眠見晚上氣溫低，催著他回去。

陳屹正準備走。

二樓窗口忽地傳來一聲，「媽！你快來！我姐在樓下呢！還有我未來姐夫也在！」

趙書陽那一聲可謂是一道驚雷，直接炸在陳屹和阮眠的耳邊，兩個人當時就愣住了，一抬頭，方如清的身影在窗前一閃而過。

阮眠像是學生時代早戀被家長抓住的小孩，慌張之下只能推著陳屹的手臂，「快走。」

陳屹倒是淡定，反握住她的手，「走什麼，我們又不是早戀。」

阮眠這才反應過來，卻還是甩開了他的手，而後把他從上到下打量了一遍，「我覺得你還是走比較好。」

陳屹被她這麼明顯的眼神一看，才忽地反應過來，他剛才接到阮眠的電話，以為是有什麼大事，匆忙之下跑出門，連衣服都沒來得及換。

睡衣倒還好，是運動款式，上半身是純白的T恤，下半身是一條黑色運動褲，不說也看不出來是睡衣。

只是拖鞋……

他低頭看了腳上的棉布拖鞋一眼，以往做什麼都遊刃有餘的人，難得有了幾分不知所措，「我現在走還來得及嗎？」

當然來不及。

兩句話的功夫，方如清已經從樓上走到樓下，站在門口，眉目溫和平靜，「陳屹來了啊，外面這麼冷，進來坐會兒吧。」

陳屹索性破罐破摔，點頭應道，「打擾了，伯母。」

進了屋，方如清讓阮眠帶著陳屹去客廳沙發坐下，還問陳屹想喝茶還是喝果汁。

陳屹連忙客氣道：「不用麻煩了，伯母。」

「沒事的。」方如清想著時間很晚了，喝茶影響睡眠，就幫他泡了杯助眠的花茶，笑道：「就當在自己家一樣。」

陳屹乖得不像話，頷首應道，「好的，謝謝伯母。」

方如清泡完茶，又進廚房忙活著切水果，陳屹把玻璃杯放到茶几上，扭頭看著阮眠，「我過去一下。」

阮眠假裝聽不出他話裡的暗示，「好，你去吧。」

陳屹：「……」

他作罷，起身一個人往廚房那邊走，隔著不遠的距離，阮眠聽見他客氣道：「伯母，這麼晚了您就別忙了，我坐一下就走。」

「沒事，你快出去坐，我把水果切好就過去。」方如清手下動作不停，很快又切好了兩個柳丁。

陳屹和父母相處方式如同朋友，鮮少有應對長輩的經驗，尤其是跟未來岳母打交道，這更是頭一次。

一時沒轍，只好回頭看了女朋友一眼。

阮眠接收到他求助的訊號，忍著笑意，起身走了過來，「媽，都這麼晚了，您切那麼多水果，我們也吃不完呀。」

「好了好了，就切最後一個。」方如清停下刀，擺好盤，陳屹動作自然地從她手裡把果盤接過去。

她擦擦手，笑道：「走吧，出去坐。」

三個人重新坐回沙發上，接下來便是千篇一律的見家長流程，儘管對陳屹早有了解，但方如清還是問了些他自己和家裡的情況。

陳屹問什麼說什麼，姿態禮貌得體，氣質沉著內斂，或許是軍人出身的緣故，給人一種格外正派的男子氣概。

家境優渥，樣貌出眾，再加上父母和阮明科是多年的老朋友，方如清幾乎挑不出不滿意的地方。

最重要的是，他還是女兒喜歡了那麼多年的人，哪怕是她有心想去挑，這時候也不忍心了。

陳屹臨走前，方如清叫他明天晚上過來吃飯，「兩家住得這麼近，以後放假回來，想過來就過來。」

「好，伯母再見。」陳屹要走，方如清和阮眠送他到門口，他走了幾步回過頭，正好看見母女倆進門的背影。

他莫名鬆了口氣，快步跑回家裡，宋景和陳書逾還沒休息，坐在客廳那裡看電視。

宋景調低了電視音量，「去哪裡了？」

陳屹低頭傳訊息給阮眠，實話實說道：「女朋友家。」

陳書逾離他更近了，看到他的穿著打扮，「你膽子真大。」

「嗯？」陳屹抬起頭，「什麼？」

陳書逾卻不理他，而是轉頭和宋景說：「妳兒子不得了，第一次去丈母娘家裡是穿著拖鞋過去的，我記得我那時候恨不得從頭到腳都裹著金，只要有一根頭髮絲翹起來都緊張得不行，他倒好，第一次上門就跟回到自己家一樣。」

陳屹：「……」

聞言，宋景也往他腳下瞥了眼，「陳屹，我沒記錯的話，你已經過了二十七歲的生日了，怎麼還不如你十七歲的時候懂事？」

陳屹窩在沙發裡，撓了下脖子，替自己解釋道：「事出突然，我本來準備明天晚上過去的，正巧就撞見了。」

宋景：「所以你就穿著睡衣和拖鞋，還空著手去了人家家裡？」

陳屹不說話了。

宋景嘆了口氣，「你這樣，我真的很擔心如果沒有你爸跟我，你還能不能娶到老婆。」

「……」陳屹把手機螢幕關上，「我岳母邀請我明天晚上過去吃飯。」
宋景：「哦。」
陳書逾：「這次記得別穿拖鞋。」
陳屹：「……」
隔日一早，陳屹還在睡夢中就被宋景拽了起來，等到樓下客廳，他才知道宋景一早就讓傭人把儲藏室大大小小的禮盒、珍貴藥材、書畫等等全都拿出來，擺了滿滿一個客廳，場面略顯壯觀。
宋景不太了解方如清家裡的情況，問了句，「你岳母家裡都有哪些人，你清楚嗎？」
陳屹「嗯」了聲，「奶奶，繼父，姐姐還有個弟弟。」
「那你看看要帶些什麼東西過去。」宋景交代：「雖然眠眠的父母現在不住在一起，但你兩邊該盡的禮數都不能丟了，不能讓人家覺得我們介意這些。」
「知道了。」
「你先挑，我去看看還有沒有其他的。」宋景又叫上傭人一起去了儲藏室。
陳屹點頭，又叫住人，「媽。」
「怎麼了？」
他笑道，「辛苦了。」

宋景淡聲道：「辛苦什麼，我是怕你丟我跟你爸的臉。」

「……」

到了傍晚，阮眠接到陳屹的電話，出門去路口接他，被他大包小包的架勢嚇了一跳。

「你也帶太多東西了吧？」阮眠伸手幫他拿了兩個禮盒，分量還不輕，「這裡面是什麼？」

「酒。」陳屹拎起地上另外幾個禮盒，「給叔叔的，他是生意人，應該會喝酒吧？」

阮眠點點頭，又問：「那這些是什麼？」

「人參跟一些藥材，還有給伯母的燕窩和營養品。」陳屹晃了晃左手，「這是幫妳弟弟和趙書棠準備的。」

阮眠「哦」了聲，故意找碴，「就我沒有禮物，是吧？」

陳屹停下腳步低頭看她，眉目英俊，暮色披在他身上，像是天然的濾鏡，「怎麼沒有？過來。」

阮眠依言走過去，「怎麼？」

「左邊口袋。」他空不出手，「自己拿。」

阮眠嘴裡嘀咕著「什麼東西這麼小」，下一秒，倏地想到什麼，伸出的手僵了一瞬。

她抬眸看了他一眼，那時候薄暮黃昏，遠處西沉的太陽墜在地平線之上，男人的身影被暮色籠罩，眉宇間少了幾分凜冽的冷感，格外溫柔。

阮眠像是做足了心理準備，又低下頭把手往他口袋裡伸，卻摸了個空，還未反應過來，整個人忽地被眼前的人摟進了懷裡。

她愣了下，「幹嘛？」

「禮物。」陳屹低頭蹭了蹭她的額頭，「我。」

「哦。」阮眠眨了下眼睛，墊腳在他臉側親了一口，提著東西往前走，「我收下了。」

陳屹快步跟過去，餘光微不可察地朝她瞥了一下。

他不是沒有注意到她剛剛那瞬間的停頓，以及後來往他口袋裡伸的時候，面上一閃而過的緊張和害羞。

陳屹想到她剛才在猶豫後，仍然朝他伸過來的手，心裡情緒翻湧，不可避免的有些後悔。

如果時光能重來，他一定、一定會在口袋裡放上一枚戒指，不讓她的緊張和害羞落空。

可世上沒有如果，但好在以後還有無數個下一次。

第九章　對不起，我愛妳

兩人進門。趙應偉昨天推過一次應酬，今天推不開，要晚點才能到家，此時的方如清正在廚房準備晚餐。

趙家兩姐弟坐在客廳，陳屹昨天來過一次，有了心理準備，再加上和趙書棠是老同學，有認識的人在，到底沒有上一次去阮明科那裡緊張。

方如清招呼他到客廳坐下，「你們年輕人聊會兒天，今天可能會比較晚開飯，我幫你煮兩個雞蛋，先墊墊胃吧。」

「不麻煩了伯母，我不餓。」陳屹笑了笑，「我去廚房幫您吧。」

「不用不用，我忙得過來，你快去坐。」方如清朝客廳喊了聲：「書陽，幫哥哥泡杯茶。」

趙書陽：「好。」

方如清擦擦手，推著陳屹的手臂，笑道：「好了，這裡油煙重，你去外面坐著吧。」

陳屹被未來岳母推出廚房，對方像是把他當一家人似地，直接把門「嘭」一聲關上了。

他摸摸鼻子，正要抬腳往客廳走，卻見阮眠從二樓探出頭，「陳屹，你上來一下。」

樓層不高，臺階也沒幾個，他幾步一跨，很快到了二樓，「怎麼了？」

「帶你去見一下奶奶。」如果放在之前，方如清肯定是會讓阮眠帶著陳屹去見一下段英，但自從和阮明科聊過之後，方如清覺得自己以前忽略了很多，也不再強求阮眠去做些什麼。

昨晚陳屹走後，方如清和阮眠提了這件事，大概意思就是如果她不想見，那就不用見。

但阮眠已經是成年人了，總不能像小時候那麼幼稚，段英怎麼說也是趙應偉的母親，阮明不想讓方如清難做人，況且她對段英也談不上憎恨，頂多就是以前不怎麼親近，現在也不會太親近，但該有的禮數不能少。

她低不可聞地嘆了口氣，沒想到陳屹耳尖，偏頭看了過來，捏著她的手指骨節，「嘆什麼氣？」

「？」阮眠抬眸，「那麼小聲你都能聽見？」

他「嗯」了聲，提醒道：「別扯其他的。」

阮眠張了張嘴想說些什麼，但一想到段英現在的樣子，也沒了重提過去那些事情的念頭。人都已經那樣了，再去說這些又有什麼意義？

她沒想著說實話，嘴裡自然就沒個正經：「沒什麼，我就是擔心她對你不滿意。」

阮眠帶著陳屹見完段英，從樓上下來的時候，趙應偉剛好到家，他其實對陳屹不算陌生，之前他們還在讀書的時候，他在李執家的超市和陳屹打過幾次照面，後來在畢業之後的春節和節假日，也碰過幾次面。

沒說過話，但起碼是眼熟的。

陳屹對趙應偉也是如此，打完招呼，坐下來的時候和阮眠說：「我之前在李執那裡見過妳叔叔很多次。」

阮眠吃著蘋果，「是嗎，那你們說過話嗎？」

「沒有。」陳屹側過臉看她，「我那時候看起來可能有點生人勿近，也不太喜歡和陌生人說話。」

這話阮眠十分認可，「我第一次見到你的時候也有這種感覺。」

陳屹挑眉，挖了一個陷阱給她，「妳之前不是說，不記得第一次見我是什麼時候了嗎？」

阮眠不說話了。

他拿膝蓋撞了撞她的膝蓋，低聲問：「真的不記得了？」

「記得啊，我第一次見你的時候，不是在一班的教室嗎？」阮眠仍舊嘴硬不肯承認，反過來潑了盆髒水給他，「你當時對你鄰座同學一點都不友好。」

重逢這麼久，陳屹有刻意去記起一些過去的事情，當然也記得阮眠口中的初次見面。

那是八月的最後一天，他因為參加競賽晚一天報道，早上到教室把書包一放就去了周海的辦公室，後來又和江讓去福利社買水，在回來的路上，早自習鈴聲剛好響起，他們幾個男生一路跑到教室時，鐘聲正好響了第二遍。

陳屹在琅琅書聲中坐到位子上，他對視線比較敏感，新鄰居毫不掩飾的打量很快引起了他的注意。

只是這個新鄰居好像比一般女生的膽子要大很多，他都說話了，她依舊發愣地看著他。

陳屹覺得好笑，但仍舊是那副懶散又冷淡的模樣，並沒有在意這些，後來更多的事情，在如今都像是放電影般，一幕幕從腦海裡閃過。

早自習攤在桌上的生物課本。

江讓口中的學霸。

生物滿分。

那個占據了課本扉頁三分之二，字跡龍飛鳳舞，和長相差別很大的名字。

原來一個人不在意的時候，是真的會自動忽略很多事情。

「我那時候以為妳是……」陳屹低喃著，但很快又意識到現在這麼說無異於火上澆油，立刻停了下來。

阮眠聽得模糊，「以為我是什麼？」

他搖頭，「沒什麼。」

阮眠還要再問，方如清卻突然喊了聲「吃飯了」，只好暫時放下這個話題，一頓飯吃得熱熱鬧鬧。

飯後，阮眠被方如清叫進廚房說話，陳屹跟趙家兩姐弟坐在客廳沙發那裡看電視。

趙書棠看了坐在旁邊的陳屹一眼，怎麼想都覺得不可思議，在她的印象裡，陳屹和阮眠就像是兩條平行線，找不出一個交匯的點，但她轉念又想到自己和林承，認識那麼多年，甚至國、高中都在一間學校，可算下來也沒說過幾句話，直到大學重逢，兩條平行的軌道才在彼此的歲月裡重疊了。

趙書棠和陳屹聊了幾句，坐在一旁的趙書陽不停切換頻道，時不時把目光落到陳屹這裡。好奇裡帶著些探尋。

沒一會兒，趙書棠起身回房間接電話，客廳裡只剩下他們兩個人，趙書陽放下遙控器，猶豫著怎麼開口。

陳屹不是沒注意到趙書陽的欲言又止，端起茶杯喝了口茶，盡量讓語氣聽起來溫和些，「我聽你姐說，你們國文老師是趙祺？」

「啊，對，你也認識嗎？」趙書陽說完才反應過來，「哦，我忘了，你和我兩個姐姐都是同學。」

陳屹笑了笑，「你兩個姐姐當時在趙老師那裡的待遇可不一樣。」

「是吧，我姐姐當年升學考國文作文滿分，現在還能在網路上找到她的範例呢。」趙書陽找到話題後，沒了之前的拘謹，「不過我姐好像就差一點，哎，我現在跟我姐一樣。」

「你姐剛開始差的可不是一點。」陳屹看著他說：「我當時幫你姐補習，你之後要是想學也可以找我。」

「好啊，那我們加個好友？」趙書陽拿出自己的手機，和陳屹交換了聯絡方式，在修改暱稱的時候，他隨口問道：「屹哥，你那時候在學校的成績是不是挺好的啊？」

陳屹謙虛，「還可以。」

「也對，畢竟是實驗班。」趙書陽問：「那你跟你們學校年級第一熟嗎？我之前聽我姐說，她和年級第一是同學，還說要介紹我們認識。」

「是嗎？」陳屹聽見身後的腳步聲，回頭見阮眠端著水果走過來，起身接了過來，「伯母呢？」

「去拿東西了。」阮眠說：「你們在聊什麼呢？」

趙書陽主動接話，「我們在聊妳跟屹哥那屆的年級第一。」

「……」阮眠看了陳屹一眼，又側過臉看著趙書陽，「我之前不是說有機會要介紹你們認識嗎？」

「對啊。」

「嗯。」阮眠下巴往旁邊一抬，一本正經道：「屹哥，我們那屆的年級第一。」

趙書陽：「……？」

一旁的陳屹忍不住笑出聲來，配合著女朋友的話，朝趙書陽伸出手，「你好。」

趙書陽有些茫然，下意識和陳屹握了握手，回過神後才覺得奇怪。

這有什麼好笑的啊！

騙小朋友很好玩嗎！

那天吃過飯，方如清在陳屹臨走前塞了一個紅包給他，一萬零一，寓意萬里挑一，和阮明科給的一樣多。

回來之後，宋景叫他問問阮眠元旦有沒有空，到時候來家裡吃飯，但陳屹考慮到阮眠越是節假日可能會越忙的工作性質，就推掉了元旦見面的日程，改到了春節。

阮眠比陳屹提前一天結束假期，六號就回到了B市，陳屹家裡還有事情，八號早上才回來。

阮眠那天恰好值大夜班，比他早一點到家，聽見開門的動靜時，她才剛洗完澡在廚房準備烤吐司來吃。

一回頭，就見陳屹站在門口，身旁立著他的黑色行李箱，廚房是開放式的，從正面看一覽無遺。

陳屹緩步走過來，目光從流理臺上掠過，「吃早餐？」

阮眠「嗯」了聲，指腹碰著裝有熱牛奶的玻璃杯，「你吃了嗎？要不要我幫你弄點？」

「還沒。」陳屹碰碰她的手指，順手端起牛奶喝了一口，「想吃麵還是餛飩？我走之前好像還買了一包水餃。」

「你來弄嗎？」

陳屹揶揄道：「不然妳來？」

「來就來。」阮眠這會兒不是特別睏，被他這麼一激，反而來了鬥志，「你要吃麵還是水餃？」

陳屹靠著流理臺，選了個難度較低的，「水餃吧。」

「好，那就吃麵。」

「？」

阮眠轉身從冰箱裡拿出白煮麵和兩顆雞蛋，鍋裡放了冷水煮著，雞蛋打進碗裡攪開，水開下麵條，等到差不多把雞蛋灑進去，看起來有條不紊的。

等著出鍋的時候，陳屹準備去漱洗，在走之前過去把鹽盒抽出來，提醒道：「妳好像還沒放鹽。」

阮眠：「……」

他低笑了聲，阮眠平白聽出些嘲弄的意思，拿手臂往他肩膀上一杵，「我喜歡清淡一點的口味，不行嗎？」

陳屹越發覺得她可愛，伸手握著手臂把人往懷裡一扯。

阮眠還沒反應過來，嘴唇上忽地落下兩片又涼又軟的東西，帶著不同於本身的柔軟，力道有些強勢。

她腰抵著流理臺的檯面，被迫仰著頭，呼吸被掠奪，支吾著想要閃躲，「……沒關火。」

陳屹卻扣著她的後頸不鬆，指腹從髮間穿過，捏著她頸側的皮膚，整個人壓下來，阮眠覺得自己的腰都要斷了。

不關火的後果，就是到最後好好一鍋麵不僅沒味道，還乾成了一坨。陳屹倒是不怎麼在意，從冰箱裡翻出一罐牛肉蘑菇醬，把湯麵吃成了乾麵。

吃過早餐收拾好，陳屹去沖了澡，阮眠吃飽了犯睏，刷完牙就躺了下來，但還是睡不太著。她玩了會兒手機，等陳屹從外面進來的時候，人已經睡著了，手機落在枕頭上。

他輕手輕腳地走過去，把被子整個蓋過來，又拿起手機，以指腹觸碰螢幕。

陳屹下意識看了螢幕顯示的內容一眼，眸光一頓，抬手點了幾下螢幕才把手機放到一旁，掀開被子躺了進去。

阮眠這一覺直接睡到了傍晚，醒的時候，陳屹已經不在屋裡，一旁的懶人沙發上搭著他換下的睡衣。

屋外還有鍋碗瓢盆的動靜，聽起來讓人很心安。

阮眠緩了會兒，拿起手機看了時間一眼，指腹碰到解鎖鍵，螢幕直接跳到之前未關的軟體畫面。

是她通訊軟體的聊天室。

阮眠沒怎麼在意地把手機放回去，下一秒，視線忽地頓住，又把手機拿了起來。

她原先沒有幫陳屹改過暱稱，但這會兒，聊天室的「ＣＹ」卻變成了「男朋友」三個字。

阮眠揉了下眼睛，確定自己沒看錯後，又點進陳屹的頭貼，他的昵稱還是之前那個。

「……」

她拿著手機走出去，陳屹站在廚房，身影挺拔頎長，看起來清瘦，露出的一截小臂卻又隱約透著肌肉弧度。

阮眠盯著那道身影看了會兒，突然沒了要問的衝動。

算了，改就改吧，反正也是事實。

她又回到房間幫手機充電，漱洗完出來，陳屹已經把三菜一湯端上桌，從正面看過去，可以看到他繫著阮眠之前從超市得來的贈品圍裙。

大紅的牡丹花和他配在一起，看起來莫名的和諧。

阮眠忍著笑，在餐桌旁坐下，「你今天什麼時候回去？」

「七點左右。」陳屹取了圍裙搭在一旁的椅背上，開始交代行程，「我這趟要去西南那邊待一個月。」

他經常去那邊，阮眠「哦」了聲，沒怎麼在意。

陳屹看她，繼續說：「回來之後就要直接飛去西亞，大概也要待一段時間。」

屋裡安靜了幾秒，阮眠終於意識到什麼，斟酌著措辭，「所以，你說的一個月和一段時間，這中間是沒有假期的嗎？」

他點了點頭。

「那這一段時間是多久？」阮眠莫名有些失落，這還是她和陳屹在一起以來，即將要分開最久的一次。

陳屹抿唇，「還不確定。」

任務隨機性很強，時間也不確定，長則一兩月，短則幾個星期，這些都說不準。

阮眠低頭扒了口飯，不希望他有太多心理負擔，「那正好，我過陣子要和孟老師他們去H市參加研討會，而且我年底事情也很多，就算你休假，我也不一定有空。」

這是實話，可陳屹仍然覺得有點虧欠她，臨走前，他揉了揉阮眠的腦袋，「我盡量趕在妳生日之前回來。」

「好。」阮眠鬆開手送他出門，在他要進電梯的時候，她突然按住一旁的按鍵。

門開了。

人跑進去，整個人撞進他懷裡，猝不及防地仰頭親了過去，動作有些猛，牙齒磕到了他的唇瓣。

陳屹很快反客為主，把人往上提了提，轉身壓在電梯的壁面上，冰涼的牆壁讓懷裡的人縮了下。

他掌心往下挪，墊在她削瘦凸起的肩胛骨上，舌尖長驅直入，帶著不容置疑的力道。

溼潤的舌尖糾纏在一起，難捨難分。

良久後。

陳屹稍稍往後撤了些，手提著她的腰，指腹隔著一層薄薄的衣料揉捏著，額頭抵著她的額頭。

他的呼吸聲，喘氣聲，每個眼神，都帶著不容忽視、曾經被深深掩藏在平靜之下的欲念。

阮眠像是耍起了性子，勾著他的脖頸不鬆，眼尾泛著紅，分不清是情欲還是不捨，「陳屹。」

他沉沉地應了聲，指腹輕摸著她的眼尾。

她有好多、好多話想說，想讓他不要走，想說自己捨不得，可到最後只有一句——

「你要注意安全，我會想你的。」

二〇一九年的冬天來得特別早，北風降臨這座繁華的都市，風裡帶著凜冽，刺骨又寒冷。才剛進入十一月中旬，氣溫卻已經直逼個位數，空氣霧濛濛的，帶著散不盡的霧霾。

陳屹離開B市已經有一個月了，在這段時間裡，阮眠跟隨孟甫平前往Z市參加了有關於胸腺瘤治療的研討會，白天要開會和去各大醫院參觀學習，晚上回到酒店還要整理資料和做報告，忙得腳不沾地，一天都睡不到八小時。

後來回到B市，阮眠斷斷續續地和陳屹聯絡，但有時候不湊巧，他打電話過來的時候她正在忙，等到回電卻只剩下無人接聽。

十一月底，陳屹從西南返回B市，被派遣至西亞執行任務，出發前一天的夜裡，他打了通電話給阮眠。

一遍不通，又打第二遍，接連打了五六遍都是長時間的無人接聽的自動掛斷。

那時候B市已經被冷空氣全面籠罩，夜裡的北風像是摻了刀子，刮在臉上生疼。

陳屹身穿著俐落的作戰服，軍靴沒過腳踝，襯得人身量頎長。他停在走廊處，手機螢幕冷淡的光映在他臉上，打出硬朗分明的輪廓。

他傳完訊息，大步跨過最後幾個臺階，身影在走廊那一閃而過。

到宋淮那裡待了會兒，陳屹和沈渝並肩從辦公室裡出來，兩人穿著同樣的作戰服，腳步聲在黑夜裡輕到幾乎聽不見。

沈渝右臂夾著帽子，低聲問：「你和阮眠聯絡了嗎？」

「電話都沒打通，只傳了訊息給她。」陳屹抬眸望向遠方黑沉沉的天空，什麼也看不見。

與此同時，遠在幾十公里外的醫院，急診大廳燈火通明，地面乾淨的瓷磚上盡是血汙痕跡，哀嚎哭泣叫喚，此起彼伏。

幾個小時前，協和附近一條擁擠的街道發生嚴重連環車禍，傷亡慘重，附近各大醫院接收不及，將一批傷患轉送到協和。

阮眠被叫去急診室幫忙，等到澈底結束救援任務，已經是後半夜的事情，她跟著孟甫平回到胸腔外科的辦公室。

窗外天空泛著霧白，霧濛濛的，將高樓大廈的輪廓遮掩了幾分，只隱約看出稜角。

阮眠坐在位子上寫病歷，辦公室裡安靜的只剩下筆尖磨過紙頁的動靜。

六點多，外面隱約傳來些說話聲，阮眠停下筆，揉著脖子往後靠，閉著眼拉開抽屜，在裡面摸到手機。

等拿到眼前一看，人倏地坐直了，腳尖不小心踢到桌腳發出「咚」一聲，她顧不上痛，匆匆點開其中一通未接來電撥過去，話筒裡卻傳來對方已經關機的提示聲。

阮眠放下手機，點開那則訊息。

男朋友：『少吃外送，手機交了，別擔心，我很快回來。』

她低頭盯著這則訊息看了很久，在輸入欄來來回回敲了幾個字，末了，還是發了最常說的四個字——

『注意安全。』

年末的時候，遍地都可見濃厚且熱鬧的年味，十二月的最後一天是阮眠的生日。

往常這一天，阮眠基本上都過得很隨意，她不喜歡熱鬧，如果沒有何澤川和林嘉卉，她或許連生日蛋糕都懶得準備。

今年也沒什麼例外，唯一不同的是以前幫她過生日的人，一個如今已經離開了B市，一個當天在國外出差。

生日當天，阮眠因為元旦要值班，空了一天休息，一大早接完方如清和阮明科的電話，又接到了孟星闌和林嘉卉的電話。

後來又陸陸續續收到些同學和朋友的祝福，阮眠一一回著，卻總是無意點開和陳屹的聊天室。

他們兩個的聊天記錄仍舊停留在上個月。

阮眠順著往上翻了翻，直到全部看完，才驚覺兩個人在不知不覺間已經傳了這麼多頁的訊息。

兩人的聊天紀錄其實挺無聊的，無非就是些日常瑣事，尋常到不能再尋常，她笑嘆，以前怎麼都不覺得兩人的生活這麼枯燥呢？

每天聊的不是吃飯就是睡覺，連個稍微突破性的話題都沒有。

阮眠來來回回看了兩人的聊天記錄好幾遍，最後退回來，想要發些什麼，卻又不知道怎麼開頭，到最後就跟寫日記一樣，把這個月發生的事情全都傳了出去。

訊息一如以往石沉大海。

阮眠也沒在意這些，放下手機去廚房弄吃的，吃完飯睡了會兒午覺，一天就過去了。

晚上快休息的時候，她又接到了何澤川的電話，兩個人像往常一樣聊了會兒，過了九點才掛電話。

冬天的夜裡總是比以往暗沉許多，加上這幾日接連不散的霧霾，晚上的天空無星無月，依舊霧濛濛的。

阮眠大概是白天睡多了，這會兒一點睏意都沒有，翻來覆去睡不著，索性爬起來坐到桌旁看著孟甫平之前傳給她的幾個特殊病例。

屋裡暖氣充沛，哪怕開著加溼器也還是有點乾，她喝完半壺水，起身出去裝水。

客廳靜悄悄的，樓外高樓大廈的光影影綽綽落過來幾分，阮眠揉著太陽穴，垂眸在想剛才看過的資料。

熱水壺發出細微的動靜，伴隨著水開，一陣急促的鳴笛聲和開門的動靜在這個深夜裡響起。

這樣的動靜難免讓人心神緊張，阮眠關了水壺，沒開燈，藉著玄關處的壁燈，摸到一旁的水果刀。

但下一秒，她的手又鬆開了，刀柄掉在流理臺上，發出不小的動靜。

剛進屋的陳屹聞聲朝這邊看過來，昏黃的光影落在他身後，阮眠瞬間看見了他手裡拿著的花和蛋糕。

像是意料之外的驚喜，阮眠愣在那裡沒有動。

陳屹把花和蛋糕放到一旁，徑直朝她走過來，房間裡光線昏暗，襯得他模樣不太清晰。

阮眠手還扶在流理臺邊，見他過來，手指微動，指腹碰到了放在旁邊的水果刀。

陳屹順著那動靜看過去，抬手將刀拿遠了些，又低頭看著她，聲音微沉，「嚇到了？」

「有一點。」她不著痕跡地深呼吸了下，手握上他的手腕，「你怎麼突然回來了？」

「我答應過妳，會盡量趕在妳生日之前回來。」陳屹俯身靠近，身上還帶著未散盡的寒氣和不曾有過的雪松木質香調，「還好沒錯過。」

阮眠摸了摸他的手和臉，都很涼，「你從軍區那邊過來的？」

陳屹「嗯」了聲，低頭親了親她的唇角後，牽著她往外走，客廳掛著的時鐘才剛過十點。沒有複雜的流程，陳屹看著她許完願吹完蠟燭，將玫瑰花遞過去，「生日快樂。」

花束很豔麗，帶著濃厚卻不俗的香味，阮眠抱在懷裡時，只覺得那香味直往鼻子裡竄。她無意識地撚著花瓣玩。

陳屹起身脫了外套丟在沙發上，裡面只穿了件黑色的襯衫，扣子扣得嚴嚴實實。

他坐到阮眠身旁，屈膝搭著手臂，慢吞吞地說：「因為走得太著急，把禮物忘在宿舍了，下次見面再拿給妳。」

「好啊。」阮眠像是不怎麼在意，「那你等等還要回去嗎？」

陳屹點點頭，斟酌著說：「軍區那邊出了點事情，我接下來可能有一段時間都不能回家，不過這次手機不用上交，妳可以隨時聯絡到我。」

阮眠「哦」了聲，放下手裡的花束，格外理解地說：「那你早點回去吧，都這麼晚了，我明天還要上班，等等也要休息了。」

兩人對視了幾秒，誰也沒開口。

陳屹看著她，喉結偶爾上下滾動著，過了好一會兒才說：「也沒那麼著急，我等妳睡了再走。」

阮眠卻沒再看他，垂著眸，神情若有所思。

陳屹掙扎著，卻還是沒把話說出口，只是握著她的手，「我很快就會忙完了，這之後會有一段時間的長假。」

「有多長？」

「一兩個月吧。」陳屹捏著她的手指，湊過來和她接吻，不同於之前的克制和隱忍，這個吻顯得有些激烈。

陳屹緊扣著阮眠的手腕，手掌落到她腦後，滾燙的唇舌毫不客氣地長驅直入，炙熱急促的呼吸交錯著。

情到濃時，有些事情無可避免，可陳屹仍舊在踩線的邊緣停下，停留在阮眠耳邊的呼吸聲有些不同尋常的深沉。

他往後拉開了些距離，眉頭微蹙著，卻在阮眠看過來的時候強忍著鬆開了。在被他摟進懷裡時，阮眠聽見他對自己說了聲「對不起」。

阮眠不敢太用力抱他，只是問：「為什麼要說對不起？」

「我這個工作太忙了。」

「我也很忙，如果你沒有做這個工作，那我是不是也該和你說對不起？」阮眠鬆開他，屋裡沒有開燈，但她的眼眸很亮，「陳屹，我和你在一起是因為我喜歡你，這個喜歡不會因為你怎麼樣就消失，就算你到了中年發福，七老八十臥病不起，我依然會像現在、甚至比現在還要喜歡你。」

陳屹坐在那裡直直地看著她，儘管什麼也沒說，可阮眠知道他這會兒的情緒很強烈。

「我選擇和你在一起的時候，就已經做好了要承受所有結果的準備。」阮眠看著他，避開了某些讓人避諱的字眼，「無論你怎麼樣，我都能接受。」

陳屹的嗓音有些低啞，「我知道。」

可知道是一回事，想和不想又是一回事，兩者並不能混為一談。

「那你呢，你有沒有想過，如果我在醫院處理病患遭遇職業暴露 的時候，我選擇瞞著你，你又會怎麼想？」

陳屹抬眼看她。

阮眠目光堅定又專注，像是看透也猜透了一切，他喉間有些發澀，拳頭握緊了又鬆開，嘆了口氣說：「我就知道瞞不過妳。」

陳屹是在十幾天前回到B市的，他受傷嚴重，西亞那邊情況複雜，隨時都有突發狀況，宋淮收到消息後，立刻安排了人和直升機將他和另外兩名傷患帶回國內。

他回國之後被緊急送往軍區醫院，這幾天一直處於半醒半昏狀態，到三天前情況才穩定了些。

受傷的那幾天讓陳屹對時間沒了概念，加上情況才剛穩定，人也虛弱，雖然穩定了卻總是在昏睡。

他昨天因為傷口痛，到早上才睡著，一覺睡到晚上，像是想起什麼，等護理師來吊點滴的時候問了句時間，才知道已經三十一號了。

他現在這個狀態光是下床走動，就已經足夠讓醫師大呼小叫了，更別提出院或是去別的地方。

陳屹跟護理師借了手機，先打了通電話給沈渝。他們三天前結束任務回國，這期間正在休假。

沈渝過來後，等醫師巡完房，把一件外套丟給陳屹，偷偷帶人溜出了醫院，「怎麼，直接送你過去嗎？」

「先回我家一趟。」

陳屹回到自己在城東的住處，傷口不能沾水也不能洗澡，他就用毛巾沾熱水擦了擦，試圖抹掉身上的消毒水味道。

收拾好，在出門前，他又不放心地往身上噴了點香水，只是沒想到成也香水敗也香水。

這會兒，阮眠解開陳屹襯衫的扣子，看到他肩膀上纏著的繃帶，低著頭說：「你以前從來不噴香水的，你這樣我反而更容易注意到。」

她是醫師，對醫院的味道格外敏感，再加上他今晚總是和她保持著若有若無的距離，阮眠很難不懷疑。

陳屹被拆穿了，也不強撐著，握住她的手，不讓她繼續看下去，如果他感覺沒錯，腰上的傷口應該是扯到了。

「別看了。」陳屹目光落到她臉上，聲音不同於平常的虛弱，連呼吸都低了幾分，「送我回去？」

「好。」阮眠起身替他拿了外套，又回房間換了衣服，拿上鑰匙和手機，看起來有種說不出來的著急。

陳屹穿好外套，站在那裡看她換鞋，扯開的傷口有點痛，加上暖氣的關係，額角跟著冒出了點汗。

他不動聲色地抬手抹了下，阮眠換好鞋，扭頭看他穿得單薄，又把自己的圍脖繫到了他頸間。

視線對上的剎那，陳屹看見她的眼尾有些紅，在心裡嘆了口氣，握住她的手，「走吧。」

「嗯。」

沈渝把車停在樓下，看到阮眠和陳屹從大樓裡出來，他神情有些驚訝，連忙從車裡下來。

他不知道陳屹是什麼情況，沒敢亂說話，祝阮眠一句生日快樂後，又抬眸看了陳屹一眼，用眼神詢問是怎麼回事。

陳屹神色蒼白，只說一句，「回醫院吧。」

沈渝明白這是暴露了，餘光瞥了沒什麼神情的阮眠一眼，抬手扶著陳屹上了車。

三個人在去醫院的路上都沒有說話，陳屹傷口痛，怕開口聲音露餡，一直握著阮眠的手，時不時捏幾下。

他們這裡還算和風細雨，可醫院那邊卻炸開了鍋，護理師敲陳屹的病房門沒人應，就自作主張地推門進去，卻發現病床上空無一人，床頭櫃上還壓著張字條。

『出去辦點事，很快就回來，別聲張，麻煩了。』

落款人是陳屹。

護理師把紙條拿給陳屹的主治醫師，醫師大喝「胡來」，又打電話給宋淮，一傳十十傳百，等到了醫院，陳屹和沈渝就差沒被氣急的宋淮拖出去打一頓了。

宋淮怒斥：「這麼大個人了，自己什麼情況還不清楚嗎？這麼冷的天，你有什麼天大的事情非要跑出去？」

陳屹大半個身體壓在沈渝肩上，格外虛弱地說：「舅舅，我傷口有點痛，能先讓醫師看看，您再來罵我嗎？」

「痛死你算了！」宋淮這麼說著，卻還是連忙叫醫師過來，看著紗布上滲出的血，他想罵也罵不出來，沉著臉站在旁邊一言不發。

陳屹半躺在病床上，扭頭看了沈渝一眼，沈渝接收到他的訊號，趁著宋淮不注意，悄無聲息地從病房跑了出來。

之前快到醫院的時候，沈渝接到了宋淮的電話，劈頭蓋臉地挨了一頓罵，只說「馬上就回去」，並沒有告訴他陳屹去了哪裡。

陳屹一方面怕阮眠跟著自己上來挨罵，另一方面又怕她看到自己傷口裂開難過，到醫院後就找藉口讓阮眠去幫自己買點吃的。

阮眠也沒說什麼，去醫院對面買了兩份粥，回來在住院大樓下碰見沈渝，溫聲問：「他怎麼樣了？」

「還好，沒什麼大礙。」沈渝揉著脖子笑道：「就是在挨他舅舅的罵，我們等等再上去吧，省得也被罵。」

阮眠點點頭，也沒問其他的。

沈渝看了她一眼，「妳是不是在怪陳屹沒和妳說受傷的事？他也不是故意瞞著妳的，就是怕妳擔心。」

「我知道。」阮眠分了一份粥給他，「沒怪他，要是我遇到這種事，我可能也會隱瞞的。」

沈渝笑笑地接過粥，沒再多說什麼。

兩人在樓下站了會兒，沈渝眼尖看見宋淮匆匆從裡面走出來，等人走遠了，才帶著阮眠上了樓。

病房裡，陳屹已經換完藥，穿著病人服躺在床上，右手吊著點滴，眼眸微闔著，看起來有些虛弱。

他也只吃了幾口粥，剩下的阮眠坐在那裡慢吞吞地吃完了，沈渝剛才見沒什麼事就先走了，這會兒病房裡只剩他們兩人。

阮眠起身把餐盒丟進垃圾桶裡，又坐回床邊的椅子，「醫師怎麼說？」

「沒什麼大礙，就是接下來一段時間都不能再走動了。」陳屹坐了起來，「別擔心。」

阮眠沒說話，視線盯著他肩膀那處不動，像是後知後覺地意識到他受傷這件事，情緒來得猝不及防。

陳屹看著她掉了一滴眼淚，緊接著兩滴、三滴，越來越多的眼淚湧出來，他想要抬手去抹，卻不小心扯到手上的點滴，針頭處開始滲血。

阮眠慌張地壓住他的手腕，聲音有些啞，「你別亂動。」

「那妳別哭了。」陳屹輕滾著喉結，往旁邊挪了挪，將不大的病床空出一塊，聲音很輕，「過來。」

「我不要。」阮眠自己抹掉眼淚，「這張床這麼小，我會碰到你的。」

陳屹作勢要坐起來，這個姿勢不免會牽扯到傷口，阮眠連忙壓住他，「你別動。」

「那妳上來。」

「……」阮眠看著他，妥協道，「好吧。」

單人房的病床比其他病房的床還要大，但躺兩個人還是有些勉強，阮眠側著身，沒占走太多位子，動作間透露出幾分小心翼翼和僵硬無措。

陳屹卻毫不在意，像之前很多次同床共枕那樣把人摟進懷裡，指腹從她眼角擦過去，「這次是意外，我保證不會有下一次了。」

阮眠「嗯」了聲，心裡想的卻都是怎麼樣才能不碰到他的傷口，整個人縮在他懷裡不敢動彈。

過了會兒，她開口，「陳屹。」

「嗯？」

「你能不能躺好？」

「……」

阮眠的語氣有些無奈，「你這樣我都不敢動了。」

他笑了聲，鬆開手，像之前那樣躺著，阮眠伸手關上燈，窗外很遠的地方傳來跨年倒數計時的歡呼聲。

她忽然湊過來挽著他的手臂，「陳屹。」

「嗯？」

「新的一年，」阮眠往上挪了挪，和他枕在同樣的高度，視線與他平視，「我希望這一年，你也要平平安安的。」

陳屹看著她泛紅的眼角，喉嚨像是被什麼堵住了，胸腔裡溢滿了情緒，他撫著她的眉角，

「好，我答應妳。」

阮眠低下頭，把臉埋在他肩頸處，眼淚燙得陳屹心裡酸脹，他伸手將人摟緊了。

二〇二〇伊始，陳屹是在醫院度過的，那段時間阮眠工作很忙，只有週末或者偶爾結束早班才有空過來。

十多天後，陳屹得到主治醫師允許，得以出院回家休養，出院那天B市大雪瀰漫，城市白茫茫的一片。

阮眠早上來醫院在路上遇到塞車，結果七點多出門，快十點才到。

陳屹上午還要再吊三瓶點滴，阮眠到的時候他還剩下一個瓶底，她放下包包，脫了羽絨衣和帽子，「你收拾好東西了嗎？」

「還沒。」陳屹靠在床頭，手裡把玩著阮眠之前拿給他打發時間的魔術方塊。

「那我先幫你收拾一下吧。」阮眠坐不住，喝完半杯水，捲起衣袖在病房裡走來走去，不一會兒手裡就拿了好幾件衣服，只是找不到地方放。

陳屹看了一眼，說道：「櫃子裡有背包。」

阮眠「哦」了聲，走過去拿包包，櫃子裡還有幾件他的衣服，她順手一起拿了，走到沙發那裡開始摺衣服。

陳屹沒讓宋淮那邊的人來接他出院，拔完針站在窗邊接電話，外面大雪紛飛，屋裡暖意洋洋。

「不用了，我女朋友過來接我。」

阮眠聽到陳屹說這話，回頭看了一眼，又繼續摺衣服。她拿起一件他的外套，一抖開，從裡面掉出一個信封。

阮眠彎腰去撿，拿起來才看到信封的另一面寫著她的名字，她指腹摸到信封裡的東西後愣了下。

她扭頭看了陳屹一眼，他低頭在聽電話那邊的人說話，側臉輪廓從這個角度看過去格外鋒利硬朗。

察覺到她的視線，陳屹偏頭看過來，微挑了下眉，像是在詢問。

阮眠搖頭笑了笑，示意他先接電話，等到轉過頭，她看著手裡的東西，心跳在無意識間變得很快。

像是做了一個很久的決定。

阮眠動手打開了那個並沒有封口的信封，捏著邊緣微微一倒，兩枚戒指從裡面掉了出來。

戒指很樸素，一大一小，內壁刻了他們兩個名字的縮寫。

隨著戒指一同掉出來的還有一張折了幾道的紙，阮眠不知道怎麼回事，手指有些顫抖。

她屏息著，將紙張展開，上面只寫了一句話，字跡一如既往的熟悉和漂亮——

『對不起，我愛妳。』

陳屹接完電話才察覺到屋裡安靜的有些過分，他扭頭朝沙發那邊看過去，阮眠背朝著窗戶，低垂著頭，一動不動地坐在那裡，旁邊放著幾件疊好的衣服和一個拉鍊敞開的黑色背包。

他不知道怎麼了，收起手機走過去，卻在快要靠近時又停了下來，目光落在阮眠拿在手裡的那張紙。

準確來說，那是他的遺書。

做他們這一行的，每次出任務之前都會提前寫好一封遺書，以防在任務中出現什麼意外，來不及處理以後的事情。

陳屹原本是把遺書和戒指放在宿舍的枕頭底下，前段時間，他讓沈渝回去幫自己收拾些東西，沈渝就順手把這個也夾在其中拿過來。

陳屹不想讓她看見這些，就像他不想讓她知道自己受傷這件事，有些事雖然無可避免，可早點知道和晚點知道又是不一樣的。

沒有到那個時候，陳屹不想太早讓阮眠去了解和接觸這些，這對她來說或許是一件很殘忍的事情。

死亡是一件尋常事，這是每個人都要經歷的，可當這件事降臨到身邊人的時候，也許並不是件容易邁過去的坎。

陳屹沉默著走過去，然後半蹲在阮眠面前，試圖從她手裡將那張紙抽出來，「好了，別看了。」

阮眠沒鬆手，手指捏得很緊，看著他的時候眼眶很紅，像是用了極大的勇氣才開口，「如果你這次沒——」

「沒有如果。」陳屹打斷她，用了點力把紙拽出來，按照以前的折痕重新折起來，「我回來了，這個假設不成立。」

阮眠手心裡還攥著那兩枚戒指，心裡突然湧上些後知後覺的恐慌和害怕。

她以前讀書的時候，在暑期和導師參加過幾次救援非洲的醫療專案，聽隊裡的人聊起過，那些無國界醫師在去到一些危險地方時，都會提前留下一封遺書，就像當時來非洲執行任務的那些軍人，他們在來到這裡之前，也會留下隻言片語。

阮眠想起不久前她在得知陳屹受傷後，自己和他說的那番話，她自以為能坦然接受他的所有突發情況，可當真正看見這封遺書時，阮眠才發覺那些所謂「我可以、我願意、我接受」，不過都是虛張聲勢。

就像那時候，他們在洛林重逢，她面對陳屹時的所有坦然和不在意，在他面臨生死之際時轟然崩塌。

她不能接受他有一絲一毫的閃失。

「陳屹……」阮眠有些失控地哭了出來，喉嚨像是被堵住，一時說不出話來。

嗚咽的哭聲像是一把密密麻麻的針，在同一時間扎在陳屹的心上，讓他泛起一陣難以言說的刺痛。

綿長的，尖銳的，久久不能釋懷。

陳屹稍稍起身，把人摟在懷裡，滾燙的淚水在薄薄的布料上暈染開，讓那一小塊皮膚都沾染上了溫度。

他喉間發澀，喉結上下滑動了好幾次，唇瓣跟著動了動，卻一個字都說不出來。

過了好一會兒，哭聲漸漸停歇，轉而是一陣長久的沉默。

阮眠坐在那裡，被他抱在懷裡時，腦袋輕輕靠在他腰腹間，臉頰蹭著的那一塊布料溫熱而潮溼。

陳屹抬手捏了捏她的後頸，像是安撫，「沒事了。」

她沒有吭聲，只是抬手抱住了他，過了好一會兒才開口，聲音還帶著些哭腔，「我以前過生日都不會認真許什麼願望，因為我想要的都已經得到了，那些得不到的東西也不是光靠許願就能實現。」

「我不是個很貪心的人。」她說：「我在今年只許了一個願望。」

陳屹垂眸看她，「什麼？」

「我希望——」阮眠抬起頭，眼眸溼潤明亮，一字一句格外認真地說道：「陳屹一生平安，長命百歲。」

病房裡安靜了一瞬，陳屹抬手抹掉她臉上的淚水，然後從她攥著的右手裡拿出那兩枚戒指，單膝跪下。

阮眠神情一愣，像是始料未及。

「不是求婚。」陳屹眼裡有著溫柔笑意，「這本來是為妳準備的生日禮物，但現在我想讓它成為我們約定的見證。」

他指腹摩挲著略小的那枚戒指，「我知道我現在說『以後出任務，一定不會受傷』都是不現實的，但我答應妳——」

陳屹握著她的右手，將戒指從她的無名指指尖慢慢推進去，直至分毫不差地停留在尾端，他低頭親在戒指上，又抬起頭，目光專注地看著她，語氣緩慢鄭重，「在有妳的日子裡，我一定會平平安安地回來見妳。」

妳是我的心之所向，更是命之歸屬，是我日復一日永不磨滅的英雄夢想，從此以後，只要妳在這裡，我就一定會回來的。

阮眠看著他，眼睫動了動，鼻尖開始泛酸，一滴淚恰好落在他剛才親吻過的地方，順著指腹滑落下去。

她哭得潰不成軍，在淚眼朦朧裡，說了聲「好」。

二〇〇九年，阮眠在煙燻繚繞的廟宇裡，向佛祖許願，能與他歲歲長相見。

二〇一三年，阮眠在人山人海裡，許下願他歲歲年年，萬事順心的祝福。

阮眠的確不是一個很貪心的人。

在認識陳屹的這十幾年裡，她只許過兩個和他有關的願望，如今她許下了第三個——

希望陳屹一生平安，長命百歲。

她比任何時候都要期盼，這是一個能永遠實現的願望。

B市的冬天漫長且寒冷，北方城市多雪，元旦一過，成日大雪瀰漫，整座城市白皚皚一片，零下的氣溫更是讓人由內而外地生寒。

陳屹之前受傷嚴重，加上年關將近，宋淮心裡難免偏袒，特意讓他休了兩個月的病假。

外婆柳文清的意思是讓他住回家裡，家裡有她們和阿姨方便照顧，但陳屹堅持要住在阮眠這裡。

「我現在傷口需要定期換藥，阮眠是醫師，她在家，我就不用特意跑去醫院換藥了，況且，她知道該忌口什麼，飲食這塊也能多注意些。」陳屹說：「沒有，我們沒睡同一間房，我睡次臥。」

柳文清在電話裡交代：『那我之後請劉叔叔送點蔬菜水果給你們，這麼冷的天，就別跑出去了。』

「好，謝謝外婆。」

『你現在住在阮眠那裡，她平時白天要上班，晚上回來還要照顧你，你沒事也做些力所能及的事情，別只知道躺在那裡當大爺。』

「知道了。」說這話的時候，陳屹正一手拿著手機，一手拿著湯匙在攪拌鍋裡的湯。

而阮眠才真的像個大爺似地，躺在客廳的沙發上看電視。

掛斷電話，陳屹關了火，從廚房走到沙發那裡，抱著手臂居高臨下地看著阮眠。

她被看得頭皮發麻，小聲問道：「怎麼了？」

陳屹皺著眉，慢吞吞在一旁坐下，聲音聽起來有些虛弱，「傷口好像有點痛。」

「啊？」阮眠神情變得緊張，抬手去掀他的衣服，檢查後發現沒什麼問題，忍不住說道：「我都說了，要你不要久站。」

「我還不是為了伺候某人？」陳屹捏了捏她的臉，把人拉到腿上坐著，「沒良心。」

阮眠怕壓到他傷口，往後挪了點，「可是我又不會做飯。」

陳屹剛住過來那幾天，阮眠還嘗試著從網路上看教學，幫他熬點補湯，在經歷接二連三的失敗後，陳屹為了不讓自己再吃到黑暗料理，主動提出包攬自己一日三餐和她的晚餐。

陳屹哼笑了聲，把玩著她戴著戒指的那隻手。

阮眠莫名從他這聲笑裡聽出了嘲弄的意思，兩隻手捏著他的耳朵，幫自己找理由：「還有，是你自己說的，家裡有一個會做飯的就好了。」

「是。」他笑著嘆了口氣，打趣道：「所以我現在不就是搬石頭砸自己的腳嗎？」

「……」阮眠用了點力揪了揪他的耳朵，提高了音量，沒好氣地說：「那你別住在這裡了。」

陳屹輕「嘶」了聲，握住她的手腕往懷裡一帶，偏頭咬住她耳朵，聲音曖昧不清，「房租都交了，怎麼能不住？」

阮眠的耳朵不是敏感區，但這麼被叼著舔著，還是有些說不出來的酥麻，忍不住動了動，「……胡說，你什麼時候交了房租？」

他笑了聲，胸腔跟著顫動，指尖從她脊椎骨一點一點摸上來，意有所指道：「前天不是才交過嗎？」

前天……

阮眠在被他親的迷迷糊糊中，回想起前天在浴室發生的某些事情，耳朵倏地熱了起來，有些氣急敗壞地推開他，「陳屹！」

「嗯？」他的手還停留在她背後，有一下沒一下地摸著。

「你要不要臉！」阮眠手腳並用從他懷裡下來，踩著拖鞋回到房間，猛地把門一關。

陳屹揉了揉耳朵，想了會兒也起身走進去。

沒過一會兒，房裡就傳出了些曖昧的動靜，微小的，像貓兒一樣的叫喚聲，格外撩撥人心。

約莫過了好長一段時間，房間門被拉開，阮眠紅著臉腳步匆匆，一頭栽進了外面的浴室。

放在水池旁邊的洗手液才剛買沒多久，就已經用了二分之一。

晚上吃過飯，陳屹和阮眠商量了下回平城的時間，還順便提起見家長的事情。

阮眠咬著果凍，「我今年把年假一起休了，加上之前欠的一些假，差不多有十幾天，但我除夕那天才開始放假。」

「那等除夕過了吧。」陳屹偏頭看她，「我也回去和我爸媽商量一下，看看哪天合適。」

「要不然……我除夕當天過去也可以。」

陳屹淡聲拒絕，「不行。」

「為什麼？」

「今年是第一年。」陳屹湊過來咬她溼潤嫣紅的唇瓣，「應該讓我先過去跟妳父母拜年。」

她笑了聲，「好。」

陳屹親了她一會兒，往後退著坐回去，捏著她手腕問：「妳今年是留在阮伯伯這邊，還是去平江西巷過年？」

「在我爸這邊。」阮眠已經在手機上在和阮明科提過這件事，過了幾秒才抬眼問他：「我爸讓我問問你有沒有什麼想吃的。」

陳屹不挑食，「我都可以。」

阮眠手指飛快地點著鍵盤，嘴裡也在嘀咕，「那你什麼時候回去啊？跟我一起嗎？」

「比妳早一天吧。」陳屹除夕當天還有別的安排，當天回去會來不及，「妳訂好機票了嗎？」

「還沒。」

「那我一起訂了？」

「好。」

剩下的幾天，阮眠更加忙碌了些，早出晚歸，有時候甚至直接不歸，很快到了陳屹回平城的日子。

他買的是下午三點的機票，中午來醫院找阮眠一起吃了午餐，之後直接從醫院去機場。

阮眠凌晨忙完才看到他落地後傳來的訊息。

她開車從醫院出去，停在路邊回了訊息，又把手機丟到一旁，到家也沒等到陳屹的回覆。

阮眠推測這個時間他已經睡了，傳了一則「晚安」便關了手機。

隔日一早，陳屹醒來看到阮眠早上三點傳來的訊息，想到她今早十點的航班，怕人睡過頭，打了語音電話過去。

電話好半天才接通，『陳屹，我好睏啊，不然我買下午的機票吧，反正晚上才吃年夜飯。』

「……」陳屹笑道：「那妳不如等過完這個年再回來吧。」

她哼哼唧唧，賴床的樣子跟小孩子一樣，陳屹覺得好笑，又有些心軟，妥協道：「那我幫妳把時間改到下午吧。」

『算了。』阮眠說：『我已經爬起來了。』

「等到了我再去機場接妳。」

『不用，平城下雪了嗎？』阮眠拉開窗戶，『B市好像放晴了。』

陳屹也扭頭看了窗外一眼，「今年沒下雪。」

『平城好幾年都沒下雪了。』

南方城市不多雪，尤其近幾年全球氣溫升高，更是少雪，甚至連冬天都不似前幾年那麼寒冷。

陳屹一直在和阮眠通電話，直到她出門的時候才掛斷，他漱洗完，拿著手機去樓下吃早餐。飯桌上，宋景問了他今天的安排，「等會兒先去眠眠媽媽那裡一趟吧，今年不在那裡過年，但總歸要去看看的。」

陳屹早有這個準備，「我知道。」

「禮物我都幫你準備好了。」宋景看到他無名指上的戒指，問了句：「求婚了？」

陳屹搖頭，「還沒。」

宋景沒再問什麼，只叮囑道：「凡事你心裡要有個數。」

「嗯。」

宋景說：「我等等要和你爸爸去機場接爺爺奶奶，我幫你把東西放在客廳茶几上了，要是不清楚就問阿姨。」

陳屹點點頭，「好。」

吃過飯，陳屹在家裡坐了會兒，等到時間差不多，才拎上禮物去了方如清那裡，也沒多留，喝了杯茶就出來了。

方如清送他到門口，又往他口袋裡塞了個紅包，「拿著，也沒多少，大過年的討個好彩頭。」

「謝謝伯母。」陳屹沒再推拖，「那我先走了，您別送了，外面很冷。」

「好，你快回去吧。」

陳屹從趙家出來，從另一條巷子去了趟李執那裡，李執之前去了B市之後，就一直待在那裡，陳屹住院之後，他還過來看過一次。

這會兒，他穿著件單薄的黑色V領毛衣，像以前一樣站在櫃檯後面清點帳務，陳屹走進去，「什麼時候回來的？」

「前天。」李執放下計算機，眉眼和許多年前相比變化不多，少年時清朗俊秀，如今溫潤成熟。

陳屹站在他對面，伸手從旁邊抽了根棒棒糖，目光不經意間從他V領領口處掃過，頓了一瞬，抬眸看著他慢條斯理道：「你交女朋友了啊？」

「啊？」李執搖頭，「沒有。」

「那你這──」陳屹指了指自己鎖骨下方的位置，意味深長地笑了下，「哪種蚊子能咬成這樣啊？」

「……」李執低頭看了一眼，抬頭朝他挑了下眉，輕笑，「誰規定只能交女朋友了？」

陳屹神情一愣，像是不可置信，但很快又回過神，一如既往地懶散道：「好吧，還真是我沒想到的蚊子。」

李執笑道，「滾。」

陳屹「誒」了聲，語調帶著慣有的漫不經心，「走啦，之後再一起吃飯，可以帶對象一起來。」

「好。」

陳屹走出平江西巷，站在路口吹了會兒冷風後，把手插在口袋往家的方向走。

這世上每個人都有自己要走的路，不管路途坎坷還是一帆風順，路都是自己的，怎麼走別人說了都不算。

既然李執選擇了這條路，那就是他的人生，與旁人無關。

第十章　沒有人像你

從平江西巷回到家裡，陳屹在收到阮眠傳來登機的訊息後，才開車去了阮明科那裡。

阮家人口少，過年也只有阮明科和周秀君，以及一直住家照顧的阿姨，中午是阮明科親自下廚。

吃過飯，陳屹看了時間一眼，才剛過十二點，從B市到平城機場要花好幾個小時，阮眠那班航班最早也要下午一點才會抵達平城機場。

阮家沒有多餘的房間，阮明科從書房出來，「陳屹，你去眠眠的房間睡一會兒吧，奶奶她們三點才會開始包水餃。」

陳屹放下茶杯，「好。」

「裡面那間就是，床單和被子都是剛換的。」阮明科說完又進了書房，他最近專案上的事情比較多，過年也要開會。

這是陳屹第一次進到阮眠的房間，上一次過來吃飯，怕留下什麼不好的印象，他和阮眠都是坐在客廳說話的。

房間不算特別大，東西倒是挺多的，書桌、書櫃、衣架、衣櫃，一張一百八十公分的雙人床占去了二分之一的面積。角落堆著書和樂高模型，書桌上還放著兩個紙箱。

陳屹在書架那裡看見阮眠學生時期的幾張照片，他一張張看過去，又走到書桌那裡。

兩個箱子上的膠帶都被剪開了，箱口蓋得並不嚴實，有一個甚至連邊緣都裂開了，底部有被擠壓的印子，像是從高處摔下來才會留下的痕跡。

陳屹掀開那個破損比較嚴重的箱子，裡面放著的都是阮眠以前在八中的考卷和筆記本。還有一部老式手機。

他本無意窺探阮眠的過去，卻在將要關上的時候，看見露出一角的草稿紙，上面寫了他的名字。

那張紙就像是打開百寶箱的鑰匙，充滿了誘惑。

陳屹猶豫了片刻，終究是好奇大過了理智，他伸手把那張草稿紙抽出來，原來露出的不過是冰山一角。

那張泛黃的草稿紙上，全都是他的名字。

有潦草的，也有一筆一劃認真寫下的，但更多的卻是在寫過之後，又被人用筆塗抹掉的。

字跡在經年累月後，筆墨淡去的痕跡清晰無比，可藏在這張紙背後的喜歡卻從未消退過。

陳屹像是回到了剛得知阮眠曾經喜歡過自己的那個夏夜，心頭漫開密密麻麻的酸澀。

他放下那張草稿紙，拿起放在所有東西最上方的一本黑色筆記本。

多年後，陳屹再回想起這個一開始看起來很尋常的午後，仍舊覺得他在十幾歲的年紀好像花掉了太多好運，以致於過了這麼多年，才找到打開寶藏的鑰匙。

筆記本的封面已經有點褪色，裡面紙張泛黃，字跡也有些模糊，卻並不妨礙辨認。

陳屹翻開第一頁，上面只寫了兩行字，一行是一個對他來說沒什麼印象且很久遠的日期，一行是他格外熟悉的一句話。

『二〇〇八年，八月十六日。』

『耳東陳，屹立浮圖可摘星的屹。』

陳屹愣了幾秒，在一瞬間想起那個燥熱且沉悶的夏夜，想起那個溫吞寡言，連和他對視都膽怯的少女。

在得知阮眠曾經的喜歡後，他無數次回想著記憶裡和她有關的事情，試圖從某個節點找到這份喜歡的起源，可卻曾未想過，這世上有一種喜歡叫「一見鍾情」。

他無關痛癢的一句話，卻是她漫長歲月裡經久不息的一次心動。

陳屹忽然意識到手裡的這本筆記本是什麼，整個人像是被捏住了呼吸，捧著筆記本的那隻手竟隱隱發顫。

他喉結上下滑動著，指尖輕掀，翻開了第二頁，紙張摩擦發出細微的動靜，而這頁同樣也是龍飛鳳舞的兩行字。

『二〇〇八年，八月三十一日。』

『怎麼了。』

陳屹對這個日期並不陌生，那是八中開學的日子，也是他曾經誤以為是和阮眠的初初次見面。

從一開始就走錯的路，在十幾年後才重新找到正確的軌道。

陳屹又接連往後翻了幾頁，大多的日期和內容對於如今的他來說，仍舊是細碎且模糊的。

那些他不知道的歲月裡，少女所有的心動和心酸，好像都與他無關，可偏偏又和他有關。

他在她的世界裡上演了一場轟轟烈烈的重頭戲，可她卻只是無足輕重的配角。

來時悄無聲息，走時無人可知。

就像二〇〇九年的一月三十日，她在溪山寺許下「我與他歲歲長相見」的願望，而他只是潦草而隨便地希望明天不要下雪。

還有二〇〇九年的九月一日，她或許在為他將要出國而難過，所以這一頁的字跡才會有被水漬打溼的痕跡，可那時候的陳屹為出國忙得焦頭爛額，但偶爾還是慶幸可以早日脫離高三的苦海。

十七歲的陳屹不知道，他的離開是為了學業而不得已的短暫分別，可對十七歲的阮眠來說，卻是再也不見的遺憾。

她說「不要再喜歡他了」。可下一頁卻又出現，「我對他的喜歡，好像比我想像中的還要多，我學不會及時止損，儘管想要喊停，可眼裡仍舊都是他』。」

她競賽失利，他放棄保送。

她回歸枯燥單調的高三生活，他離開校園，從此與她漸行漸遠，悲歡離合她全都看不見。

拍畢業照那天，他祝她升學考加油，後來她回贈一張「祝你升學考順利，金榜題名」的同學錄。

看來那時候的阮眠，應該不知道那是他給的同學錄。

畢業後的聚餐，他來去匆匆，沒能從江讓的欲言又止裡、在她紅著的眼眶裡，窺見一分喜歡。

盛夏，她升學考落榜，回到以前的學校重讀，父母幫他在平城最好的飯店裡辦謝師宴，觥籌交錯間，他卻從未對她的缺席感到遺憾。

二〇一〇年的八月十七日，她在熱鬧嘈雜的街頭，有一瞬間是真的想要將他放下。

她希望將那兩年停留在最好的那一刻，所以才會在他將要出國的前一天，留下了這樣悲傷的兩句話。

『二〇一〇年，八月二十九日。』

『暗戀很苦，像夏季的風，聽著很好，吹起來卻滿是燥熱。於是夏天結束了，我也不喜歡你了。』

『陳屹，祝你一路平安，前程似錦。』

翻到這一頁的時候，陳屹倏地停了下來，他的腦袋一片空白，而後像是想起什麼，將箱子裡那部破舊的手機拿出來。

充電，開機。

在點開訊息寄件區的時候，陳屹的指尖都在發顫，他不出意料地在寄件區看見一則有著同樣內容的訊息。

收件人，是他。

陳屹喉間發澀，心中難平。

那一天對他來說再尋常不過，那時候的他經常收到同類型的告白訊息，以致於在收到這則訊息時，他並未當回事，只當作是垃圾訊息刪除了。

直至今日，在翻開這本日記時，在看見她寫下那句「耳東陳，屹立浮圖可摘星的屹」的日期時，在看見那句「我又瞞著所有人，偷偷喜歡了他一年」時，他才意識到自己當初隨手刪掉的訊息，對於十七歲的阮眠而言，卻是一整個青春的結束。

阮眠從機場出來的時候，才看到陳屹半個多小時前傳給她的訊息，說是在停車場等她，後面還寫著車牌號碼和位置。

她轉而去到地下二樓，沒怎麼費神就看見了陳屹的車子，坐進去時，聞見車裡有股淡淡的菸味。

阮眠心中納悶，往陳屹那裡靠近了些，像小狗似地嗅了嗅。

陳屹低頭看見她的動作，抬手捏著她的後頸，開口時，聲音有著不常見的沙啞，「做什麼？」

她皺眉，心思很快被這聲音分走幾分注意，「你感冒了？」

「沒有。」他將座椅往後調整了些，又抓著她的手說：「過來。」

阮眠乖乖解開安全帶，從副駕駛座爬過來坐到他腿上，膝蓋跪在兩側，鼻息間那抹菸味卻因為這個距離變得越發濃郁。

她藉著停車場昏暗的光影瞥見他發紅的眼角，手指把玩著他襯衫上的鈕扣，「你怎麼了？」

「沒事。」陳屹和她對視，胸腔裡翻湧著極其強烈的難過，他竭力控制著情緒，喉結不停上下滑動，無聲吞咽。

阮眠有些無措，她從未見過陳屹這個樣子，像是被很多負面的情緒包裹著，無論怎麼掙扎也逃脫不了。

整個人如同墜入了深沉的海底。

她靠過去，臉頰貼著他的頸窩蹭了蹭，溫熱的呼吸一下又一下，彷彿和他的脈搏混為一體。

良久的沉默後，陳屹揉著她的後頸，聲音仍舊低沉沙啞，「對不起，我來得太晚了。」

「什麼？」阮眠抬起頭看著他，那目光晦澀深情，卻帶著散不盡的難過。

情侶間的默契總是奇妙又無解，她瞬間福至心靈，極快地否認道：「沒有。」

陳屹垂眼看她，喉嚨像是被堵住，說不出話來。

「沒有。」她重複了句，目光專注地看著他，認真而緩慢道：「你能來，而我也還在這裡，就已經是很大的幸事了。」

這世上有那麼多的陰錯陽差，在彼此不曾擁有過的歲月裡，我們曾經漸行漸遠，可歲月兜轉，恰逢好時候，該遇見的人終究還是會遇見。

故事的開頭總是極具溫柔，可我們的結尾也不輸任何溫柔。

那天回去之後，阮眠在自己的房間裡看見那兩個箱子，心裡隱約的念頭被證實，竟有些塵埃落定的踏實感。

如今，她再翻開那本早就沒什麼印象的日記，記憶裡的那些心酸和難過也像是隨著時間的洪流被沖散，只留下淺淡的痕跡。

那已經不是過去的模樣，而是她曾經喜歡過他所有的見證，是值得被永遠紀念的一樣東西。

阮眠將日記放進書架裡，和她耀眼燦爛的學生時代放在一起，就好像曾經喜歡他的那些歲月也變得熠熠生輝，不復往日的晦澀難明。

她的念念不忘，如今終有迴響。

過完除夕，阮眠在假期結束前去見了陳屹的家人，和她想像中的溫馨家庭相差無幾。

無論是陳屹的爸爸媽媽，還是爺爺奶奶，彼此間的感情模式儘管多有不同，卻仍舊能看得出來夫妻間的那份默契和溫柔。

晚上臨走前，陳奶奶拉著阮眠的手，將一個用紅線繡著「平安」二字的黃色絨布袋遞給她，「這一塊平安扣是我和爺爺在外旅遊時偶然得來的，我們年紀大了也用不上，妳和阿屹的工作性質特殊，就留給你們保平安吧。」

阮眠之前見過陳屹那枚平安扣的成色，並不像陳奶奶說的這麼隨意，甚至是十分罕見的一塊玉，更別提價格。

但沈雲邈不給她推托的機會，將平安袋塞到她手裡，「這塊平安扣拿回來之後，我叫妳陳伯母拿去廟裡開光，還用妳跟阿屹的生辰八字求了個平安符放在裡面，所以現在這塊玉已經是妳的了，就拿著吧。」

阮眠收下，「謝謝奶奶。」

「這平安符很靈的，阿屹高三那年參加競賽的時候，我也幫他求了一個，後來他就拿了一等獎。」

一旁的陳屹拿著外套走過來，不樂意地反駁道：「奶奶，我拿獎跟這個沒有太大關係吧？」

沈雲邈說了聲「你這孩子」，又笑著和阮眠說：「說到底也是討個心安，你們在外都要平平安安的。」

「嗯，我們會的。」阮眠將平安袋收起來，陳屹走過來牽著她的手，戴在頸間的平安扣露出一截黑色的繩子。

回去的路上，阮眠拿出那塊平安扣看了看，又格外鄭重地收了起來。

窗外高樓大廈的燈光摻著路燈光影一閃而過，她看著看著，莫名笑了聲，陳屹在等紅燈的間隙看了她一眼，手伸過來勾著她的手指，「笑什麼？」

「沒什麼。」阮眠轉過來看著他，「我就是覺得今年的冬天，好像沒有以前那麼冷了。」

前方紅燈跳轉，陳屹收回視線，輕笑了聲：「我也這麼覺得。」

前路漫漫，新的一年開始了。

年一過，南方小城春風一吹，滿城花開暖意洋洋，而地處北方的B市卻仍舊吹著寒冷的冬風。

短暫的假期結束後，阮眠又回到了忙碌的生活中，甚至比去年還要忙，畢竟今年的阮醫師開始獨立主刀手術，空閒之餘還要兼顧科室論文和課題發表的達成率，忙得不可開交。

比起阮眠，這一年的陳屹反倒閒下了不少，兩個月的病假時間，他破天荒沒有回到B市陪女朋友，反而是留在平城整日和李執待在一起。後來病假結束，他回到隊裡做了體能檢測，右肩受傷的後遺症有些明顯，整個上半年他都沒有出過任務，除了必要康復訓練，偶爾休息的時候，他也馬不停蹄地往返B市和平城兩地。

阮眠一開始還沒察覺到這些，直到五月的一天，她空了一天假，在家裡找備用鑰匙時，無意間在門口鞋櫃的抽屜裡翻出二十多張B市和平城的往返機票。

來回算下來，這半年裡，陳屹差不多回了平城十幾次，這加起來都快要比他前幾年的次數還要多。

等到陳屹下一次休息，她把這些機票拿出來，語氣有些嚴肅，「你是不是有什麼事瞞著我？」

聊這件事的時候，陳屹還在看手機，餘光瞥到桌上的一疊機票，他關上手機，坐直了身體，「沒有。」

「那你怎麼一休息就往平城跑？」阮眠這半年來很忙，和他幾乎沒什麼重疊的休息時間。

「嗯？我之前跟妳說過的，妳忘了啊？」陳屹站起來拉著她的手，「李執有個朋友在拍電影，沒資金請不到專業人士，就找我過去幫忙了。」

阮眠想了下，好像是有這麼一回事，但都已經把問題丟出去了，又不好收，只能不鹹不淡地「哦」了聲。

陳屹笑出聲，拽著她的手坐下來，「周老師前幾天打了通電話給我，學校今年準備邀請一批優秀的畢業生，在升學考前回學校演講，讓我也問問妳有沒有空。」

阮眠「嘖」了聲，「這不太好吧，我是重考生。」

「六百八十三分的重考生，準備了一年還成了榜首，」陳屹笑：「這難道不是能編入校史的大事嗎？」

「……」阮眠不和他胡扯，「還是算了，我要是在八中重讀倒還說得過去，我又不是從八中的，我打個電話跟周老師說一聲吧。」

「好。」陳屹摸著她腰上的軟肉，幾下就察覺出不對勁，「你最近是不是又沒好好吃飯？」

她這半年來的工作忙，飲食不規律，剛回來那兩個月直接暴瘦七八斤，本來骨架就小，看起來更是瘦骨嶙峋。

原先興師問罪的人沒了理由，反被倒打一耙，阮眠心虛，手臂一抬摟著他，「沒有吧，我都有按時吃飯，除非特殊情況。」

其實不然，她現在排手術、擇期的還好，要是遇上突發情況的話，或者是當孟甫平當的助理，經常連著十幾個小時不吃不喝。

陳屹壓根兒不信她的話，抱著人上了體重計，一量才發現不僅原來的沒養回來，甚至還倒瘦了兩公斤左右。

他當時臉就黑了，阮眠雖然心虛，但也有理，「我發誓，我真的有好好吃飯，可能就是最近工作太忙了，比較累。」

「屁。」

阮眠又好氣又好笑，「那我保證，等你下個月休假回來，我一定、一定吃回五十四公斤。」

陳屹勉強答應了，晚上做了一桌子菜，看著她吃了兩碗米飯，又喝了一碗湯才算作罷。

很快五月也要結束了。

八中把演講時間訂在五月的最後一天，阮眠那天沒空，連直播都沒看到，後來去網路上找重播，也只有簡短的幾個片段。

其中有一個影片是陳屹單獨的片段，但也不完整，開頭已經是演講的後半部分，男人穿著簡單乾淨的白襯衫和黑色西裝褲，眉目落拓不羈，舉手投足間都帶著成年男性獨有的成熟和性感。

演講結束後是一成不變的學生提問環節，這個環節幾乎沒什麼新意，無非就是問些當初是怎麼樣的人，現在又在做什麼。

阮眠看到最後，麥克風傳到角落的一個女生手裡，她問了最後一個問題，『學長，你高中時候最值得紀念和最遺憾的事情是什麼？』

影片的畫質不是很好，卻還是難掩男人出眾的樣貌，他停頓了幾秒，像是在思索，單手垂在演講臺上，另一隻手扶著麥克風，微微傾身，低沉的嗓音經過多次傳播依舊清晰無比。

『最值得紀念的，應該是和阮同學成為鄰座同學。』

現場掀起一陣尖叫聲，但很快又因為麥克風裡傳出的聲音而屏息下來，男人低垂著眉眼，笑得有些無奈，『最遺憾的事情，是和她當鄰座同學的時間太短了。』

影片到這裡就結束了，最後傳出的尖叫聲和歡呼聲戛然而止，可阮眠仍舊有些止不住的心潮澎湃，就好像那瞬間她也在現場。

後來，阮眠從孟星闌那裡看到了影片的後續，在陳屹說完最遺憾的事情準備退場的時候，臺下有人問了句，『那你們現在還有聯絡嗎？』

當時已經走完臺階的陳屹借了主持人手上的麥克風，站在人山人海的禮堂，抬手亮了亮無名指上的戒指，語氣瀟灑肆意：『當然。』

看到這段影片的時候已經是七月，B市比較晚入夏，也不像南方城市溼熱，這裡空氣乾燥卻不沉悶，風裡摻雜著切實的涼意。

阮眠翻來覆去地看著這段影片，連睡前那一點時間都不肯放過，陳屹洗完澡出來，見她捧著手機看得樂不可支，擦著頭髮湊過去，「妳在看什麼——」

話音在看清影片內容時倏地停了下來。

他伸手去搶手機，「別看了，這有什麼好看的？」

「好看，我覺得很好看啊。」阮眠用手臂攔著，不讓他拿手機，而後轉頭看他，見他耳尖紅潤，沒忍住笑了出來，「你是在害羞嗎？」

「沒有。」他嘴硬，趁她不注意的時候把手機拿過來，而後倏地把人壓倒，「好笑嗎？」

他來勢洶洶，阮眠強忍著笑意搖頭，可一出聲還是暴露了，聲音裡全是笑意，「不好笑啊。」

陳屹狠狠地俯身咬了下她的鼻尖，而後直起身站在床邊，格外煞風景地說：「起來，量個體重。」

「……」阮眠腳捲著被子，打了個哈欠，「明天再量吧，我睏了。」

陳屹卻沒由著她，直接彎腰將人打橫抱了起來。

阮眠見事已至此，小小地掙扎了下，「我量我量，但你先讓我上個廁所。」

陳屹聽了她的話，鬆開手，走出去找體重機，等了幾分鐘還不見阮眠出來，他回到房間一看，被氣笑了，「你乾脆裹著被子來量算了。」

「……」

聞言，阮眠放下手裡的厚外套，拿起被子試探道：「真的可以嗎？」

後來折騰了半天，終歸還是量了體重，阮眠抱著赴死的心站上體重機，瞇眼一看，心情大好。

她指著體重機上的五十三點九，「四捨五入，五十四了。」

見她確實長回來了，陳屹也沒說什麼，臨睡前又幫她泡了杯助眠的牛奶，「妳記得把下個月的二十四號空出來。」

「知道了。」那天是陳屹的生日，他今年準備回平城過，阮眠怕時間不充裕，把後一天也空了出來。

等到回去那天，阮眠趕的是二十三號晚上最後一趟航班，到平城已經是深夜，陳屹的車仍舊停在上次的位置。

兩個人一起回到平江西巷那邊，夜晚寂靜，巷子裡鮮少有人走動，從李執家穿過去的那條小道最近在修排水管，所以道路暫時封閉。

陳屹帶著阮眠走了當初網咖的那條小巷，以前沒有燒烤攤，現在卻真的開了一家。網咖門口煥然一新，卻仍舊能從周圍看出當初的破舊。

臺階上站著幾個男生，其中一個穿著寬大的黑色T恤和黑色帶白槓的運動褲，頭髮蓬鬆柔軟，側臉的輪廓很漂亮。

阮眠多看了一眼。

陳屹順著看過去，用力捏了下她的手指。

「那個男生。」等到走過去，阮眠勾著他的手指，「你不覺得和你很像嗎？」

陳屹語氣淡淡的，頭也不回地說：「哪裡像了？」

「我第一次見到你的時候，你就穿著和他差不多的衣服，就連站的位置都很像。」阮眠說著又回頭看了一眼，男生像是注意到什麼，往這裡看了一眼，這一次，她沒有躲閃也沒有緊張，反而像發現了什麼有趣的事情，「就連被發現有人盯著看時的反應都一樣啊。」

聽到她說過去的事情，陳屹倒沒那麼介意，反而還跟著她一起回頭看了那男生一眼。

她不停說著兩人相像的地方，好像不管多少年過去，能吸引她目光的，仍舊是和他有關的事情。

陳屹想到這裡，收回視線，輕笑了一聲。

陳屹二十八歲的生日過得挺平淡的，但處處都透著溫馨，長壽麵是爺爺和奶奶親手擀的，蛋糕是女朋友和母親一起做的。

就連晚上那一桌菜都是父親一個人完成的，全程沒讓家裡的阿姨和傭人插手，一家人和樂融融地吃完飯，正經地幫他過了個生日。

許完願望、切完蛋糕，陪家裡的人說了會兒話，為了不打擾兩位長輩的休息，陳屹和阮眠九點半就從平江公館出來了。

小城的晚上挺熱鬧的，夏風溫熱，帶著熟悉的味道。

兩個人沿著街邊一直往前走，不知不覺就走回了八中門口，這個季節學校裡只剩下高三生在補課，門口的值班警衛也從往日的三人減為一人。

陳屹看著以前高二時的那棟教學大樓，提議道：「要不要進去走走？」

「好啊。」阮眠轉念又想到什麼，「我們沒帶證件，警衛會讓我們進去嗎？」

「試試不就知道了。」陳屹牽著她走過去，結果還沒怎麼說話，警衛就大手一揮放行了。

阮眠唏噓，「現在管得這麼鬆嗎？我前幾年回來看望周老師，帶了身分證也不讓我進去，最後還是我打電話給周老師，讓他出來接我的。」

「畢竟是暑假啊。」陳屹說：「而且又這麼晚了。」

阮眠想想也是，目光不經意間看向一旁的籃球場，這個時間球場裡竟然還有男生在打球，好像還挺熱鬧的。

她停了下來。

陳屹也跟著停了下來，兩人站在那裡餵了會兒蚊子，他抬手看了時間一眼，「走吧，去裡面看看。」

阮眠收回視線，等走到教學大樓底下，竟然還碰見了熟人，「李執？」

「嗯？」李執抬手掐滅菸頭，丟進一旁的垃圾桶裡，人走下臺階，「你們怎麼在這裡？」

「沒什麼事就過來了。」阮眠看著他，「你在這裡幹嘛呢？」

「哦，有個朋友來這裡試景，弄完了，在樓上看電影呢。」李執揮了揮空氣裡的菸味，「要不要上來看看？」

「好啊。」

說著，三個人就一起走上樓，也挺巧的，他們放電影的那間教室正好就是阮眠和陳屹高二時的教室。

教室裡沒開燈，全靠布幕上那點光亮，裡面坐了些人，阮眠和陳屹從後門進去，就近坐在靠牆邊最後一排的位置。

這個位置太熟悉了。

阮眠一坐下來，竟有種恍如隔世的感覺，就好像回到了他們還在八中讀書的那段時光。

她扭頭看了陳屹一眼，倏地想起高二第一次月考前，周海在教室放學校指定的健康教育影片。

男生也是像這樣懶散地靠著牆，神情寡淡地看著螢幕，昏暗的光影在他臉上分割出明暗不同的側影，襯得他模樣影影綽綽。

阮眠莫名有些想哭，她看著陳屹，逐漸將他和記憶裡的男生重合，但好像又有什麼不同，十六歲的陳屹不會在意十六歲的阮眠任何一個目光。

可二十八歲的陳屹會。

他轉頭看向阮眠，在桌底牽住她的手，就好像學生時代瞞著老師和同學在教室裡偷偷談戀愛。

阮眠看見他動了動唇，可惜光線昏暗，並沒有看清，她傾身靠過去，「你剛才說什麼？」

下一秒，唇角忽地落下兩片溫熱。

「想親妳。」他說。

他們進來得晚，電影已經播到結尾，沒一會兒就開始唱片尾曲，阮眠坐在位子上打量著教室。

比起十幾年前，這間教室明顯煥然一新，除了身邊的人，幾乎找不出任何和過去相同的地方。

時過境遷，什麼都在變。

沒一會兒，教室前方的布幕又開始播放新的電影。

阮眠在另一邊的角落裡看見李執，在他旁邊還坐了一個男人，手臂搭在他的椅背上。

她沒怎麼在意地收回了視線，把目光放到前方正在播放的電影。

電影一開場是一條巷子，阮眠認出裡面那間網咖和燒烤攤，偏頭湊過去問陳屹，「這是在平江西巷取景的嗎？」

陳屹「嗯」了聲，「應該是吧。」

「我怎麼沒聽說有什麼電影在平江西巷取過景？」阮眠嘀咕著，目光繼續看向螢幕。

電影裡的場景很熟悉，可慢慢的，阮眠忽然意識到那些場景的熟悉，不是來自於她曾經在這裡生活過。

那種熟悉，就好像電影裡發生過的一切，她曾經都經歷過一樣。

在意識到這點後，阮眠心裡忽地冒出個難以置信的念頭，她看著電影裡的少女從昏暗的巷子裡跑出來。

看著她看見那個一眼就心動的少年，好像在一瞬間也回到了那個燥熱而沉悶的夏夜。

十六歲的阮眠在慌張和無措中看見的那個少年，他有著一雙深邃凜冽的眼眸，給了她一生一次的難忘心動。

那時候，現實裡的陳屹並沒有朝阮眠看過來，可電影裡的陳屹卻在阮眠收回視線後，把目光放到她身上。

他們一起走到可以回家的那條巷子，在八中的教室裡重逢，這次少年沒有忘掉他們彼此的初遇。

他說：「阮同學，妳好，我們又見面了。」

他在教室裡自我介紹：「我叫陳屹，耳東陳，屹立浮圖可摘星的屹。」

運動會，少女向著光，向著心裡的少年一往無前，而他卻早早站在了她的終點，就好像現實裡，畢業這麼多年，阮眠原以為和陳屹再無瓜葛聯絡，卻不想他早就站在了她的終點。

電影才剛開始，阮眠卻已經在流淚，她過去每一個喜歡陳屹的瞬間都在電影裡得到了回應。

他比她更早一些祝她新年快樂。

他在溪山寺許下「希望我與阮同學歲歲常歡愉，年年皆勝意」的心願。

他看得見她的每一分喜歡。

電影的結尾，是陳屹又回到了八中這間教室，可這一次，電影裡和現實裡皆是一個人。

電影裡的開門聲也和現實裡的開門聲逐漸重疊。

阮眠這才意識到坐在身邊的人不知道什麼時候離開了教室，她回過頭，熱淚盈眶。

男人穿著八中的制服，藍白相間的制服裹著他如青竹般筆挺頎長的身形，他懷裡捧著一束玫瑰。

她的呼吸在這瞬間停住。

陳屹走進來，光亮如影隨形，就好像這麼多年，無論路途多遙遠，他永遠是她生命裡最亮的那道光。

他像無數愛情電影裡的結局一樣，單膝跪在自己的女主角面前，神情鄭重而專注。

「阮眠同學。」陳屹抬眸看她，喉結上下滾動著，細微的動作間全是緊張，「我知道我遲到了很久，但我會把遲到這段時間的愛全都補給妳，我只愛妳，很愛很愛妳。」

他低頭從口袋裡拿出戒指盒，卻因為太緊張拿反了，阮眠雙手掩面，忍不住笑出來。

她彎腰接過玫瑰。

與此同時，陳屹抓住她的右手腕，取下那枚代表約定的素環後抬頭看著她，「所以，妳願不願意給我個機會，讓我娶妳？」

阮眠站在那裡，在淚眼朦朧裡說了聲「我願意」。

十六歲的阮眠敏感、靦腆，看著喜歡的男生，將愛慕的目光一藏再藏，藏到誰都看不見的深處。

她以為這份喜歡不會有重見天日的機會，卻不想在多年後，那些她曾費盡心思的追逐和努力，會在有朝一日被他看見，被他重寫新的序章。

他會將她無處安放的少女心事懷揣，而後再小心翼翼地安置在他的世界裡。

原來第一眼就喜歡的人，真的會喜歡很久、很久，無論結局是意難平還是得償所願，那種看一眼就再也挪不開視線的感覺，是不可能輕易忘掉的。

哪怕喜歡他是布滿荊棘的一路坎坷，只要想起看見他的第一眼，就永遠會為了那瞬間心動。

人總要為自己的心動買單，或悲或喜，一生難忘。

電影的最後，布幕畫面變黑，出現一句話和片名。

『這世上不是所有的喜歡都會有一個好結果，但阮眠的喜歡會。』

——《沒有人像你》

——《沒有人像你》正文完結——

番外

01 終成眷屬

去戶政事務所登記結婚那天，平城已經入冬，陳屹一大早開車過去，拿好號碼後坐在大廳的等候區，時不時抬頭看門口一眼。

大門正對著車水馬龍的街道，人來人往一覽無遺。

工作日，加上也不是什麼討巧的節日，大廳的人並沒有很多，阮眠進來時，風塵僕僕的樣子加上微凜的神情，明明是來登記結婚的，卻更像是來找碴的。

坐在門邊的三對情侶不約而同地抬起頭看著她，目光八卦又好奇，生怕錯過什麼好戲。

阮眠沒在意這些，目光鎖定了一個方向，徑直朝著那邊走過去，還沒完全走近，坐在那裡的人反倒先抬起了頭。

去年夏天陳屹求婚後沒多久，阮眠這邊就忙了起來，尤其是這半年，要不是今天要登記結婚，兩個人大概要到春節前後才有時間碰面。

陳屹站起來，從口袋裡掏出好幾張類似於收據的東西塞到她手心裡，「妳再不來，工作人員都以為我被人逃婚了。」

阮眠忍著笑意把那五張號碼單整理好，找到時間最早的一張，驚訝道：「你怎麼這麼早就到了？戶政事務所又不會跑，而且我昨晚都和你說了，我今天沒辦法準時到。」

「哦。」陳屹看著她，一本正經道：「我忘了。」

阮眠：「……」

登記的手續不算複雜，東西都是現成的，很多東西都是一早就審核過的，阮眠和陳屹坐在櫃檯旁，目不轉睛地看著工作人員拿著兩本本子往上蓋戳，眉眼間的細微動作如出一轍。

伴隨著「吭吭」兩聲，工作人員將蓋好印章的結婚證書分別遞給兩人，笑著祝福道：「好了，祝你們永結同心，白頭到老。」

阮眠和陳屹同時伸手接過結婚證書，也笑著回道：「謝謝。」

從戶政事務所出來後，阮眠還要趕晚上的航班回B市，陳屹沒說什麼，開車送她去了機場。

分別前，他還是那句「到了打電話給我」的老父親式叮囑。

阮眠猜想他可能是對自己來去匆匆的行徑有些不滿，但任命纏身，她也沒有辦法，只能湊過去哄了幾句，「別生氣了？」

陳屹任由阮眠摟著自己的手臂撒嬌，過了好一會兒才抬起手揉了揉她的腦袋，語氣帶著顯而易見的寵溺，「好了，我沒生氣，妳快點進去吧，在那邊要多注意休息。」

「好。」阮眠鬆開手作勢要走，而後又趁陳屹不注意，湊過去在他臉側親了一口，言語間滿是愉悅的笑意，「新婚快樂，陳先生。」

待到陳屹回過神，她人已經跑遠了。他抬手摸了摸臉頰，幾秒後，垂下眼簾笑了下，「小流氓。」

阮眠抵達B市已經是傍晚，她打了通電話給陳屹，對方卻提示已關機，她在通訊軟體上報了平安，又急匆匆趕回了醫院。

好在晚間沒出什麼事故，結束平常的工作後，阮眠踩著點下班，拿到手機仍舊沒有陳屹的訊息。

她覺得納悶，但也沒太在意，開車回了家。

阮眠和陳屹一樣住在原本的社區，但從樓上搬到了樓下。現在兩個人住的這套房，是陳屹去年秋天新買的婚房。

兩個人都不打算花父母的錢，房子只付了三成的頭期款，剩下的貸款兩人則會在每個月一起償還。

房子是裝修好的，陳屹盡量還原了樓上那套房的布局，改造下來也花了不少時間。直到今年夏天他和阮眠才搬進來。

搬家那天是個大晴天，到了傍晚，空氣中仍舊留有不少悶熱的暑氣，夕陽落了滿屋。

阮眠坐在地上摺著她和陳屹的衣服，陳屹拎著兩個紙箱在整理她的書和論文資料，兩個人各忙各的，偶爾問一句「這要放在哪裡」。

住了這麼久，陳屹也陸陸續續搬了不少東西過來，阮眠光是摺他的衣服就花了不少功夫。客廳從一個紙箱慢慢堆成十幾個紙箱，空間逐漸變得狹窄，轉個身都有些困難，陳屹收拾完零碎的小東西，剛站起身，阮眠也抱著最後一疊衣服從臥室出來，兩人擠在僅有的一條通道中間你讓我、我讓你，到最後堵在那裡誰也沒走成。

陳屹樂了，伸手從她懷裡接過衣服，問：「這要放哪？」

「你後面的紙箱。」阮眠說完又去檢查有沒有什麼遺漏的，身影時不時從陳屹面前走過。她總是記不起哪些裝了、哪些沒裝，問了一遍又一遍，陳屹也不厭其煩地回答著。

六點多的時候，太陽還沒完全落下，只是餘光越發昏黃，摻著將要到來的夜色。

阮眠收拾累了，癱倒在懶人沙發上。陳屹做完最後的收尾工作，抬頭見她閉著眼睛躺在那裡，心裡驀地軟了一角。

他放下膠帶和剪刀，倒了杯水走過去。

「睏了？」陳屹蹲在她面前，手臂搭著膝蓋，身形微微前傾，夕陽描摹著他起伏有致的輪廓。

「沒，有點累。」阮眠伸手去接水杯，反被他握著手腕往前拉了些。她抬起頭，在他眼裡看見一個小小的自己，唇角帶笑，「幹嘛？」

他不說話，低頭親了親她的鼻尖，才道：「我這趟回去就準備申請。」

「啊？」阮眠沒明白，「申請什麼？」

「結婚。」陳屹稍稍往後退，和她一起坐在地上，目光溫柔得叫人沉溺，「我們結婚吧，好不好？」

阮眠指尖動了動，握住他的手，十指相扣，眸光直直地看著他，專注而堅定，「好呀。」

阮眠從醫院回到家裡，窗外對面高樓大廈的斑斕燈光，襯得屋裡的昏暗格外冷清。

她洗完澡去廚房煮水餃。

水開的時候，阮眠聽見玄關處有開門的動靜，她愣了下，而後立刻關了火往外走。

看見原先還在好幾百公里之外的人，這會兒如同天降的驚喜站在那裡，阮眠這下是真的愣住了。

陳屹也沒說話，像之前很多次一樣，低頭換了鞋，掛好鑰匙，緩步朝客廳這邊走來。

直至停在阮眠面前，他才忍不住笑出來，俯下身和她臉對臉，「新婚快樂，陳太太。」

02 只是遇見

二〇一九年的夏天，正在為新專案焦頭爛額的江讓收到一封來自國內的郵件，寄件者是梁熠然。

梁熠然是他高中時期的好友，也是從他出國以來，唯一一個仍舊和他保持著聯絡的人。

郵件裡除了日常的問候，還有一張結婚邀請函。

新娘孟星闌是梁熠然的青梅竹馬，是江讓的另一位高中好友，婚禮定在六月六日。

隨著邀請函一同傳過來的還有一張照片。

那是他們幾個在高三畢業那年拍的一張合照，照片上有六個人，他、梁熠然、孟星闌、沈渝、陳屹。

還有——

那個被他藏在心裡多年，念念不忘卻又念念不得的人。

二〇〇八年的夏末，八中迎來新學期，空了一個多月的校園又重新湧進大批陌生而鮮活的面孔。

幾個男生站在靠南邊一棟教學大樓三樓的走廊處。

樓前的梧桐樹高聳入雲，枝條延伸到很遠的地方，遮天蔽日，風裡全是夏日的氣息。

男生手臂掛在欄杆上，整個上半身俯在外面，腦袋朝下，微瞇著眼睛看著樓底下奔跑的身影。

旁邊是若有若無的交談聲。

男生的話題總離不開三樣，球鞋、遊戲和籃球賽，江讓覺得無趣，抬手刮了兩下耳朵，而後猛地直起身，手抓著欄杆晃了兩下。

他有些無聊地嘆口氣，轉身進了教室。

新學期，江讓和以前的好友被分到了不同的班級，唯一一個分到同班的，還不知道因為什麼原因，今天沒來報到。

好不容易熬到上課，教室裡終於安靜下來，江讓收回搭在椅子上的腳，扭頭看向窗外。

周海帶著阮眠踏進教室的時候，他是第一個注意到的。

女生綁著中規中矩的馬尾，皮膚很白。

周海高一帶過江讓他們班，江讓跟他算熟，插科打諢是常事，他開玩笑似地吹了聲口哨，目光無意間掠過站在一旁的女生。

她是這學期新來的轉學生，叫阮眠。阮貂換酒的阮，睡眠的眠。

那時候的江讓並不知道，這個名字會成為他一輩子的遺憾，十幾歲的他只是看出了女生的無言和窘迫，帶頭鼓掌打破了僵局。

本是無心之舉，奈何有的人卻由此上了心。

或許是新學期太無聊，班級裡又沒有很熟悉的朋友，江讓對這個新同學充滿好奇。

尤其是在模擬考成績出來之後。

江讓被她出乎意料的成績折服，專門繞過去誇讚她一番，只是阮眠好像習以為常，甚至還自嘲下次考全科，他就不會這麼認為了。

當時江讓並沒有理解這句話的意思，直到開學第一次月考結束，阮眠暴露出自己在其他科目上的弱點，他才反應過來。

那個時候，他和阮眠的關係雖然說不上多親近，但憑藉孟星闌和同班的緣故，卻又成為比普通同學關係更近一步的朋友，偶爾還能坐在一起吃飯。

長久以往的相處，並沒有讓江讓意識到自己對阮眠的不同尋常，他以為自己只是出於好奇，所以才會過多地關注她；是出於朋友的關心，才會提出寒假幫她補習的想法。

儘管他的數學成績不及她，卻還是甩開其他人一大截，根本不用花太多功夫。

這一切的一切，不過是他的自欺欺人。

可惜的是，少年心動晚來一步，這一步看似毫釐，實際上卻是鴻溝，讓他自此再也無法邁開這一步。

阮眠喜歡陳屹這件事，就好像他喜歡她一樣，自以為瞞得很深，卻不想總會被不該知道的人知道。

該知道的人，卻又在不恰當的時間得知。

命運總是這樣陰錯陽差。

阮眠的疏遠在意料之中，江讓無可奈何，只能看著自己被一步步推離她的世界。

高三那年，江讓和阮眠已經不怎麼來往，偶爾的集體活動，他都是能推就推。

畢業後聚餐的那晚，江讓看著阮眠看向陳屹時，充滿了遺憾和難過的目光，那時他有過衝動，想把她的喜歡告訴陳屹，想和陳屹公平競爭。

可哪來的公平競爭？

打從一開始，阮眠就沒有給過他機會，陳屹永遠是她的贏家，他在這場競爭裡，甚至連參賽資格都未曾擁有。

畢業之後，陳屹出國讀書，阮眠回到六中重讀，沈渝去了軍校，他和梁熠然、孟星闌來到S市。

六個人各奔東西，再也沒見過。

直到大四那年冬天，他和孟星闌作為學校代表前往Q大參加比賽，出發前一晚，江讓在操場跑了一圈又一圈。

冬夜裡寒風蕭瑟，一如他的內心，表面滾燙炙熱，內裡卻早已千瘡百孔。

碰面在所難免，這一次，江讓不再兜兜轉轉，表面上像是要找她討個說法，實際上不過是給自己一個徹底死心的理由。

阮眠告訴他，早在去八中之前，她就已經先認識了陳屹。

她說遇見什麼人、喜歡上什麼人，說起來更像是每個人的命數，運氣好的得償所願，運氣不好就是所謂的「劫」。

他運氣好，遇見了她。

可終究還是差了點，只是遇見而已。

江讓最終還是決定回國參加梁熠然和孟星闌的婚禮，卻不想這一次才是真正的再見。

他從梁熠然的口中得知了陳屹和阮眠的重逢。

原來自始至終，運氣不好的只有他一個而已。

這樣也好，他和她之間總該有一個人要得償所願的。

如果可以，他希望那個人是她。

婚禮當天，江讓見到了阮眠，她還是和以前一樣，笑起來很好看，可唯獨看著他的時候，目光裡總是充滿了說不出的複雜。

他盡量讓自己看起來落落大方，強忍著難過和心酸說出那番話，就像當初她勸他放下往前看時一樣。

那晚，江讓藉著替梁熠然擋酒喝了一杯又一杯，可頭腦始終清醒，就像心裡那個洞。難過和遺憾都是清晰的。

他看見陳屹在婚禮現場走遠的身影，所以選擇在婚禮結束後裝醉回到房間，等著陳屹過來詢問，等著藉故和他大吵一架，甚至大打出手。

可陳屹卻停住了腳步。

江讓躺在床上看著窗外的夜色。良久，只聽見陳屹走遠的動靜，他闔眸嘆了口氣。

陳屹在最後還是留了尊嚴給他。

有些話，不該從他這裡知道，也不該攤開在他們兄弟之間，儘管這些年，江讓因為過不了心裡的坎，刻意疏遠了陳屹。

但在毫不知情的陳屹心裡，江讓永遠是以前那個江讓，是他歲月裡不可或缺的回憶。

那個晚上對於江讓來說是格外漫長的，他沒有在飯店多留，而是下樓沿著馬路往前走了很久，直至破曉才停下。

江讓站在陌生的街頭，看著初升的陽光，掏出手機，刪掉了這些年來有關阮眠的各種東西。到此為止了。

他從十六歲至今的喜歡，終究還是以遺憾而收尾。

03 一往無前

今年阮、陳兩家人一起在飯店吃年夜飯，長輩們在桌上定下辦婚禮的日子，還全權包攬了婚禮的大小事情。

吃完飯，一行人從飯店出來，陳屹和阮眠沒跟著父母回家，而是繞道去了市中心。

今晚那裡有一場盛大的跨年活動。

除夕夜，車如流水的街道人來人往，汽笛聲此起彼伏，車燈與路燈交相輝映，連成一條綿長的燈帶，宛若銀河。

陳屹和阮眠手牽著手走在人群裡，步伐緩慢，低聲聊著些日常瑣碎。

兩個人登記完結婚的生活，和之前沒有太大的區別，聚少離多的工作性質讓每次的陪伴都顯得彌足珍貴。

吃飯的飯店離跨年活動的舉辦地不遠，陳屹和阮眠過去的時候，市中心的街道上已經擠滿了人，中間的車道也被塞得滿滿當當，車輛塞在路中間，將擁擠的人流分割成一片一片。

阮眠接到孟星闌的電話，得知她和梁熠然正塞在南邊，從家裡過來的沈渝也傳訊息說被塞在西邊。

周圍全是熱鬧的動靜，阮眠剛想扭頭和陳屹說話，卻不想眼前全是陌生的面孔。

她唇瓣微張，神情充滿驚訝。

愣了一兩秒，阮眠收回視線，邊走邊打電話給陳屹，才剛按下0　，整個人忽然被人從後面拉住手臂扯進懷裡。

男人的氣息溫熱而熟悉，讓她只掙扎了一秒就停了下來，陳屹低下頭，湊到她耳邊說，「不用找，我看得見妳。」

這裡人太多，他剛才為了躲避抱小孩的夫妻，被擠到了旁邊。

此時，陳屹站在阮眠後面，手臂摟著她的肩膀，順著人流往前走，「下次再有這種情況，妳站在原地等我就好，我會回來找妳的。」

阮眠笑著點頭，「知道啦。」

跨年夜市中心的人多到無法想像，整條街道就像是鍋裡煮沸的開水，熱鬧而沸騰。

陳屹和阮眠好不容易才找到休息的地方，停下來的時候，兩個人或多或少都出了些汗。

陳屹乾脆直接脫下外套，穿著單衣站在冷風裡。

這麼多年過去，他還是沒能改掉這個壞習慣，無論冬天多冷，羽絨衣裡永遠都只穿著一件衣服。

阮眠跟他說了多少次也不聽。

眼不見心不煩，阮眠說多了也懶得再說，索性就不回頭看他，目光看著遠方閃爍的燈光，也不說話。

站了會兒，陳屹大概是察覺出什麼，又把外套重新穿上，俯身湊過來，叫了聲，「老婆。」

阮眠仍舊不回頭看他。

陳屹忍著笑，走到她面前，挺拔的身影將燈光遮得嚴嚴實實，阮眠不得已抬頭看著他。

兩人對視了一會兒。

他猝不及防地低頭，視線和她平視，輕聲哄道：

「別生氣了，我以後出門會多穿一點的。」

「都聽妳的。」

「毛衣也穿，發熱衣也穿。」

「衛生褲也穿。」

「我穿五條褲子。」

聽到這裡，阮眠不知道怎麼就被戳中了笑點，忍不住破功，吐槽道：「你有病嗎？穿五條褲子。」

陳屹也跟著笑，「我這不是為了哄妳高興嗎？只要妳不生我的氣，我穿十條褲子也可以。」

「那你穿啊。」

「……」

阮眠抬手揪了下他的臉，撇嘴道：「男人的嘴，騙人的鬼。」

「……」

接近午夜十二點，街道上的人越來越多，阮陳夫妻倆和梁孟夫妻、以及時至今日依舊單身的沈渝成功會合。

五個人並肩站在熱鬧的街頭，瞬間像是回到了當初在學校的時候。

沈渝感慨道：「沒想到，一轉眼竟然已經過了這麼多年，真懷念讀書的時候啊。」

一句話就把所有人都帶回了在八中讀書的那段日子。

蟬鳴不絕的夏日，書聲琅琅的教室，永遠人潮湧動的籃球場，還有喜歡的他和她。

在倒數計時的齊聲裡，阮眠偏頭看向站在自己身邊的男人，忽然想起二〇一三年的跨年夜。

她站在人山人海裡，聽聞他的一絲消息，不敢將愛意訴之於口，只能在心裡向他道一句「新年快樂」。

時隔經年，伴隨著「一」的尾音落下，阮眠偏頭看向陳屹，卻不想，他也在同一時間扭頭看著她。

兩個人都在彼此的眼裡，看見了相同的笑意和愛意。

冬夜的風寒冷凜冽，可風裡也藏著愛人的千言萬語，足以彌補這世間數不盡的遺憾。

「新年快樂，陳同學。」

「新年快樂，阮同學。」男人的聲音未停，隨著風飄向遠方，「還有——」

「我愛妳。」

跨年夜後，陳屹和阮眠開始配合家裡的長輩籌備婚禮的事情，婚期定在八月二十三號，陳屹生日的前一天。

過了年後最忙的三個月，夫妻倆在六月份的時候，擠出兩天時間回平城拍了婚紗照，地點定在平江西巷和八中。

拍攝的最後一天傍晚是去平江西巷，陳屹臨時有些事，會晚一點到，阮眠和攝影師在溝通等等拍攝的細節。

日暮西斜，攝影師架好機器，見遲遲等不到新郎，便提議先拍幾張新娘的單人照。

阮眠穿著八中的制服，沿著巷子往前走，不遠處是那間老舊的網咖，夕陽穿過頭頂錯亂交織的天線，落下細碎的剪影。

網咖門口的臺階上，一如既往地站著幾個抽菸的男生。

煙霧繚繞間，阮眠在其中看見一張熟悉的側臉，男人穿著黑色短袖，同色系帶白槓的運動褲，腳上踩著一雙白色的淺口帆布鞋。

像是命中註定一般。

他扭頭朝阮眠看過來，清俊的眉眼一如往昔，生動而鮮活，阮眠倏地停住了腳步。

這一次，十六歲的陳屹真的朝她看了過來。

阮眠看著陳屹熟悉的模樣，眼眶忍不住有些泛酸。

她開始奔跑，向著光，向著藏在心裡的少年一往無前。

像十六歲的阮眠一樣，愛一個人，愛一輩子。

拍完婚紗照後，兩個人的婚期將近。

陳屹和阮眠都盡最大的努力調休了最長的假，婚禮地點定在平城，伴郎是沈渝，伴娘是剛訂婚不久的林嘉卉，以及陳屹和阮眠的高中同學傅廣思。

而何澤川因為臨時出差，暫時無法回國，在婚禮當天用手機傳了一個大紅包給阮眠。

江讓遠在美國，陳屹傳了一封郵件給他，他回了句「新婚快樂」，卻沒說會不會回來，但陳屹仍舊幫他留了伴郎的位置。

婚禮當天，阮陳兩家忙得不可開交，陳屹從家裡出發，在接到阮眠後直接去了飯店。

距離婚禮儀式開始還有四十幾分鐘。

一行人全都坐在房間裡聊天，婚鞋有些磨腳，陳屹蹲在床邊替阮眠揉腳，被大家起哄說看不下去。

沈渝舉著手機，笑道：「我得把這一幕拍下來帶回去給隊裡的人看看，你們英明優秀的陳隊長在家裡是什麼樣子。」

眾人哄堂大笑。

阮眠有些臉熱，推著陳屹的肩膀，小聲道：「不用揉了，沒那麼痛。」

陳屹倒是毫不在意，半蹲在那裡又揉了幾分鐘，拿過飯店拖鞋替她穿好，「要是不舒服，我們等會兒就穿拖鞋進去吧。」

「我不要。」阮眠嘟囔道，「你見過誰結婚穿拖鞋的？」

陳屹不跟她爭辯，站起身，在她頭頂揉了下，結果又被孟星闌嗆了句，「哎哎哎，你別亂動啊，阮眠這髮型弄了好久呢。」

「……」

一群人聊得熱火朝天，陳屹坐在阮眠身邊，時不時拿出手機看一眼，偶爾還會抬頭看看門口。

婚禮儀式開始前十五分鐘，化妝師進來幫新人補妝，整理禮服，包廂裡逐漸亂了起來。

陳屹坐在梳妝臺前，側目看到掛在一旁的一套伴郎服，忍不住垂眸嘆了口氣。

意料之中的情況，也談不上多失落，但多少還是有一些。畢竟是那麼多年的兄弟，如今走到這個境地，怎麼看都是遺憾。

化妝師還在往他臉上撲粉，動作間滿是生疏，陳屹察覺出不對勁，抬眸看向鏡子。

這一看。

「江讓，你是豬嗎？」陳屹笑罵了句，回頭看著身後的「化妝師」。

男人戴著口罩和棒球帽，幾乎遮住了大半張臉，眼裡是藏不住的笑。

江讓伸手摘下口罩和帽子，露出熟悉的眉眼，「我要是不這樣弄，你什麼時候才會發現我啊？」

「我靠！」陳屹還來不及說什麼，一旁的沈渝先爆了句粗口，大步走了過來，一拳捶在江讓的肩膀上，「你他媽行不行啊，我們等你等到心都涼了，你在這裝什麼化妝師？」

江讓笑道，「我這不是為了給你們一個驚喜嗎？」

包廂裡因為江讓的突然出現，變得熱鬧起來，還沒聊幾句，外面有人過來催新郎入場。

陳屹應了句「馬上來」，又走過去取下那套伴郎遞給江讓，「快點，別讓我這個新郎等你這個伴郎。」

「好好好，今天你結婚，你是大爺。」江讓接過衣服往洗手間走，沒過多久就換好了衣服。妝髮來不及弄，就隨便擦了層粉，噴了點髮膠，鞋帶都沒繫好，就跟著他們三個人跑了出去。

寬敞的走廊，四個西裝革履的男人，還像十幾歲時一樣，走路也不規矩，左一拳右一拳，時不時踢上兩腳。

孟星闌收回視線，關上門和阮眠吐槽，「他們四個加起來有一百多歲了吧？怎麼還跟以前一樣那麼幼稚。」

阮眠笑著搖了搖頭，「我也不知道。」

「搞不懂。」孟星闌搖頭嘆息。

雖然之前彩排過婚禮的流程，但真正開始之後，阮眠還是忍不住有些緊張，甚至差點被裙襬絆倒，好在陳屹及時扶了她一把。

站穩之後，陳屹索性將她打橫抱起，惹得現場一片歡呼。

阮眠拿捧花擋住視線，羞紅著臉嬌嗔道：「陳屹，你能不能注意一點，這麼多人呢！」

陳屹低聲笑，步伐依舊很穩，說話時胸腔跟著顫動，「我只是抱一下妳就這麼害羞，那我等會兒當著這麼多人的面親妳，妳該不會扭頭就跑吧？」

「……」

他一本正經，「那我們事先說好，妳要跑得拉著我，不然大家還以為妳要逃婚呢。」

阮眠被噎得一個字都說不出來。

等到了新郎親吻新娘的環節，陳屹像是真的怕她跑一樣，緊抓著她的手腕不鬆，鬧得司儀都忍不住開口打趣他是不是緊張。

現場哄堂大笑。

阮眠這下是真的想跑了。

丟捧花的時候，阮眠站在人群前方，陳屹稍微往後退，手扶在她腰後護著她。

在阮眠要丟之前，陳屹扭頭看了身後的一眼，而後低聲和她說了句：「往左邊丟。」

「嗯？」阮眠愣了一秒，但很快反應過來他的意思，抬手向自己左後方丟了過去。

夫妻倆隨著花束落下一同轉身，見捧花落到想給的人手裡，低頭看了彼此一眼，而後默契地笑了出來。

江讓拿著捧花，朝他們兩個揮了揮手，笑容坦然輕鬆。

他接過司儀的麥克風，聲音溫潤有力，「祝我兩位好朋友新婚快樂，百年好合。」

「祝我們的友誼天長地久。」

話音落下，沈渝也擠了過去，喊了聲「友誼萬歲」，四個大男人在臺上抱成一團，阮眠和孟星闌看著，都忍不住紅了眼眶。

這一路走來，他們哭過笑過，也曾各奔東西不再聯絡，但無論歲月如何流逝，他們永遠是彼此歲月裡最美好的回憶。

婚禮的最後，在場的所有人一起拍了張大合照，阮眠和陳屹站在人群裡，沒有看鏡頭，而是互相看著彼此。

在攝影師按下快門的瞬間，阮眠唇邊揚起笑意，看著陳屹格外認真地說了句：「我愛你。」

他們在夏天相遇，又在夏天分別，但幸運的是上天眷顧，又讓彼此重逢於經年。

好像故事裡的每個夏天都很美好。
它讓每一分喜歡都染上了炙熱，深深地刻在彼此的骨子裡，永遠發光發熱，生生不息。

——《沒有人像你》番外完結——

高寶書版集團
gobooks.com.tw

YH 154
沒有人像你（下）
作　　者　歲　見
封面繪圖　夏　青
責任編輯　眭榮安
封面設計　夏　青
內頁排版　賴姵均
企　　劃　何嘉雯

發 行 人　朱凱蕾
出　　版　英屬維京群島商高寶國際有限公司台灣分公司
　　　　　Global Group Holdings, Ltd.
地　　址　台北市內湖區洲子街88號3樓
網　　址　gobooks.com.tw
電　　話　(02) 27992788
電　　郵　readers@gobooks.com.tw（讀者服務部）
傳　　真　出版部(02) 27990909　行銷部 (02) 27993088
郵政劃撥　19394552
戶　　名　英屬維京群島商高寶國際有限公司台灣分公司
發　　行　英屬維京群島商高寶國際有限公司台灣分公司
法律顧問　永然聯合法律事務所
初　　版　2024年3月

本著作物《沒有人像你》，作者：歲見，由北京晉江原創網絡科技有限公司授權出版。

國家圖書館出版品預行編目(CIP)資料

沒有人像你 / 歲見著. -- 初版. -- 臺北市：英屬維京群島商高寶國際有限公司臺灣分公司, 2024.03
　冊；　公分. --

ISBN 978-986-506-916-2(上冊：平裝). --
ISBN 978-986-506-917-9(下冊：平裝). --
ISBN 978-986-506-918-6(全套：平裝)

857.7　　113001466